Do Eilís

le grá

GW01418253

Cur i gCéill

Celia de Fréine

Celia de Fréine

Samhain 2019

An Léamh Liteartha

*Leabhair*COMHAR

Gach ceart ar cosnamh. Ní ceadmhach aon chuid den fhoilseachán seo a atáirgeadh, a chur i gcomhad athfhála, nó a tharchur ar aon mhodh nó ar aon tslí, bíodh sin leictreonach, meicniúil, bunaithe ar fhótachóipeáil, ar thaifeadadh nó eile gan cead a fháil roimh ré ón bhfoilsitheoir.

Tá *Leabhair*COMHAR faoi chomaoin ag as tacaíocht airgid a chur ar fáil le haghaidh fhoilsiú an leabhair seo.

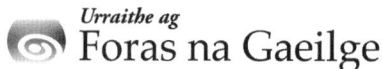

the arts council s chomhairle ealaíon | cistiú **litríocht** artscouncil.ie

Urraithe ag
Foras na Gaeilge

© 2019 Celia de Fréine
ISBN 978-0-9998029-7-4
Foilsithe ag *Leabhair*COMHAR
(inphrionta de COMHAR,
47 Sráid Harrington,
Baile Átha Cliath 8)
www.comhar.ie/leabhair

Cóipeagarthóir: **Gabriel Rosenstock**
Leagan amach & dearadh clúdaigh: **Mark Wickham**
Clódóirí: **Clódóirí CL**

Deifir

Tuige a mbíonn deifir ar leath an daonra i gcónaí? Agus drogall ar an leath eile éirí aníos as an leaba ar maidin? Caitheann Cass súil thar mhórsheomra dúbailte an tí chónaithe. Thar an slua atá bailithe ann. Chuile dhuine acu ag sá bia isteach ina mbéal mar a bheadh ósais sroichte acu tar éis dóibh ceathracha lá is ceathracha oíche a chaitheamh ar strae san fhásach. A ngasúir féin fiú, an cúpla, Ross agus Aoife, ag alpadh ceapairí is ag slogadh cannaí. Nár chóir dóibh a gcuid a ithe is a ól go deas réidh? Beidh fadhbanna díleá acu amach anseo. B'in a deireadh a céile, Liam. Bhuel, beidh deireadh leis an bport sin anois.

Anall le Tom chuici. Eisean a d'fhás aníos in éindí léi ar an tsráid chéanna i mBaile Formaid na blianta fada ó shin agus atá tar éis bogadh anoir le deireanaí. Agus cuma tharraingteach fós air. Na súile géara gorma céanna aige. A chuid gruaige breactha le ribí liatha – ar nós a foilt féin, ar ndóigh, ach amháin nach mbacann seisean leis an mbuidéal datha.

'Cén chaoi a bhfuil mo rogha síceolaí?' ar sé.

'Ag streachailt liom. Mar is léir. Cén chaoi a bhfuil mo rogha bleachtaire?'

'Mar an gcéanna,' ar sé, meangadh ag síneadh thar a bhéal. 'Má tá aon cheo uait, a Cass, cuir glaoch orm. Seo m'uimhir.'

Sánn sé cárta isteach ina lámh agus cromann le póg a dháileadh ar a grua ach éiríonn léi a cloigeann a chasadh in am lena sheachaint.

'Aon uair lá nó oíche.'

'Go raibh maith agat, a Tom.'

'Ceist agam ort, a Cass – smaoineamh beag a ritheann liom. Tairiscint bheag ba mhaith liom a phlé leat.'

'Tairiscint bheag! Tá mé ar bís lena chloisteáil faoi.'

Tuige ar dhúirt sí a leithéid? Ag tabhairt le fios go bhfuil suim aici i gcibé rud beag soineanta atá ar intinn aige a phlé léi. Cúnamh de shórt éicint, seans. Tá mí ann ó cailleadh Liam agus í ag dul i dtaithí ar dhéileáil le cúrsaí ar a conlán féin. I gceann cúpla uair an chloig eile beidh an cuimhneachán seo thart. Tiocfaidh deireadh leis an gcaoineadh poiblí dá fear céile agus greadfaidh chuile dhuine abhaile leo, seachas na gasúir, ar ndóigh. Beidh sí in ann suí siar in éindí leofa is gáire a dhéanamh faoin ócáid uafásach seo. Ní hamháin sin, beidh an triúr acu in ann a bpleananna don am atá le teacht a phlé.

'Ní dóigh liom gur chas tú le mo mhac, Gearóid,' arsa Tom, ag brú leaid aird dhathúil ina treo.

'Ní dóigh liom gur chas.'

'An-deas castáil leat, a Bhean Uí Chaoimh.'

'Agus leatsa, a Ghearóid. Dála an scéil, Cass is ainm dom,' ar sí ag croitheadh a láimhe. 'Ní raibh a fhios agam go raibh tú sa taobh seo tíre. An amuigh i gConamara atá tú ag fanacht, in éindí le d'athair?'

'*No way!* Istigh sa gcathair atá mé lonnaithe.'

'Tá Gearóid ag obair don liarlóg áitiúil,' arsa Tom.

'Is iriseoir sinsearach mé leis an *Galway Tribune*, a Cass,' arsa an leaid, dath dearg ag leathnú ar a ghrua atá sách lasta cheana féin – caithfidh go ndeachaigh sé lena mháthair, bean a bhfuil folt rua uirthi, de réir na ráflaí atá cloiste ag Cass.

'Bíonn ailt bheaga á scríobh aige ó am go chéile,' arsa Tom, ag cáithiú a bhfuil bainte amach ag a mhac, faoi mar a dhéanadh Liam lena mhacsa, Ross.

'Má chloiseann tú aon cheo spéisiúil, a Cass, cuir glaoch orm.'

'Bheinn ag ceapadh go mbeadh na scéalta suimiúla uilig ag d'athair, agus é ag iarraidh breith ar choirpigh na tíre,' ar sise.

''Magadh atá tú!' arsa Gearóid. 'Bíonn sé mar phríomhscéal an lae aigesean nuair a ghoidtear sparán amuigh ar an Trá Mhín, nó nuair a éiríonn beirt nó triúr caochta ar an gCeathrú Ard le linn an deireadh seachtaine.'

'Beidh muid ag caint, ar aon chaoi,' arsa Tom léi, ag cromadh chuici in athuair. Cé go gcasann sí a cloigeann, níl sí sách sciobtha an babhta seo lena sheachaint agus titeann an dara póg ar a grua. Má cheapann sé gur féidir leis coinneáil air mar a dhéanadh fadó, nó go bhfuil suim dá laghad aici anois ann, tá dul amú air.

'Cinnte, beidh muid ag caint agus go raibh maith agaibh as teacht.'

De réir a chéile imíonn an tráthnóna – an ócáid dheireanach ina gcloisfidh sí daoine ag moladh di bogadh ar aghaidh agus smaoineamh ar a saol féin amach anseo, nó b'in atá mar rún aici. Níl sí ach ocht mbliana le cois an dá scór. Tuige nach mbeadh saol fada ag síneadh amach roimpi? Iarracht ionraic atá sna moltaí, ar ndóigh, len í a chur ar a suaimhneas, ach chuile huair a rinne sí iarracht bogadh ar aghaidh go dtí seo, tharla rud éicint lena cloigeann a shá ar ais i gclogad cumha.

Aníos le Seosamh Ó Liatháin, aturnae Liam, chuici, Piaras Ó Raighne, an cuntasóir, á leanúint, é caochta.

'Ag súil go mór le tú a fheiceáil ar maidin,' arsa Seosamh. 'Beidh muid in ann na cáipéisí úd a shaighneáil.'

'Fadhb ar bith,' arsa Cass

'Gabh i leith, a stór,' arsa Piaras. 'Caithfidh go bhfuil tú fós trína chéile. Is deacair a chreidbheáil gur cailleadh Liam agus é i mbláth a óige. Ar a laghad, bhí na trí scór bainte amach ag mo Mhedhbhín sula bhfuarthas fuar marbh í.'

'Ar maidin, a Cass?' arsa Seosamh ag treorú Piaras i dtreo an halla, áit a bhfuil Ross sáite i gcomhrá le hógbhean a bhfuil gruaig chorcra uirthi. Sula bhfaigheann Cass an deis bogadh ina dtreo, tugann sí Imelda, a bas, faoi deara, ag sá bosca toitíní isteach ina mála agus í ar a bealach amach as an ngrianán.

'Is gearr go mbeidh sé thart, a stór,' arsa Imelda léi. 'Ná bíodh aon deifir ort isteach chuig an Ionad Leighis amárach nó aon lá eile.'

'Feicfidh mé Dé Máirt thú, a Imelda. Má tá aon cheo foghlamtha agam go dtí seo, is é go gcaithfidh mé coinneáil orm is cloí leis an méid atá leagtha amach dom.'

'Óicé! Más é sin atá uait. Caithfidh mé crochadh liom, anois – tá tacsaí ag fanacht orm lasmuigh.'

'Gabh abhaile díreach leat,' ar Cass, a fhios aici go maith nach ndéanfaidh Imelda amhlaidh, gur léir ón deifir atá uirthi go bhfuil coinne de shaghas éicint socraithe aici.

Beireann Imelda barróg uirthi agus amach an príomhdhoras léi. Cinnte, amach anseo beidh Cass ag cloí leis an ngnáthamh, ag obair san Ionad Leighis, Áras Naomh Éanna, ar an gCarraig Bhán, mar chuid dá postroinnt sa tSeirbhís Sláinte. Tarraingíonn rud beag crua ina lámh a haird. Cárta Tom. Céard é go díreach a bhí i gceist aige maidir lena thairiscint bheag? Sall léi chuig an driosúr leis an gcárta a shá sa tarraiceán tosaigh.

Ar deireadh, moillíonn alpadh na sólaistí is tagann laghdú ar na focail chomhbhróin. Agus dorchadas tais an tráthnóna le brath chuile huair a osclaítear an príomhdhoras, bailíonn cairde Liam leo. Baill dá saoil go dtí seo, mar a bheadh carachtair i scigdhráma ag teitheadh taobh thiar de sciathán stáitse an chuir-i-gcéill is an chuma-liom. Lucht gnó chathair na Gaillimhe ag filleadh ar a mainéir. An bainisteoir bainc agus a pháirtí. An poitigéir agus a dheirfiúr. Na comhairleoirí contae. Baill an chlub seoltóireachta. Bhíodh an ghráin ag Liam ar a bhformhór acu. Ná ní bhíodh suim aige riamh sa tseoltóireacht. Ach ba mhaith leis an tráthnóna a chaitheamh sa chlub ag ól is ag blaoiscéireacht.

Ní raibh suim aicise riamh ina leithéid de chomhrá ná de chomhluadar. Ná ní raibh suim aici sa teach mór seo inar chaith sí os cionn leath a saoil go dtí seo. Teach thuismitheoirí Liam a tógadh ar imeall na cathrach thiar sna seascaidí sula raibh an ceantar aimsithe ag na turasóirí. Seanteach lena sheomraí móra, a throscán donn dorcha is a thírphictiúir ghránna ola. Áit ar chuir athair Liam faoi le clann a thógáil agus le cleachtas leighis a bhunú. Bhuel, bhí a chlann tógtha aige – a aonmhac nach raibh de rogha aige ach coinneáil air mar a rinne a athair roimhe agus iarracht a dhéanamh pobal an cheantair a leigheas. Agus bhí rath ar an gcleachtas céanna, cé nár thuig Cass cén fáth – bhí an seomra feithimh chomh duairc sin gur bhraith sí go gcuirfí fonn múisce orthu siúd a bhí chomh folláin le breac.

Agus soilse an chairr dheireanaigh ag imeacht as radharc, suíonn Cass chun boird in éindí le Ross, Aoife agus a cara Niamh, agus Tadhg, an dochtúir óg atá ina pháirtí sóisearach sa chleachtas.

'Cheap mé nach n-imeoidís ariamh,' arsa Aoife, meánfach á ligean aici.

'Mise ach oiread,' a chuireann Ross léi. 'A leithéid de bhladar!'

'Ní bhíonn a leithéid le cloisteáil i Nua-Eabhrach, is cosúil,' an t-aisfhreagra a thugann Cass air. 'Is dócha go bhfuil chuile dhuine thall ansin óg cumasach dathúil, is focla gonta ag léim astu chuile huair a n-osclaíonn siad a mbéal binn blasta.' Aireoidh sí uaithi na comhráite seo idir shúgradh is dáiríre lena mac nuair a fhillfidh sé ar Mheiriceá.

'Tá mo chairdese óg cumasach agus dathúil, ar aon chaoi,' ar seisean. 'Níl suim ag éinne againn sa leadrán nó sa tseafóid.'

'Agus tá agamsa?' arsa a mháthair, aiféala uirthi anois go raibh sí tar éis an méid fíona a ól is a bhí. Tá sí ag iarraidh a bheith ar a ciall is ar a céadfaí don mhéid atá le plé aici. Agus é sin a dhéanamh go deas réidh. Gan í a bheith faoi dheifir, nó an íomhá a chruthú nach bhfuil sí faoi dheifir. Nó faoi bhrú.

Le breathnú air tá Ross an-chosúil lena athair. An ghruaig fhionn chéanna, an tsrón atá beagáinín rófhada, na fiacla ar caitheadh na mílte euro orthu lena ndíriú. Agus tá sé beagáinín níos airde, thart ar chúig troithe, aon orlach déag. Ach mar aon lena easpa suime sa bhladar, níor chuir sé suim dá laghad riamh i gcúrsaí leighis. Ba mhór an díomá ar Liam, agus ar a mháthair, Lil, nuair a roghnaigh Ross céim ghnó agus é ar an ollscoil. Agus ba chuma leo, a bhraith Cass ag an am, gur roghnaigh Aoife céim sa leigheas, cé gurbh ise peata beag a hathar.

'Dála an scéil, a Ross, cérbh í an bhean sin a raibh tú ag caint léi? An duine a raibh gruaig chorcra uirthi?'

'Níl a fhios agam. Bean aisteach a bhí inti, ceart go leor. Blas Bhleá Cliath ar a cuid cainte.'

'Níl locht ar bith air sin.'

'Dúirt sí go raibh gaol aici liom.'

'Cén chaoi gaol, a Ross?'

'Níl a fhios agam, a Mham. Éist, ná bac léi. Cén uair a bheidh tú ag teacht anonn go Nua-Eabhrach ar cuairt chugam? Tá go leor siopaí ann.'

'Is maith is eol duit nár chuir mise suim ariamh i gcúrsaí faisin,' ar sise, ag baint ribe gruaige dá muinchille.

'I gcúrsaí fhaisean an lae, ar aon chaoi,' arsa Aoife, ag caitheamh súile thar chulaith dhubh Cass. Tá an ceart aici, ar ndóigh.

'Feicfidh mé faoi Nua-Eabhrach, a Ross,' arsa Cass, 'agus cúrsaí socraithe agam anseo. Ós ag trácht air sin atá muid, tá rud nó dhó le plé agam libh.'

Bhí an cúpla tar éis trí lá a chaitheamh sa bhaile an babhta seo agus fós ní raibh sé de mhisneach ag Cass labhairt leo faoin gcleachtas nó faoina bhfuil i ndán dó. Agus cáipéisí le saighneáil aici le Seosamh maidin amárach. B'fhearr go mór léi dá mbeadh bealach ann gan cúrsaí a phlé os comhair Thaidhg. Ach níl neart aici ar an scéal.

'Tá sé in am domsa druidim,' arsa Niamh. 'Go raibh míle maith agat, a Cass, as an mbéile agus chuile shórt.'

'Míle fáilte romhat, a stór. Feicfidh mé go luath thú, is dócha.'

'Feicfidh,' ar Aoife, ag éirí óna cathaoir.

Beireann Niamh barróg ar Cass is croitheann sí lámh Thaidhg. Éiríonn Ross ina sheasamh.

'Slán, a Niamh,' ar sé.

'Slán, a Ross,' ar Niamh, ag breith barróige air. 'Is dócha go mbeidh tú ar ais faoi Nollaig?'

'Níl mé cinnte de sin.'

'Siúlfaidh mé chomh fada leis an doras leat,' arsa Aoife, ag tionlacan a carad ón seomra.

Leanann Cass na cailíní lena súile agus iad ag siúl i dtreo an phríomhdhorais. An bheirt acu chomh dlúth lena chéile ón lá ar leag siad cos thar tairseach an naíonra isteach go gceapfá gurb iadsan an cúpla. Cé nach bhfuil mórán comónta eatarthu le breathnú orthu. Is bandia í Niamh, lena folt fada órga agus a súile a bhfuil doimhne na farraige iontu, a d'fhéadfadh a bheith ina sármhainicín dá mb'áil léi. Agus seans go mbeidh sí ina réalta teilifíse amach anseo – tá sí ag obair do chomhlacht scannánaíochta faoi láthair agus má tá ciall ar bith ag stiúrthóir an chomhlachta, cuirfear os comhair an cheamara í seachas taobh thiar de. Níl caill ar bith ar Aoife, cé go bhfuil sí níos lú agus beagáinín níos leithne ná a cara. Pictiúr a máthar ag an aois chéanna is ea í ach amháin go bhfuil gléas ceannaithe aici lena cuid gruaige a dhíriú. Céard atá mícheart le gruaig chatach, ar aon chaoi?

Ar mhaithe leis an tost a líonadh, agus an bheirt ag fágáil slán amuigh sa halla, tosaíonn Tadhg ag caint ar an gcluiche Cumann Lúthchleas Gael a bhí ar siúl níos túisce, é ag fiafraí de Ross an raibh sé ag breathnú air.

'Ní raibh,' arsa Ross.

'Ba chóir do Ghaillimh an chraobh a bhaint.'

'Dá mbeadh siad sách maith, bheadh an chraobh bainte acu,' arsa Aoife, ar fhilleadh di. 'Agus ní thuigim, a Mham, céard a bhí chomh práinneach sin nach bhféadfadh sé fanacht?'

'Agus sibh uilig faoi aon díon amháin, theastaigh uaim an cleachtas a phlé libh.'

'An *friggin* cleachtas,' arsa Ross. 'Tuige a mbíonn orainn a bheith gafa i gcónaí leis an gcleachtas, go háirithe agus Deaide imithe?'

'Caithfidh muid é a phlé mar go bhfuil sé imithe.'

Éiríonn Tadhg ina sheasamh agus bogann sé go barr an bhoird.

'Mar is eol duit, a Cass,' ar sé, 'is liomsa aon trian den gcleachtas.'

Stánann Cass ar an dochtúir óg atá os a comhair amach. Cé nach bhfuil ach ceithre bliana is tríocha slánaithe aige, tá sé maol cheana féin agus léarscáil de ghruigeanna ag leathnú ar a éadan. Seans maith nach gcaitheann sé ach ceithre huaire an chloig sa leaba i rith na hoíche. Agus rud eile de – tá sé chomh teann le téad. Bhraith Cass riamh nach bhféadfaí é a thrust. Ach bhí líon na n-othar tar éis méadú leis na blianta beaga anuas agus b'éigean do Liam é a fhostú mar pháirtí sóisearach agus aon trian den chleachtas a dhíol leis.

'Is maith is eol dom é sin, a Thaidhg,' ar sí. 'Beidh tú ag coinneáil ort mar a bhí sular cailleadh Liam is cosúil?'

'Níos mó ná sin, a Cass.'

'Cén chaoi?'

'Tá cúig bliana imithe tharainn ó thosaigh mé anseo.'

'Nach sciobtha a d'imigh siad!'

'Imíonn an t-am go sciobtha agus tú ag obair go crua.'

'Mar is eol dom go maith,' ar sí.

'Éist leis an mbeirt agaibh,' arsa Ross ag cur a ladair isteach sa scéal. 'An bhfuil pointe ar bith leis an gcomhrá seo? Cheap mé go raibh sibh ag iarraidh todhchaí an chleachtais a phlé. Déan dearmad ar an tseanstair a bhaineann leis.'

'É sin go díreach atá mé ag iarraidh a dhéanamh,' arsa Tadhg. 'Le deireanaí tá leath na hoibre á dhéanamh agamsa. Ní féidir leanúint faoi mar a bhí. Agus más mian leat go bhfanfaidh mé ag obair anseo, tá leath an chleachtais uaim.'

Leathann ciúnas ar fud an tseomra. Breathnaíonn Cass i dtreo a hiníne atá faoin am seo ag faire amach an fhuinneog. Nuair nach ndeachaigh a mhac leis an dochtúireacht bhí tuiscint ag Liam go gcloífeadh Aoife le traidisiún an teaghlaigh.

'A Aoife,' ar sí. 'Ar chuala tú an méid a bhí le rá ag Tadhg?'

'Níl mé bodhar, a Mham.'

'An bhfuil tú réidh fós luí isteach ar obair d'athar?'

'Níl.'

'A Aoife,' arsa Cass, ag éirí mífhoighneach, 'bhí lá fada agam.'

'Agus ní raibh ag éinne eile?'

Anall le hAoife chuig an mbord, a folt ag síneadh thar a gualainn, é chomh díreach le brat veilbhite.

'Is gearr go mbeidh do chonradh le Trócaire curtha isteach agat.'

'Tá mé th'éis conradh úr a shaighneáil leo. Beidh mé ag filleadh ar an India arú amárach. Tá go leor ama caite agam sa *kip* seo cheana féin.'

'Mura bhfuil sé ar intinn agat dul ag obair sa gcleachtas, bheinn sásta mórchuid na hoibre a ghlacadh chugam féin. Faoi mar atá ar siúl agam, *anyways*,' arsa Tadhg.

'B'in an fáth ar bhuail taom croí m'athair, is dócha? Mar go mbíodh sé ina shuí ar a thóin istigh sa seomra sin?' arsa Aoife i bhfreagairt air.

'Ní fios go fóill cén chaoi ar bhuail an taom croí é,' arsa Tadhg, 'go gcloise muid ón gCróinéir.'

'Is leor an méid sin,' arsa Cass. 'Ós rud é go bhfuil sé ar intinn ag

Aoife filleadh ar an India, níl an dara rogha agam.'

'Sea?' ar Tadhg, é ar bís.

'Bhí muid uilig ag ceapadh go leanfadh Aoife Deaide sa gcleachtas,' arsa Ross.

'Éist leis an gceann atá ag caint,' arsa Aoife.

'Tiocfaidh muid ar réiteach éicint,' arsa Cass. 'Tá mé chun labhairt le Seosamh Ó Liatháin ar maidin. Coinneoidh muid orainn faoi mar a bhí le mí anuas. Go fóill, ar aon chaoi. Féadfaidh muid an dochtúir ionaid a fhostú go ceann scaithimh eile. Seans nach bhfeileann sé seo duitse, a Thaidhg, ach caithfidh mé mo mhachnamh a dhéanamh ar an scéal.'

'Tá an ceart agat,' ar seisean. 'Ní fheileann sé dom.'

'Tá aiféala orm é sin a chloisteáil, a Thaidhg.'

'Agus ormsa.'

'Cén chaoi a d'fhéadfaí cúrsaí a fheabhsú?'

'Más gá duit é sin a fhiafraí díom, is léir nach bhfuil aon mhachnamh déanta agat ar an scéal go dtí seo, a Cass. Deir tú go bhféadfaidh muid an dochtúir ionaid a fhostú go ceann scaithimh eile. Is éasca é sin a rá. Is duine cumasach é an duine atá ann faoi láthair, ceart go leor. Ach is gá súil a choinneáil air. Rudaí a mhíniú dó ó am go chéile.'

Ní raibh Cass ag súil go ndéarfadh Tadhg an méid sin. Tá an ceart aige, ar ndóigh. Níor smaoinigh sí ar an obair bhreise a bhaineann leis an dochtúir ionaid a fhostú. An rud deireanach atá uaithi anois ná easaontú leis an bhfear a bhfuil sí ag brath air leis an gcleachtas a choinneáil ar oscailt. Caithfidh sí teacht ar chomhréiteach leis.

'A Thaidhg, deir tú go bhfuil leath an chleachtais uait.'

'Tá.'

'Céard a cheapfá dá ndíolfainn tuilleadh scaireanna leat sa gcaoi gur leatsa 49% de?'

'Ní hé an réiteach is fearr é ach déanfaidh sé cúis,' ar seisean. 'Go fóill, ar aon chaoi.'

Is léir nach bhfuil Tadhg pioc sásta le tairiscint Cass ach ní fada go bhfaigheann sé glaoch ón tseirbhís oíche agus gur éigean dó greadadh leis chuig leaba an bháis, strainc ar a ghnúis agus díomá ina shúil. Níl mórán eile le rá ag gasúir Cass seachas eitiltí agus tacsaithe a phlé. Beidh an bheirt acu ag taisteal go Baile Átha Cliath go moch ar maidin.

Cén chaoi ar éirigh le Cass beirt mar iad a thógáil? Ise atá cáilithe mar shíceolaí. Seans nár chaith sí go leor ama leo agus iad ag fás aníos. Bhí sí cruógach sna blianta sin ag cuidiú sa chleachtas, i mbun rúnaíochta do Liam gan trácht ar aire a thabhairt dá máthair chéile, Lil, gan nóiméad aici di féin go dtí le deireanaí nuair a d'fhill sí ar an gcoláiste lena dochtúireacht a chríochnú agus post a fháil sa tSeirbhís Sláinte. Tiocfaidh feabhas ar an scéal amach anseo ar bhealach amháin nó ar bhealach eile. Agus seans gur maith an rud é go bhfuil an bheirt acu ag dul thar sáile is nach mbeidh siad sa tír am a thionólfar an t-ionchoisne i dtaobh bhás a n-athar.

Cé gur duairc pianmhar an lá a d'fhulaing Cass, tá ceacht foghlamtha aici: tá deireadh tagtha lena laethanta mar thuismitheoir is mar bhean chéile. As seo amach déanfaidh sí a seansaol a adhlacadh sa chré in éindí lena fear céile is tosú as an nua.

Bogann sí go mall tríd an seomra suí ag bailiú gloiní is á leagan ar thráidire. Síneann sí a lámh amach i dtreo na ndallóg len iad a tharraingt. Amuigh sa chuan scinneann gleoiteog aonarach thar na tonnta. Cosúil léi féin tá an báidín ar tí tabhairt faoi iomramh úrnua ina mbeidh dúshláin mhóra le sárú aige.

Cinntí

Tar éis don chúpla slán a fhágáil ag a máthair an mhaidin dár gcionn, breathnaíonn Cass uirthi féin sa scáthán. Thar na blianta níor éirigh sí ramhar ná cromtha. Tuige mar sin a mbíonn sí á gléasadh féin mar a bheadh seanbhean chríonna chaite inti? Osclaíonn sí an vardrús dúbailte sa phríomhsheomra leapa agus breathnaíonn le fonn múisce ar a cultacha oibre atá ar crochadh istigh ann mar a bheidís ina mbaill d'arm míleata ag fanacht ar orduithe an lae. Agus ar chultacha bréidín Liam taobh leo mar a bheadh a fhios acusan nach mbeadh aon éileamh orthu amach anseo. Is fuath léi an vardrús seo. Is fuath léi an seomra leapa seo. Gan trácht ar chuile sheomra eile sa teach mór folamh seo. Níl sí ag iarraidh fiú is oíche amháin eile a chaitheamh faoina chaolach.

Roghnaíonn sí bríste géine, seaicéad lomra agus péire bróg reatha le cur uirthi. Agus í gléasta, amach léi chuig an gcisteanach áit a n-aimsíonn sí rolla málaí plaisteacha. Ar fhilleadh di, tosaíonn á líonadh le cultacha Liam. Leagann sí súil ar a cultacha féin. Isteach sna málaí leo freisin, seachas culaith dhubh amháin agus péire culaith oibre. Ní fada go bhfuil an rolla ídithe, na málaí i riocht pléasctha agus cúlsuíochán an chairr agus an búit lán leo.

Istigh i gcathair na Gaillimhe déanann sí na málaí a chaitheamh isteach chuig siopa Vincent's agus an carr a pháirceáil san ionad siopadóireachta ar an gCearnóg. Tabharfaidh sí cuairt ar Sheosamh, an t-aturnae, ar dtús. Chomh maith leis na cáipéisí a bhaineann le probháid uachta Liam atá á réiteach aige, beidh air conradh úr a dhréachtú don dochtúir ionaid agus socrú a dhéanamh na scaireanna breise a dhíol le Tadhg. Suas léi chuig an mBóthar Mór. Ní mó ná sásta atá Seosamh nuair a chloiseann sé faoi na scaireanna.

''Bhfuil tú cinnte faoi seo, a Cass?'

'Tá, a Sheosaimh.'

'Seans go bhfuil tú ag lorg freagra tobann ar fhadhb leanúnach?'

'Tá mo mhachnamh déanta agam ar an scéal. Ní fheicim aon fhadhb. Nach ndearnadh comhlacht teoranta den gcleachtas arú anuraidh?'

'Rinneadh, cinnte. Glacaim leis go gcoinneoidh tú ort mar chathaoirleach agus go mbeidh mo dhuine – cén t-ainm atá air – sásta coinneáil air mar rúnaí?'

'Tadhg Ó Neachtain. Sea, coinneoidh seisean air mar rúnaí. Agus rud amháin eile de, a Sheosaimh, tá mé chun an teach cónaithe a ligean ar cíos. Féadfaidh seisean bogadh isteach ann, más mian leis é.'

'An teach a ligean, a Cass? Cá rachaidh tusa?'

'Ná bí buartha, a Sheosaimh, gheobhaidh mé áit bheag ar cíos.'

'Is bean shaibhir anois tú ach mholfainn duit súil a choinneáil ar do chuid airgid.'

Tá an ceart aige, ar ndóigh. Tá sí saibhir. D'fhéadfadh sí maireachtáil go deo gan lá eile oibre a chur isteach ach cé a bheadh ag iarraidh a leithéid a dhéanamh? Ach cá háit a gcuirfidh sí fúithi – ní raibh a machnamh déanta aici ar an scéal sin. Déanann sí socrú le Seosamh go rachaidh seisean i dteagmháil leis an ngníomhaireacht leighis maidir leis an dochtúir ionaid agus go gcuirfidh sé díol na scaireanna sa siúl.

Agus í ag siúl anuas Cnoc na Báinsí, braitheann Cass go bhfuil sí ar ais ar a seanléim arís. Go bhfuil ualach ollmhór curtha di. Idir na héadaí agus na scaireanna. Ach anois, céard faoin teach? Ag gabháil trasna an bhóthair di, tugann sí faoi deara oifig ceantálaí. Isteach léi ar an bpointe boise. Tá bean bheag sna tríochaidí, a chuireann bean eile i gcuimhne di, istigh ann. Í ina suí taobh thiar de dheasc ollmhór, ag breathnú go fiosrach ar Cass, mar a bheadh searrach ag cur a chloiginn thar sconsa.

Cuireann Cass í féin in aithne agus míníonn sí di go bhfuil sí ag iarraidh a teach cónaithe a ligean. Déanann an ceantálaí na socruithe cuí, í ar bís.

''Bhfuil tú ag lorg teach eile duit féin?' a fhiafraíonn sí de Cass.

'Tá.'

'Ceann atá níos lú, seans?'

'Sea. Gan é a bheith róbheag. Ní bothán atá uaim.'

'Nóiméad amháin.'

Téann an ceantálaí ag ransú trí na comhaid ar a deasc agus tarraingíonn ceann acu amach. Istigh ann tá grianghraif de theachín beag cois farraige.

'Bhuel, tá an t-ádh leat. Tá an áit seo díreach th'éis teacht ar an margadh,' ar sí, ag síneadh an chomhaid i dtreo Cass.

'Radharc na Mara,' arsa Cass ag breathnú ar na grianghraif le hiontas. Bungaló beag le trí sheomra leapa atá sa teach. Ceann amháin acu *en suite*. Plean oscailte atá sa seomra suí agus sa chistineach. Chomh maith leo siúd tá grianán gleoite ag breathnú amach i dtreo na farraige atá timpeall céad slat siar an bóthar uaidh. É lonnaithe thiar i mBéal na hAbhann i gConamara.

'Is le Gearmánach é. Tá sí th'éis crochadh léi abhaile go ceann scaithimh.'

'Ach fillfidh sí go luath?'

'Beidh sí imithe go ceann bliana, ar a laghad.'

Déanann Cass léaráidí na seomraí a iniúchadh. Is maith léi an teachín. Cé go bhfuil sé nuathógtha, tá sé bunaithe ar chruth na seantithe. Rud a chiallaíonn nach mbreathnaíonn sé as áit sa timpeallacht. Agus tá gach áis den chineál is nua-aimseartha ann.

'Go hiondúil nuair a thugtar Radharc na Mara ar a leithéid d'áit is gá breathnú amach fuinneog an áiléir leis an aigéan a fheiceáil,' ar sí leis an mbean.

'Ní bhíonn aon chaimiléireacht ar bun againn anseo. Faigheann tú a mbíonn le feiceáil. Dála an scéil, Síle is ainm dom.'

'Bhuel, a Shíle, ainmnigh do phraghas agus beidh mé breá sásta an teachín seo a bhaint ded' leabhra. Cheapfá gur tógadh go speisialta dom é,' ar Cass, ag pleanáil an tsaoil a bheidh aici sa teachín. Í ag smaoineamh ar an mbia a réiteoidh sí di féin. Na cláir a mbreathnóidh sí orthu, a bhuíochas don mhias satailíte atá le sonrú os cionn an chúldorais.

Scríobhann Cass seic do Shíle. Is maith léi a bheith ag déileáil le mná. Páirtithe úrnua ina saol úrnua. Croitheann an bheirt acu lámha a chéile. Agus í ag tarraingt an doras ina diaidh tugann sí Síle faoi deara ag ardú an fhóin. Déanann Cass iarracht smaoineamh ar an áit a bhfaca sí cheana í ach fós níl sí in ann a méar a leagan air.

Ar aghaidh léi chuig an ionad siopadóireachta agus anuas léi san ardaitheoir chuig an gcéad stór eile, áit a dtugann an sruth daoine i dtreo Penneys í. Tá na blianta fada imithe thairsti ó bhí sí ann cheana. Mholadh Liam di í féin a ghléasadh i gcultacha Moons agus Hynes, faoi mar a dhéanadh a mháthair. Dar leis, níor ghá di dul isteach i leithéidí Dunnes nó na seansiopaí puint, toisc nár mhaith an íomhá a chruthófaí dá bhfeicfí í, bean an dochtúra, istigh in áiteanna mar iad, margadh á lorg aici. Isteach de rúid léi anois chuig Penneys, an siopa éadaí is neamhchostasaí i nGaillimh.

Is deas gleoite ildathach iad na cultacha atá istigh ann. Ceannaíonn sí dhá cheann déanta de línéadach. Ceann amháin dearg agus ceann turcaid. Agus seodra beag airgid. Leathdhosaen T-léine. Cuaráin a bhfuil seacainí orthu. Crios le bróidnéireacht is bioráin. Cúpla péire brístí gearra. Seasann sí sa scuaine i measc na mac léinn, na ndaoine dífhostaithe is na n-inimirceach, áit a mbraitheann sí níos sona ná mar a bhraith le fada. Amhail is dá mbeadh sí ar ais i measc a muintire. Tairgeann sí €120 don fhreastalaí is faigheann cent amháin sóinseála. Níl caill ar bith ar na héadaí agus, dar leis na nuachtáin, ní dhearnadh i monarcha dhúshaothair ach oiread iad. Smaoiníonn sí siar ar an am, tamall de bhlianta ó shin nuair a rinne Peter Mandelson na Breataine iarracht cáin bhreise a ghearradh ar a leithéid d'éadaí ach ní rófhada a mhair Cogaí na gCíochbheart, mar a thugtaí orthu.

Na málaí sáite i mbúit an chairr aici, siúlann Cass chomh fada leis an Bridge Café, áit a suíonn sí amuigh ar an mbalcóin, uisce fuar na habhann ag sruthlú leis faoi bhun a gcos. Agus í ag luí isteach ar a sailéad, tugann sí ógfhear agus ógbhean faoi deara. Iad ina suí in aice an dorais. Niamh agus Gearóid atá ann. Iad ag ól *cappuccino* is ag ithe muifíní. Thaitin Gearóid léi nuair a casadh uirthi é – chuir sé é féin i láthair go maith. Bhí beirt eile sa chlann go bhfios di, iad tógtha ag a máthair ó chaith an bhean chéanna Tom amach.

Níl caill ar bith ar Ghearóid. Ná ar Niamh. Agus an bheirt acu lonnaithe sa tír seo. Ag streachailt leo ag iarraidh slí bheatha a bhaint amach dóibh féin. Is léir ón gcaoi a bhfuil Gearóid ag stánadh isteach i súile Niamh go bhfuil níos mó suime aigesean inti ná mar atá aicise ann. Ar a bealach amach as an mbialann stadann Cass ag an mbord ag a bhfuil siad ina suí. An bheirt acu ar bís. Fón póca cliste ar an mbord os a gcomhair amach, an bataire bainte amach as.

'An-deas sibh a fheiceáil arís. Cén chaoi a bhfuil cúrsaí, a Niamh?'

'Go breá, a Cass, seachas fadhbanna leis an bhfón seo. Díreach agus an fhéile ag druidim linn.'

'Cén fhéile?'

'Féile Chonamara. Beidh sé ar siúl ag deireadh na míosa i gCor an Iascaire. Seo bileog duit.'

'Seans go mbeidh mé ann.'

'Cloisfidh tú ceol is amhránaíocht den scoth,' ar Gearóid.

'Má bhím ann.'

'Ar a laghad tar chuig an oíche oscailte,' ar Niamh.

'Agus má chloiseann tú aon cheo spéisiúil …,' ar Gearóid.

'Má tá sibh ag iarraidh scéala a chloisteáil tá nuacht agamsa daoibh.'

'Coinnigh ort,' ar Gearóid, a leabhar nótaí á oscailt aige.

'Níl ann ach go bhfuil mé ag bogadh tí.'

'Cén áit a mbeidh tú lonnaithe?' ar Niamh.

'Amuigh ar an gcósta. I mBéal na hAbhann. Tá athrú uaim.'

'Tá sé tuillte agat,' arsa Niamh.

'Tá! Slán agaibh! Feicfidh mé an ag bhféile sibh. Ag seisiún nó dhó, tá súil agam.'

Má bhí amhras ar bith ar Cass faoin rogha cheart a bheith déanta aici faoina teachín, tá sí céad faoin gcéad cinnte de anois.

'Cuir glaoch orainn nuair a bheas an chóisir á reáchtáil agat,' ar Gearóid, agus Cass leath bealaigh amach an doras.

'Tá m'uimhir agat,' arsa Niamh. 'Is cosúil gurb é an seanfhón a bheidh á úsáid agam go ceann scaithimh. Tá fadhb leis an gceann úrnua neamhchliste seo.'

Ar aghaidh le Cass i dtreo Áras Naomh Éanna. Agus í ag druidim isteach sa charrchlós, tugann sí Imelda faoi deara, í ina seasamh ag cúl an fhoirgnimh, toitín ar a méar aici, í ag siúl síos agus suas go mífhoighneach.

'Nach tú an t-andúileach!' arsa Cass, glas á chur aici ar an gcarr.

Nuair a chasann Imelda thart tugann Cass faoi deara go bhfuil súil dhubh le sonrú ar a bas.

'In ainm Dé, a Imelda, céard a bhain díot?'

'Céard a bhain díotsa? Níl tú ceaptha a bheith istigh inniu.'

'Tá scéala agam duit ach is cosúil gur agatsa atá an nuacht is suimiúla.'

'Bhí sé garbh aréir ach nach mar sin is fearr?'

'Bhí aithne agat ar an bhfear, an raibh?' a fhiafraíonn Cass di. Is rud amháin é, braitheann Cass, spraoi a bheith agat sa leaba ach ní gá dul thar fóir, rud a dhéanann Imelda go minic agus le fir arb éigean a bhfuil aithne aici orthu.

'Tá aithne níos fearr agam anois air. Céard fút féin agus Tom? An é sin an scéala atá agat le roinnt liom?'

'Ní hé, a Imelda.'

'Is trua sin. Ní hé go bhfuil mé ag moladh duit siúl amach leis.'

'Bhuel, níl mise á iarraidh sin ach oiread.'

'Céard faoi Mhuiris, más ea?'

'Muiris?'

'An meantóir úd a bhí agat tráth. Ná habair go bhfuil seisean ligthe i ndearmad agat. Tá alt leis díreach foilsithe san eagrán deireanach den iris *Psychology Simplified*.'

'A Imelda, níl mé ag lorg páirtí.'

'Cé go gcloisim thú, ní aontaím leat.'

Ní thugann Cass freagra ar a bas. Níl ach mí ann ó cailleadh a céile. Ní raibh an bheirt acu mór le chéile le fada. Fós féin, tá sí ag insint na fírinne d'Imelda: níl sí ag lorg aon duine ina áit. Go fóill, ar aon chaoi.

Isteach chuig an Ionad Leighis leo, áit a gcuireann Cass Imelda ina suí ar an tolg ina seomra comhairliúcháin.

'Fan ansin go ciúin go gcuire mé caoi ar an marc gránna sin.'

'Fanfaidh. Ar choinníol amháin – go roinnfidh tú an nuacht úd liom.'

De réir a chéile insíonn Cass di faoin teachín.

'Teachín thiar i gConamara! Cuireann tú iontas orm!' arsa Imelda, ag stánadh ar a comhoibrí.

'Bheartaigh mé teitheadh ón seanteach is tosú as an nua. Ach ní chuirfidh sé isteach ar an méid a bhíonn idir lámha agam anseo. Ní hé ach go mbeidh mé lonnaithe i mBéal na hAbhann. Seacht míle siar an bóthar ón áit seo, i gConamara, seachas ceithre mhíle soir i mBóthar na Trá. Beidh mé siar is aniar chomh sciobtha is dá mbeinn im' chónaí sa seanteach.'

'Fadhb ar bith, a Cass. Deis atá ann. Bíodh sé de mhisneach agat é a thapú.'

'Fós féin, cloisim go mbíonn an trácht go dona ar an mbóthar casta cúng céanna amuigh i gConamara.'

'Ní bheinn buartha faoin trácht. Ach mholfainn duit a bheith ar d'airdeall amuigh ansin. Mar is eol duit, tá cónaí ar othair linn sa gceantar sin. Bí ag faire amach dóibh.'

'Déanfaidh mé amhlaidh.'

'Fad is a chuireann tú isteach na huaireanta oibre, níl fadhb ar bith agamsa leis an bplean nua seo.'

''Bhfuil tú cinnte, a Imelda?'

'Tá. Ar choinníoll amháin: rachaidh an bheirt againn amach ar an *town* go luath. Le ceiliúradh a dhéanamh. Seans go mbeidh tú in ann an Tom sin a ligean i ndearmad.'

'Ós ag caint ar Tom atá muid, tá scéilín eile agam le roinnt leat.'

Insíonn Cass d'Imelda faoin tairiscint. Céard a bhí i gceist aige in aon chor?

'Déarfainn go bhfuil an Tom sin ag iarraidh dul ag suirí leat in athuair agus tú ar ais ar an margadh.'

'Seans!'

'Bhuel, mholfainn duit gan an chuid eile ded' shaol a chaitheamh ag fanacht air. Ná ar an Muiris sin.'

'Gabh i leith, a Imelda, nach mbíonn faitíos ort ariamh go gcasfaí na compánaigh aon oíche sin ort agus tú anseo ar dualgas, abair?'

'Ní bhíonn, a stór. Tá cónaí orthu uilig istigh sa gcathair. Anuas air sin, déanaim taighde orthu roimh ré. Is iontach an rud é an grá aon oíche. Bíonn píosa spraoi agat agus sin sin. Ní fhágtar suíochán an leithris ina sheasamh ná ní bhíonn éinne sa mbealach ort an lá dár gcionn.'

Seans go bhfuil an ceart ag Imelda is go bhfeilfeadh a leithéid de nós di féin. Ach ghlacfadh sé tamall ar Cass dul i dtaithí ar a leithéid, fiú dá mbeadh sí á iarraidh. Agus maidir le dul amach ar an *town* in éindí le Imelda, b'fhearr le Cass dearmad a dhéanamh ar an oíche dheireanach a rinne an bheirt acu amhlaidh.

Agus í ag filleadh abhaile trí Bhóthar na Trá, tugann Cass faoi deara na sluaite ag plódú isteach ar an trá. Dhéanfadh siad an chuid is fearr den dea-aimsir mar gur gearr go mbeidh an fómhar buailte leo agus na gasúir ar ais ar scoil. Agus í ar tí a cabhsa a bhaint amach, tugann sí aird ar fhear, é cromtha ag ceann den dá philéar, scriúire ina ghlac aige, ag baint anuas na plaice a bhfuil ainm agus sonraí Liam breactha air. Agus í i bhfogas dó, feiceann sí gur Tadhg atá ann agus ritheann sé léi cén áit a bhfaca sí Síle cheana. Ise an bhean atá Tadhg ag dul a phósadh. An bhean nach mbíonn aon chaimiléireacht ar bun aici.

Nach glic an lánúin iad! Toisc go bhfuil seisean santach tá 49% den chleachtas aige agus, toisc go bhfuil sise slítheánta, beidh an bheirt acu in ann bogadh isteach sa teach ollmhór gruama seo gan mhoill. Bíodh sé acu, fad is a íocann siad an cíos. Déarfaidh sí le Piaras Ó Raighne, an cuntasóir, súil a choinneáil ar chúrsaí airgeadais. Ach ar ghá an phlaic a bhaint anuas chomh sciobtha sin?

Sméideann sí a cloigeann ar Thadhg agus í ar a bealach chuig an ngaráiste, gan ligean dó a fheiceáil go bhfuil sí ar buile. Agus tuige an mbeadh? Tá a teachín féin faighte aici agus cinntí déanta a chuirfidh cor ina saol amach anseo. Ní thabharfaidh sé ach lá nó dhó uirthi a leabhair, a cuid éadaí, a cuid línéadaí, a giuirléidí cistine agus a hearraí pearsanta a bhailiú le chéile. Istigh sa gharáiste brúnn sí cnaipe ar an gcianrialúchán agus titeann an doras anuas go caol díreach mar a bheadh sé ag tabhairt chun críche an saol a bhí aici go dtí seo.

Cois Farraige

Isteach le Cass san fharraige mar a rinne sí chuile mhaidin le dhá lá déag anuas. Is deacair a chreidbheáil nach bhfuil ach coicís imithe ó ghlac sí leis an teachín ar cíos. Gan ach sé seachtaine imithe ó cailleadh a céile. Ligeann sí don uisce sní thar a rúitíní, a colpaí, a glúine is a ceathrúna. Fanann sí ciúin ar feadh nóiméid. Níor thaitin sé léi riamh tumadh isteach san uisce. An sáile a bhrath ag sní aníos a srón, gan í a bheith in ann a hanáil a tharraingt. Is maith léi an nóiméad seo. Chuile shórt ar tí athrú. Tuigeann sí céard is claochlú ann. Anuas léi ansin go mall réidh san uisce.

Caitheann sí thart ar deich nóiméad ag sní siar is aniar sa chuas beag ar a dtugtar an Trá Mhín. Trí thrá bheaga atá soiprithe ar an gcuid seo den chósta, ceann amháin i ndiaidh an chinn eile. Trá na Rón an ceann is cóngaraí dá teachín; an Trá Mhín, an chéad cheann eile, áit a dtéann sí ag snámh; agus an Trá Bhuí, an ceann is faide siar atá lonnaithe in aice leis an gCeathrú Ard. Is maith le Cass an stráice gainimh mhín anseo agus, ar ndóigh, ní chastar uirthi san uisce ach daoine daonna agus corrphortán. Sin ráite, ní fhaca sí aon rón, ná a lorg, ar Thrá na Rón go fóill.

Déanann sí na tonnta a threabhadh go mall réidh. Go dtugann tonn ollmhór fúithi, á caitheamh i dtreo na trá. Maistreadh is cúis leis an suaitheadh uisce, rud a tharlaíonn anois is arís agus bád ag dul thar bráid. Glacann sé tamall uirthi a scamhóga a líonadh le haer is an sáile a ghlanadh dá súile. Is ansin a fheiceann sí mótarlainse thoir uaithi amach ón Ros Fada, a dhéanann an Trá Mhín a dheighilt ó Thrá na Rón, na focail GARDA CÓSTA NA hÉIREANN breactha ar a thaobh. Caithfidh gur tharla tubaiste éicint. Fiosróidh sí an scéal ar a bealach abhaile.

Tar éis di í féin a thriomú is a ghléasadh ar aghaidh léi thar na carraigeacha, a bhfuil go leor cor is casadh iontu, i dtreo an Rois Fhada, an leoithne ag a droim á brú chun tosaigh. Thíos fúithi tá an taoide ag tuilleadh, ag nochtadh na gcloch beag bídeach agus na sliogán is ag ligean dóibh teas na gréine a shú isteach iontu féin. Seasann sí ar charraig ar feadh nóiméid ag breathnú amach i dtreo fhíor na spéire, í ar a suaimhneas in athuair, ag éisteacht le torann na dtonn agus leis an gcór faoileán os a cionn.

Go deimhin, is deacair a chreidbheáil go bhfuil cúrsaí athraithe as cuimse, faoi mar atá, agus gurbh í féin a chuir sa siúl na hathruithe céanna. Braitheann sí go bhfuil an rogha cheart déanta aici – a teachín beag gleoite faighte ar cíos aici. Gan le déanamh aici ach í féin a shásamh. Seachas fiche uair an chloig a chur isteach san Ionad Leighis in aghaidh na seachtaine.

Cromann sí le bata a chaitheamh san uisce agus ritheann madra beag isteach ar a thóir. Anall chuici leis, á bhronnadh uirthi.

'Heileo, a chara,' ar sí. 'Nach breá don mbeirt againn agus muid amuigh ag spaisteoireacht!'

Baineann sí an bata as a bhéilín agus caitheann ar ais san uisce é. Tá dea-chuma ar an gcréatúr; ní coileán é ach níl sé fásta go huile is go hiomlán ach oiread. De phór measctha é – madra caorach den chuid is mó, ach ruainne beag den bhrocaire le sonrú ann freisin. Cromann sí lena bríste a chasadh aníos is a cuaráin úrnua a bhaint di. Ansin go hobann i gcéin uaithi briseann bonnán suaimhneas an lae. Faoi mar a rinne an maistreadh. Tosaíonn an madra beag ag tafann, ag rith ina diaidh. Tugann sí faoi deara solas gorm soir an bóthar. Carr Gardaí gan mharcáil, atá ag lúbadh anoir. Caithfidh go ndearnadh coir ar Thrá na Rón.

Sciurdann Cass thar na carraigeacha. An madra sna sála uirthi. É ag tafann.

'Abhaile leat,' a deir sí leis, ag caitheamh an bhata i bhfad uaithi.

Ach beireann seisean ar an mbata in athuair agus leanann í. Bhíodh madra i gcónaí sa bhaile acu agus í ag fás aníos. Leanaidís a máthair abhaile ó na siopaí agus thugadh sí dídean dóibh. Bean Ghaeltachta ab ea í nár éirigh léi cur fúithi riamh sa chathair.

Agus Cass ag déanamh ar an Ros Fada, ritheann an madra beag ar aghaidh. Cé go bhfuil dóthain bruscair caite anseo is ansiúd ar an trá, tá an phraiseach is mó le sonrú taobh leis an gcarrchlós. Cannaí dí, buidéil phlaisteacha agus clúdaigh mhearbhia scaipthe ar an ngaineamh, ar na carraigeacha agus faoi uisce sna linnte beaga idir na carraigeacha. Bídís cúramach nó caillfidh siad an bhratach ghorm. Cuimhníonn Cass ar an bhféile a luaigh Niamh: caithfidh go bhfuil sí ag druidim chun deiridh anois. Cé go ndúirt sí le Niamh go mbreathnódh sí isteach ar sheisiún nó dhó, bhí dearmad déanta aici de. Beidh na sluaite bailithe leo faoin am seo tar éis dóibh a ndóthain den amhránaíocht is den cheol is den rince a shá isteach agus lorg ollmhór fágtha acu ina ndiaidh.

'Agus tusa, a mhaidrín, céard é do bharúil faoi seo?'

Baineann sí a bhóna de lena ainm a dhéanamh amach ach níl ainm ar bith air. Is cosúil gur stróiceadh an bonn uaidh. Stánann sé uirthi, a shúile beaga ag impí uirthi amhail is dá mbeadh a máthair ag cogarnach ina cluas. Tabhair abhaile leat é. Cén dochar? Níl caill ar bith ar an sciotachán. Chaith tú na blianta fada ag clamhsán nach ligfeadh d'fhear céile do mhadra tairseach an tí a thrasnú. Is é seo do sheans anois.

Bhuel, caithfidh gur le duine éicint é ach má leanann sé í tabharfaidh sí bia is dídean dó. Agus cuirfidh sí fógra suas sna siopaí ar ball.

Agus í ar an taobh eile den Ros Fada, tugann sí mótarlainse an Gharda Cósta faoi deara, é ar feistiú in aice na Carraige Aonair atá timpeall scór slat amuigh ó na carraigeacha eile, beirt Ghardaí Cósta ag póirseáil ann. Is féidir léi puball gorm a dhéanamh amach ar an gCarraig Aonair, triúr faoi chultacha bána ag dul isteach ann, faoi mar a bheidís teileapórtáilte isteach ó phláinéad eile. Os a comhair amach ar an trá tá mórshlua bailithe. Dingithe scaipthe thar an ngaineamh. Scata tumadóirí faoi chultacha fliucha ina seasamh taobh leo. Mar aon le beirt Ghardaí, muintir an phobail agus lucht teilifíse. Carranna, otharcharr agus veain bhán, a bhfuil GARDA AN BIÚRO TEICNIÚIL breactha air, páirceáilte thuas ar an gciumhais féir. Go hobann ritheann an madra ar aghaidh agus tosaíonn ag geonaíl ag cosa duine de na tumadóirí. Fear a bhfuil sorcóir ocsaigine á phacáil isteach ina mhála aige.

'Ciamar a tha thu?' ar seisean ag iarraidh súgradh leis an madra, ach

27

coinníonn an t-ainmhí air ag tafann.

'Cad a dhein mé ort?' ar seisean leis agus 'Hi!' le Cass.

'Céard atá ar siúl anseo?' ar sí. 'An leatsa an maidrín?'

'Faraor géar, ní liom. Ní leatsa é, is cosúil?'

'Ní liom.'

'Nach bhfuil sé uafásach mar sin féin?'

'Céard a tharla?'

'Bean óg. Thángthas ar a corp amuigh ar an gcarraig ar maidin. Is cosúil gur bádh aréir í.'

'Sibhse a tháinig ar a corp?'

'Ní hea. Beirt iascairí a bhí amuigh ag seiceáil a bpotaí gliomach. Ach tharla sé go rabhamar sa cheantar ag an am. Callum is ainm dom, dála an scéil. Callum Mac Leòid.'

'Deas bualadh leat, a Callum. Ní ón gceantar seo thú,' ar sí ag tagairt don bhlas iasachta ar a chuid cainte. Blas atá chomh mealltach céanna leis an gcruth atá air – ard agus aclaí.

'Is Albanach mé.'

Seans gur fhág Cúchulainn níos mó ná síol amháin ina dhiaidh mar gur mhacasamhail dá leithéid atá ann.

'Céard a thugann chuig an taobh seo tíre thú?'

Sula n-éiríonn le Callum freagra a thabhairt uirthi, cloistear adharc ag séideadh i bhfogas dóibh. An carr Gardaí gan mharcáil atá ann. Scarann an slua le nach dtreabhfaidh sé tríd. Amach as le Tom Breasal agus fear eile. Bleachtaire eile, is cosúil. Isteach i dtreo na trá leis an mótarlainse. Téann na bleachtairí ar bord agus amach chuig an gCarraig Aonair leo.

Seasann Cass agus Callum taobh le taobh mar a bheadh dhá dhealbh ag stánadh ar na bleachtairí ag dul isteach sa phuball gorm. Anall le fear, a bhfuil céim bheag bacaí ann, chucu.

'Seo chugainn Iain, mo leathbhádóir,' arsa Callum. 'Is baill de chlub tumadóireachta sinn. Bhí sé ar intinn againn tumadh amuigh in aice na sceire inniu. Ach is fearr dúinn bailiú linn anois.'

'Deas bualadh leat,' ar Cass le Iain. 'Is mise Cass.'

'Iain,' arsa seisean, meangadh ag leathadh ar a bhéal.

Seasann an triúr acu ag breathnú amach i dtreo na carraige, áit a bhfuil an fhoireann ón mBiúro Teicniúil ag obair leo.

'We were in the neighbourhood when they found the body,' arsa Callum, 'and waited around to see whether we could be of any help.'

'The State Pathologist is already out there,' arsa Iain.

'You seem knowledgeable in these matters, Iain.'

'Part of our brief. We're often called on to help the police,' ar seisean le Cass, amhail is gur óinseach í.

Casann Cass timpeall agus feiceann sí puball gorm eile taobh thiar di ar an trá, téip a bhfuil CRIME SCENE NO ENTRY GARDA LÁTHAIR CHOIRE COSC AR DHUL ISTEACH breactha air, thart ar an limistéar mórthimpeall air. Féachann Iain sa treo céanna.

'Not much point in shutting the stable door after the horse has bolted,' ar seisean.

'I don't understand?'

'It seems the young woman left her clothes there. Not much chance of any evidence left intact, I dare say.'

'Was it someone local – have you heard?' arsa Cass.

'Not so far,' arsa Callum.

'They're saying it was a suicide,' arsa Iain.

'Who says?' a fhiafraíonn Cass de.

'It's a rumour doing the rounds,' ar Iain. 'Excuse me now, some of us have got work to do. Nice meeting you, Cass.'

'You too, Iain.'

Ar aghaidh leis ar ais i dtreo veain dhuibh. Breathnaíonn Cass air. Ar an gcéim bheag bacaí atá ann.

'Tharla timpiste dó aréir, is cosúil,' arsa Callum. 'Eadrainn féin, an iomarca Guinness, déarfainn.'

Faoin am seo tá baill den Bhiúro Teicniúil ag leagan mála, ina bhfuil corp na hógmhná sínte, de réir dealraimh, sa mhótarlainse.

'Ceist agam ort, a Callum – do chuid Gaeilge? Caithfidh go mbíonn tú sa tír seo go minic,' arsa Cass.

'Ní chomh minic agus ba mhaith liom. Is saineolaí teangacha san ollscoil i nDún Éideann mé. Na teangacha Ceilteacha a bhíonn á bplé agam agus mé ag obair sa phost lae.'

Breathnaíonn Cass air le hiontas.

Isteach leis an mótarlainse ina bhfuil na Gardaí Cósta, an Paiteolaí Stáit, Tom agus an bleachtaire eile, mar aon le corp na hógmhná, i dtreo na trá. Ar shroichint na trá dóibh, iompraíonn na Gardaí Cósta an mála corpáin as an mótarlainse agus leagann ar shínteán é. Leathann ciúnas ar fud na trá, seachas an fothram atá le cloisteáil ó bhróga na n-oifigeach atá ag glugarnach ar an ngaineamh agus ón gcór faoileán os cionn an tslua. Tosaíonn bean ar dheichniúr dóláis den choróin. Leanann an pobal í fad is a iompraítear corp na hógmhná i dtreo an otharchairr is a leagtar ann é.

'Bhuel, sin sin,' arsa Callum, agus na paidreacha thart. 'Is fearr dúinn an bóthar a bhualadh. Níl síob uait, an bhfuil?'

'Níl, go raibh maith agat. Tá cónaí orm thoir ansin.'

Filleann na Gardaí Cósta ar an mótarlainse agus amach i dtreo na carraige in athuair leo. Agus iad imithe, labhraíonn Tom leis an slua.

'Is féidir libh dul abhaile anois. Tá an seó thart agus obair le déanamh anseo. Fágaigí bhur n-uimhreacha teagmhála leis an nGarda Ó Murchú, nó leis an nGarda Ní Dhireáin, sul a n-imíonn sibh mura bhfuil sé déanta cheana féin agaibh.'

Scaipeann formhór an tslua. Gluaiseann duine nó beirt i dtreo na nGardaí agus de réir a chéile tagann scuaine bheag le chéile. Cé nach bhfaca Cass aon cheo, braitheann sí gur chóir a hainm a fhágáil leis na Gardaí. Agus í ag bogadh isteach sa scuaine, tugann Tom faoi deara í.

'A Cass, céard atá ar siúl agat anseo?'

'Amuigh ag siúl a bhí mé.'

'Chuala mé go raibh an teach i mBóthar na Trá ligthe agat.'

'Tá mé th'éis bogadh amach anseo. Agus teachín faighte ar cíos agam. An dara teachín thall,' ar sí, a méar á síneadh aici i dtreo an teachín atá le feiceáil caoga slat soir uathu.

'An teachín leis an sceach mhór is na fiailí ar an gcabhsa?'

'Tá sé rud beag fiáin.'

'Beidh muid ag caint ar ball.'

Tosaíonn an maidrín ag tafann in athuair agus ag léim aníos ar chosa Tom.

'An leatsa an gadhar?'

'Ceapann seisean gur liom. Ach tá sé sách ceanúil ortsa. Seans go dtógfása abhaile leat é?'

''Magadh atá tú,' ar sé, súil á leagan aige ar Callum agus Iain. 'Breathnaigh an bheirt acu! 'Bhfuil aithne agat orthu?'

'Tuige?'

'Fáth ar bith. Tumadóirí! Cuireann siad ag crith mé.'

'Cheapas féin gur fir lácha iad.'

'B'fhéidir é. Buailfidh mé isteach chugat laistigh de chúpla lá. Le labhairt leat. Faoin tairiscint úd.'

Sula mbíonn deis aici freagra a thabhairt air, casann Tom ar a shála agus siúlann i dtreo an chairr gan mharcáil. Faoi mar a iarradh uirthi, fágann Cass a hainm leis an nGarda Ó Murchú agus croitheann lámh leis an mbeirt eachtrannach, Callum agus Iain.

Agus í ag súil soir an bóthar smaoiníonn Cass ar an méid atá tar éis tarlú. Dar leis an ráfla a cuireadh sa siúl, a deir Iain, féinmharú ba chiontach le bás na hógmhná. Seans go raibh an méid sin fíor. Cuireann an iomarca den aos óg lámh ina mbás féin. Liostaíonn Cass na cúiseanna a d'fhéadfadh a bheith mar údar ag a leithéid: easpa féin-mhuiníne; bulaíocht; ísle brí; deireadh le caidreamh; deacrachtaí ar an gcoláiste; bás siblín, nó tuismitheora. Tá na staitisticí ag dul i méid i gcónaí.

Nach difriúil ar fad an saol a bhí aici féin is Tom le linn laethanta a n-óige? Bhíodh ocras orthusan agus iad ag fás aníos. A mbealach a dhéanamh sa saol mór. Ba ise an chéad duine ar an tsráid ar éirigh léi an ollscoil a bhaint amach. Ba eisean an chéad duine a chuaigh isteach sna Gardaí. Ach breathnaigh anois orthu. Ar éirigh leo aon cheo a chur i gcrích? Bhí siad oilte ach an raibh siad sona? D'fhéadfadh cúrsaí a bheith níos fearr aicise, ar ndóigh, ach céard faoisean? Cearrbhach é atá ar bhóthar a leasa anois, is cosúil. Ach é scartha óna bhean, pósta lena jab, gan é ach ag cur aithne ar a mhac anois. Ach an féidir aithne a chur ar do ghasúir féin riamh? Cé gur thóg sise an cúpla a rugadh dise agus do Liam an raibh aithne aici orthusan? An bpósfadh a dtuismitheoirí mura raibh sise ag súil?

Agus na smaointe sin ag suaitheadh ina hintinn sroicheann Cass a teachín. Cloiseann sí an fón ag bualadh. Síle, an ceantálaí, atá ann ag rá go bhfuil sé ar intinn ag an nGearmánach fanacht ina tír dhúchais agus go mbeadh sí sásta an teachín a dhíol ach an praghas ceart a fháil. Cuireann Cass tairiscint isteach ar an bpointe boise.

Anonn léi chuig an gcúldoras a osclaíonn amach ar an bpaitió. Caithfidh sí tabhairt faoin ngarraí is fáil réidh leis na fiailí má tá sí chun an teachín a cheannach. Braitheann sí rud éicint in aghaidh a coise – tá an madra tar éis í a leanúint. Níl an dara rogha aici anois. Tabharfaidh sí greim le hithe dó.

Réitíonn sí fochupán bainne agus aráin dó agus fágann sa ghrianán é. Agus fonn carthanachta fós uirthi caitheann sí braon uisce ar na plandaí atá tréigthe ann. Planda scáth fearthainne mar aon le geiréiniam bándearg. Fanann sí ina seasamh ar feadh cúpla nóiméad, ag breathnú i dtreo na farraige, agus deireann paidir ar son na hógmhná anaithnide a cailleadh.

Geit

Dath magnóilia atá ar bhallaí theachín Cass. I dtosach bhraith sí go ndéanfadh sí an scéal sin a leigheas dá gceannódh sí an teachín ach tuigtear di anois go raibh an ceart ar fad ag an nGearmánach nuair a roghnaigh sí an dath céanna. Mar gur neamhdhath é an magnóilia. Dath péine atá ar an troscán. Agus meánghlas ar an tolg agus ar na cathaoireacha uilleann, a bhfuil bláthanna liathchorcra is buí breactha air. Seasann Cass sa seomra suí agus breathnaíonn amach an príomhdhoras i dtreo na gcnoc. Casann sí timpeall agus breathnaíonn sí amach an cúldoras i dtreo na farraige. Agus ní fada go dtugann neamhdhath na péinte cuireadh do dhathanna na tuaithe sleamhnú isteach sa teach. Mar nach bhfuil aon dath is fiú trácht air ar na ballaí, níl aon dath in iomaíocht leis an radharc tíre. Agus cuireann glas an svuít trí bhall le dath an fhéir atá le feiceáil lasmuigh, ar an gcaoi chéanna a gcuireann an liathchorcra agus an buí leis an bhfraoch agus leis an aiteann. Ní bheadh sí ag iarraidh dallóga a cheannach go deo.

D'fhéadfadh sí a bheith sona sa teachín seo. Gan éinne ag brath uirthi seachas an coileán atá tar éis seilbh a ghlacadh ar an ngrianán dó féin. Agus d'fhéadfadh sí béasaí a theagasc dósan. Lasann Cass an tine agus ullmhaíonn béile di féin. Feoil, prátaí agus dhá ghlasra a theastaíodh ó Liam i gcónaí. Agus cé go mbíonn sí ag suí chun boird ina haonar na laethanta seo, ar a laghad bíonn bia deas folláin á ithe aici – sailéid, lasáinne, sicín Chív, torthaí. Agus fíon blasta á ól aici as na gloiní arda a bhronn a máthair uirthi lá a pósta ach nár úsáideadh go dtí anois.

Tá a cairde féin aici amuigh anseo freisin. Guthanna nach bhfuil uirthi freagra a thabhairt orthu. Carachtair atá le feiceáil ar an scáileán. Ar Sky Atlantic, Film 4, BBC4 agus, ar ndóigh, TG4. Gan trácht ar E4 agus More 4. Ábhar iontais di go bhfuil an oiread sin suime ag stáisiúin theilifíse in uimhir a ceathair. Le deireanaí tá suim á cur aici i leithéidí *Without a Trace, Taggart* agus *Blue Bloods*. Sraitheanna coirscéinséirí ar theastaigh uaithi breathnú orthu le fada. Seans go n-éireoidh sí bréan díobh amach anseo, áfach. Is minic a leanann drochthoradh an rud a shantaíonn duine.

An béile thart, síneann sí amach os comhair na teilifíse agus, mar is iondúil di, casann ar TG4 ar dtús leis an nuacht a chloisteáil. Inniu scéal an bhá an príomhscéal. Níl ainm na hógmhná eisithe ag na Gardaí go fóill. Ná níor tháinig tuilleadh sonraí faoin tubaiste chun solais san idirlinn. Leanann na scéalta eile. Níl Cass in ann a hintinn a dhíriú ar aon cheann acu, áfach, agus í ag smaoineamh ar an méid a tharla i bhfogas chéid slat di. Feiceann sí béil á n-oscailt is á ndúnadh ach focal dá bhfuil á rá acu ní chloiseann sí. Fós, níl sí in ann bun ná barr a dhéanamh de scéal an bhá ar chor ar bith. Dá gcaillfí duine den chúpla, ní fhéadfadh sí maireachtáil gan iad. Seans nach maith an rud é ag deireadh an lae a bheith sáinnithe amuigh anseo ina haonar. Beartaíonn sí na coirscéinséirí a sheachaint anocht agus cuireann an DVD *Sense and Sensibility* ar siúl. Ní fada go dtiteann sí ina codladh.

Dúisíonn sí de gheit. Guthanna ag dul thar bráid is cúis len í a tharraingt as a codladh sámh. Breathnaíonn sí amach an fhuinneog agus tugann scáth fir faoi deara ag sciurdadh thar dhoras an ghrianáin. Ansin cloiseann sí cnag ar an doras tosaigh. Feiceann sí aghaidh á brú i gcoinne ghloine an dorais. Tugann sí sracfhéachaint ar a huaireadóir. A haon déag a chlog. Cé a bheadh á lorg chomh deireanach sin? Cnag eile. An aghaidh fós in éadan an dorais. Caithfidh sí dallóga a cheannach ar an bpointe boise. Cloiseann sí guth:

'A Cass, scaoil isteach mé.'

Osclaíonn sí an doras. Gearóid atá ann. Scéin agus aiféala le sonrú ina shúile. É gléasta i gcóta agus i mbríste báistí. Clogad faoina ascaill.

'Brón orm cur isteach ort, a Cass, agus é chomh deireanach sin.'

'Fadhb ar bith, a Ghearóid. Tar isteach.'

'Go raibh míle.'

Leagann Gearóid an clogad ar bhord an halla agus tosaíonn ag baint an chóta de féin. Is léir go bhfuil sé ar intinn aige seal a chaitheamh ar an láthair.

'Tá scéal agam le roinnt leat, a Cass,' ar sé, na brístí báistí ag titim de.

'Coinnigh ort.'

'Níl mé in ann é a rá amach os ard. Go fóill.'

'Ar mhaith leat cupán tae? Greim beag le n-ithe?'

'D'íosfainn rud éicint dá mbeadh sé le spáráil agat, ach níl mé ag iarraidh cur isteach ort.'

'Muise, nach bhfuil an cuisneoir lán? Suigh isteach ag an mbord.'

Déanann sé amhlaidh agus luíonn isteach ar na píosaí aráin atá fágtha sa chiseán. Réitíonn Cass béile beag de shailéad agus uibheagán dó agus suíonn os a chomhair ag breathnú air, an méid atá ar an bpláta á alpadh aige. Níl lorg ar bith dá athair le sonrú sa leaid óg. Cailleach is ea a mháthair nó b'in a chuala Cass. Ach níor cheart di a leithéid a cheapadh nuair nár chas sí léi riamh. Fós féin, is suimiúil nár éirigh go ró-iontach léi féin ná le Tom maidir leis na páirtithe a bhí roghnaithe acu.

Beireann Gearóid ar an dara *croissant*. An ceann a bhí curtha i leataobh aici don bhricfeasta. A Dhia, tá ocras air. Cheapfá, le breathnú air, nach raibh greim aige ón lá a chonaic sí sa Bridge Café é.

'Ní miste leat mé ag cur isteach ort, a Cass?'

'Tá ríméad orm thú a fheiceáil, a Ghearóid. Cén chaoi a raibh a fhios agat gur anseo a bhí mé?'

'Do chomharsa, Seán Ó Conaola, siar an bóthar – dúirt sé go raibh bean as Gaillimh th'éis bogadh isteach sa teachín seo. Agus tú féin a dúirt go raibh sé ar intinn agat bogadh amach go Béal na hAbhann.'

Níl sí lonnaithe anseo ach le dhá lá déag anuas agus tá muintir na háite ag caint uirthi cheana féin. An tséid-isteach.

'Nach bhfuil aithne agat air?' ar Gearóid. 'Tá sé ina chónaí in éindí lena dheartháir sa tríú teach ar an gcéad bhóithrín th'éis an T-acomhal.'

'Níor chuir mé aithne air go fóill. Tuilleadh tae?'

'Beidh, go raibh maith agat.'

'Nach bhfuil sé go huafásach, mar sin féin?' ar seisean ag cuimilt a bhéil.

'An tubaiste, an ea? Go huafásach amach is amach.'

''Bhfuil a fhios agat cé a bhí ann?'

'Níor fógraíodh a hainm go fóill, go bhfios dom.'

Leathann cuma bhrónach ar ghnúis Ghearóid.

'Abair amach é, a Ghearóid, cé a bhí ann? An é sin an scéal atá agat le roinnt liom?'

'Ar éigean atá mé in ann é a chreidbheáil.'

'Céard é nach bhfuil tú in ann a chreidbheáil?'

'Bhí mé ag labhairt léi arú inné. An lá sular cailleadh í.'

'Ag labhairt le cén duine?'

'Ní raibh mé in ann freastal ar an bhféile an oíche cheana.'

'A Ghearóid, tháinig tú anseo le rud éicint a roinnt liom. Abair amach é.'

'Murach go bhfuair mé scéal gur ionsaíodh duine istigh sa gcathair. In aice le McDonalds.'

'A Ghearóid?'

'Ba í Niamh an bhean a bádh. Ise atá marbh.'

'Niamh?'

'Sea, Niamh. Níl dabht ar bith faoi. Cé nach sceithfeadh m'athairse an rún, tá a fhios agam. Tá foinsí agam, bíodh a fhios agat.'

'Foinsí? Cén saghas foinsí?'

'Tá siad faoi rún, a Cass.'

'Tá súil agam nach bhfuil tú ag briseadh an dlí.'

'Níl. Á lúbadh, seans, ach ar mhaithe leis an bhfírinne a aimsiú.'

Breathnaíonn Cass ar an leaid óg, é chomh díograiseach sin, chomh hocrach sin, chomh trína chéile sin. Ach Niamh? Agus táthar ag rá gur chuir sí lámh ina bás féin. Cén chaoi a d'fhéadfadh a leithéid tarlú do Niamh? Ní raibh sise in ísle brí. Níor bhuail an lionn dhubh riamh í ó bhí sí ina gasúr. Bhí sí sona an tráth úd. Bhí sí sona le deireanaí. Bhí jab a thaitin léi aici. Pleananna aici don am atá le teacht. Na céadta fear ar a tóir. Í go hálainn, meallltach. Agus ina luí istigh sa mharbhlann faoin am seo. Fuar. Báite. Gan anam. Doirteann Cass tuilleadh fíona isteach sa ghloine a bhí á húsáid aici níos túisce. Céard a bheadh le rá ag an gcúpla faoi seo? Ag Aoife agus ag Ross? Cén chaoi a roinnfeadh sí an scéal leo?

Scríobhfaidh sí chucu ar ball.

'Ní miste má chuirim an taifeadán ar siúl?' ar Gearóid ag leagan a fhóin chliste ar an mbord.

'Nóiméad amháin, a Ghearóid. Tuige a mbeifeá ag iarraidh a leithéid a dhéanamh?'

'Ba mhaith liom do thuairimí a chloisteáil.'

'Níl aon rud le rá agam a mbeadh suim agatsa ann.'

'Ach tá, a Cass. Deirtear gur chuir an ógbhean a cailleadh lámh ina bás féin. Go raibh sí in ísle brí. Ní raibh Niamh in ísle brí. Agus is maith is eol duit é sin. Is síceolaí thú. Tá mé ag iarraidh thú a chloisteáil á rá sin amach,' ar seisean, mar a bheadh sé in ann breathnú caol díreach isteach ina cloigeann agus a cuid smaointe a bhaint as.

'A Ghearóid,' ar sise, ag iarraidh smacht a choinneáil uirthi féin, 'ní féidir a bheith cinnte de thada díreach anois. Ach amháin go bhfuil ógbhean marbh. Gur bádh í. Gur Niamh a bhí ann, nó gur Niamh a bhí ann dar le do chuid foinsí.'

'Níor lig na foinsí céanna síos ariamh mé. Do thuairimí atá uaim. B'in an méid.'

'Éist liom, a mhac, ní fhéadfainn mo thuairimí proifisiúnta a roinnt leat, fiú dá mbeadh na sonraí cuí ar eolas agam. Ach is féidir linn suí anseo agus labhairt faoi Niamh. Go neamhfhoirmeálta. Mar chairde. Ach gan aon cheo a chur ar an taifead. Gan an fón sin a chasadh air.'

'A Cass, níl a fhios agam cé a chuir an ráfla sin sa siúl – gur féinmharú a bhí ann,' ar Gearóid, cnap ina scornach, 'ach, mar is eol duit féin, nuair a ghlacann muintir an phobail le heolas faoi leith is deacair an t-eolas sin a ruaigeadh as a gcloigeann.'

'Déanfar an scéal a fhiosrú ina iomláine – tá mé cinnte de sin.'

'Ach, a Cass, ní fheicfidh mé aríst í. Bhí sí chun agallamh a thabhairt dom i dtaobh na féile. Thuig mé nár chuir sí suim ar bith ionam, ar an mbealach sin, má thuigeann tú leat mé. Ach ba mhór liom gach nóiméad a chaith mé léi. Gach focal a tháinig amach as a béal.'

'Bhí sí an-cheanúil ort.'

'Cén chaoi ceanúil?'

'Thug mé faoi deara an chaoi a raibh sí ag labhairt leat an lá cheana istigh i nGaillimh.' Ba léir do Cass go raibh Niamh ceanúil air ach ní ar an gcaoi a theastaigh ó Ghearóid. Ba ar bhonn difriúil a bhí an cairdeas eatarthu. Bréag bheag a bhí sa mhéid sin. Ach cén dochar?

'Bíonn sé deacair scaití,' ar seisean.

'Cén chaoi deacair?'

'An oiread a bhíonn le sárú againn san am i láthair.'

Cé go n-aontaíonn Cass leis go mbíonn deacrachtaí le sárú ag gach glúin den aos óg, bhí méid ollmhór le déileáil leis aicise is ag athair Ghearóid freisin, ach beartaíonn sí gan a leithéid de smaoineamh a roinnt leis an leaid óg.

'Tuigim go maith go mbíonn fadhbanna agaibhse nach mbíodh le sárú ag an nglúin s'againne,' ar sí.

'Ní dóigh liom go dtuigeann.'

Breathnaíonn Cass ar a huaireadóir. Tá sé ag druidim le meán oíche.

'Tá mé cinnte de rud amháin, a Cass,' arsa Gearóid. 'Níor chuir Niamh lámh ina bás féin. Ná ní dhearna Áine amhlaidh ach oiread.'

'Áine?'

'I gContae Mhaigh Eo. Le linn na féile áitiúla. Ógbhean eile a bádh.'

'Níor chuala mé faoin mbean sin.'

'Arú anuraidh a tharla sé. Mí Iúil. D'fhág sí a cuid éadaigh i gcarn beag néata ar an ngaineamh. Ceapann daoine áirithe gur rud rómánsúil é an bá. A mhalairt atá fíor.'

'An bhfuarthas corp na chéad mná?'

'I mí Lúnasa. Thart ar mhí th'éis gur cailleadh í.'

'Caithfidh go raibh mé as baile ag an am.'

'Fuarthas a corp thíos i gCo an Chláir. Nó a raibh fágtha de. Ní raibh siad in ann toradh sásúil a fháil ar an scrúdú iarbháis.'

'Ní raibh sise in ísle brí ach oiread, is cosúil, an é sin atá á rá agat?'

'Ní raibh. Bhí aithne agam uirthise freisin. Agus tá mé cinnte de rud amháin, níor chuir ceachtar acu lámh ina mbás féin.'

'Ní féidir a bheith róchinnte de sin, a Ghearóid. Ná níl mé in ann freagra sásúil a thabhairt ort, ach oiread. Seans go bhféadfá an scéal a phlé le d'athair?'

'Le m'athair? Nár mhínigh mé chuile shórt faoi Áine dó ag an am? Ní raibh suim dá laghad aige ann.'

'Seans nach raibh sé ach th'éis bogadh anoir, gan na sonraí uilig ar eolas aige?'

Baineann tréith eisceachtúil leis an leaid óg seo. Rud éicint nach bhfuil Cass in ann a méar a leagan air. Díograiseoir is ea é, ceart go leor. Agus ba mhinic léi castáil lena leithéid ina seomra comhairliúcháin. Daoine, idir óg is aosta, a chuireann mórchuid suime i rud éicint. A bhíonn gafa go huile is go hiomlán leis an rud sin a ghlacann seilbh ar a saol. Dá mbeadh cónaí ar an leaid seo in áit éicint eile, nó fiú sa tír seo le linn an ama atá thart, seans go mbeadh sé á mharú féin ar son cúis éicint. Sin ráite, braitheann Cass nach bhféadfadh sí neamhaird a thabhairt ar an méid atá le rá aige.

Briseann Gearóid isteach ar a smaointe.

'Is fíor duit, a Cass, nuair a deir tú nach raibh aithne agat ar Áine. Agus nach féidir fáthmheas a thabhairt uirthi, ná a bheith céad faoin gcéad cinnte faoi an raibh nó nach raibh sí in ísle brí. Ach tá mise cinnte de rud amháin, ní raibh Niamh in ísle brí.'

'A Ghearóid,' ar sise, 'murar chuir Niamh, nó an cailín eile, Áine, lámh ina mbás féin, cé atá ciontach as iad a bhá?'

'Nach í sin an cheist a gcaithfidh muid aghaidh a thabhairt uirthi anois: cé a rinne é? Cé a mharaigh iad?'

Éiríonn Gearóid ina sheasamh agus tarraingíonn a chulaith bháistí air. Beireann sé greim ar a chlogad agus amach an doras leis. Breathnaíonn Cass amach an fhuinneog air agus é ag caitheamh coise amháin thar dhiallait a ghluaisrothair. Fanann sí mar sin go ceann scaithimh ag breathnú ar an solas beag dearg ag imeacht as radharc soir an bóthar. Cé nach raibh sí toilteanach a admháil dó gur aontaigh sí leis, tá sise cinnte de rud amháin: níor chuir Niamh lámh ina bás féin.

Ag Dul Siar

Go luath an mhaidin dár gcionn déanann Cass an grianán a scrúdú. Dúisíodh thart ar a ceathair a chlog í. Bhí sí cinnte gur chuala sí duine éicint ag bogadh thart ar na leacáin ach ansin chuimhnigh sí ar an gcoileán. Bhuel, is léir nach bhfuil aon dochar déanta aigesean. Tá an t-urlár breá slachtmhar. Agus tirim. Scaoileann sí amach sa gharraí é ach, ar dhruidim an dorais di, feictear di gur bogadh na plandaí, go bhfuil an geiréiniam san áit a mbíodh an planda scáth fearthainne agus go bhfuil an planda scáth fearthainne san áit a mbíodh an geiréiniam.

Nó an bhfuil? Seans gur bhog duine éicint i lár na hoíche iad. Seans go bhfuil dul amú uirthi, gur sna háiteanna a raibh siad lonnaithe inné atá siad lonnaithe anois. Seans gur chóir di staonadh ó na cláir choirscéinséirí amach anseo.

Is cosúil nár chuir na plandaí ná scéal tragóideach na hógmhná isteach ar an gcoileán, a thosaíonn ag tafann a luaithe a bhíonn a ghnó sa gharraí críochnaithe aige, é ar bís le ríméad is le hocras. Ullmhaíonn sí béile dó lena bhfuil fágtha tar éis cuairt Ghearóid agus ní mórán é. Grabhróga aráin agus seanphíosa muiceola a bhí caite sa chuisneoir le trí lá anuas.

Lasmuigh den teachín tá chuile shórt mar a bhí an lá roimh ré. An fharraige, an spéir, an sceach mhór. Is minic a bhímid ag guí ar son na dea-aimsire ach anois, nuair is ann di, bíonn rud éicint dár gcnaí, braitheann Cass. Tá ógbhean marbh. Í sínte sa mharbhlann. Níor chóir go mbeadh chuile shórt ag leanúint orthu mar is gnách. Ná níor chóir go mbeadh an lon dubh ag canadh faoi cheilt i gcrann éicint. Ná go mbeadh na turasóirí ar a mbealach chun na trá, a gcarranna lán le tuáillí, cultacha snámha, cláir shurfála is ábhar picnice.

Isteach sa teachín léi. Breathnaíonn sí ar an bhfón: tá teachtaireacht ann ó Ghearóid.

Hi Cass. NIAMH A BHÍ ANN. Tá a hainm eisithe ag na Gardaí.

Casann sí an citeal air. Beidh uirthi tae a ól arís ar maidin mar go bhfuil an síothlán caife fós ina bhosca. Beartaíonn sí ríomhphost a chur chuig an gcúpla. Ach céard a déarfaidh sí leo? Seans go bhfuil an scéal cloiste acu cheana féin. Bíonn a fhios ag an aos óg faoi chuile shórt a luaithe a tharlaíonn sé de bharr na meán sóisialta. Isteach léi chuig an oifig bheag atá cóirithe aici sa seomra leapa is lú.

A Ross agus a Aoife,
Is oth liom go bhfuil drochscéal agam daoibh. Níl aon bhealach éasca len é a rá.
Bádh Niamh arú aréir. Muid uilig trína chéile anseo. Na Gardaí fós ag fiosrú cúrsaí.
Cuirfidh mé sonraí na sochraide chugaibh ar ball. Meas sibh an mbeidh sibh in ann filleadh in am di?
Tá mé féin ag socrú síos amuigh anseo i mBéal na hAbhann. Chuile shórt togha.
Mam x

Ritheann sé le Cass gur chóir di dul amach chomh fada le hÁras Naomh Íde, an teach altranais ar an gCeathrú Ard ina bhfuil, Beairtle, athair Niamh, ag cur faoi, ach beartaíonn sí fanacht go gcloise sí an scéal ó fhoinse oifigiúil. Caithfidh go bhfuil mí tar éis sleamhnú thairsti ó labhair sí leis an seanfhear. Nach ise atá dearmadach!

Ar bhaint an Ionaid Leighis amach di, feiceann Cass triúr othar laistigh san fhorhalla cheana féin ag fanacht uirthise agus ar Imelda. Fear amháin, Labhrás, ag casadh amhráin, lámh mhná amháin, Kathleen, faoina ascaill aige. Tá an dara bean, an duine is óige díobh, ina seasamh ar leataobh, a lámha ag iarraidh a cluasa a chlúdach le nach gcloise sí *I'll take you home again, Kathleen*. Mags an t-ainm atá ar an dara bean. Is daoine áitiúla iad an triúr. Seans go bhfuil cónaí orthu gar dá teachín.

Ba chóir di breathnú ar a seoltaí le fáil amach go díreach cá bhfuil siad lonnaithe.

Is othar sách nua í Mags, bean atá ag fulaingt le neamhord éigníoch dúghafach, a bhfuil an ghráin aici ar an salachar. Isteach sa seomra comhairliúcháin le Cass, Mags á leanúint. Dúnann Cass an doras i ndiaidh na beirte. Baineann Mags ceirt dustála amach as a mála agus glanann sí an chathaoir os comhair deasc Cass sula suíonn sí uirthi. Ansin scaoileann sí leis na fadhbanna atá ag cur as di.

Ar dtús labhraíonn sí faoi dhath na leacán sa leithreas. Dath atá sách neodrach. Le nach mbeidh ar an nglantóir iad a ghlanadh go rómhinic. Ach is cosúil nach nglantar riamh iad. Maidir leis an leithreas féin – bhí uirthi úsáid a bhaint as ar ball. Nach mbeifeá ag ceapadh go mbeadh sé glan an tráth seo den lá nuair nár leagadh tóin fós air? Bhuel, bhí sise in ann na frídíní dofheicthe a fheiceáil. Agus bhí na mílte díobh ann. Ba ar éigean a tháinig sí slán as an stalla. Bíonn smionagar le feiceáil chuile háit. Bruscar bia. Frídíní sofheicthe agus frídíní dofheicthe. Tá siad thart uirthi. Á clúdach. Ag bagairt uirthi agus ar a teaghlach. Bíonn uirthi éirí ag breacadh an lae lena teach cónaithe a sciúradh le bléitse sula bhféadfaidh sí an bricfeasta a leagan ar an mbord. Ní cheadaítear buataisí peile sa teach in aon chor. Agus bíonn ar na leaids cithfholcadh a ghlacadh ar shroichint an bhaile dóibh.

Dar le Cass, baineann dhá chineál fadhbanna le Mags: na smaointe faoin salachar agus na haicsin a bhíonn mar thoradh ar na smaointe sin. Bhí an dá rud pléite cheana féin ag Cass léi. An uair dheireanach a labhair sí léi thug Cass obair bhaile di agus bhí sí ag súil go mbeadh an chuid is measa curtha di roimh sheisiúin an lae inniu. Bhí dul amú uirthi.

Breathnaíonn Mags mórthimpeall sheomra comhairliúcháin Cass.

'Tá an áit seo ina praiseach cheart. Chuile shórt trína chéile. Tá aiféala orm é a rá ach tá sé níos measa inniu ná mar a bhí ariamh.'

'Admhaím nach bhfuil an áit róshlachtmhar,' ar Cass, í ag breathnú ar an mbeart leabhar atá caite ar an urlár agus an carn nótaí, a bhí á léamh aici an lá cheana, ar leac na fuinneoige. 'Ach caithfidh muid rudaí a thógáil anuas len iad a léamh. Agus caithfidh muid maireachtáil leis na frídíní dofheicthe mar aon leis na cinn atá sofheicthe. Déanann cuid acu maith dúinn, bíodh a fhios agat. Tugann siad cúnamh dúinn muid féin a chosaint ar na drochghalair.'

'Má deir tú liom é.'

'Inis dom céard a bheidh le déanamh agat um thráthnóna.'

'Beidh orm an dinnéar a réiteach, muis.'

'Óicé. Molaim duit suí sa gcistineach ar feadh scaithimh agus samhlaigh an chaoi a mbeidh na glasraí is chuile shórt agus iad nite agat. É sin déanta agat, coinnigh ort á ní. Déan go cúramach é, le go mbeidh a fhios agat go bhfuil sé déanta i gceart agat agus nach gá é a dhéanamh in athuair.'

'Beidh sé deacair é sin a dhéanamh. Bíonn orm chuile shórt a sheiceáil in athuair le fáil amach an bhfuil sé déanta i gceart agam.'

'Tuigim duit ach, an babhta seo, déan do mhachnamh ar an scéal ar dtús, nigh na glasraí go cúramach agus suigh siar ansin go dtí go mbeidh sé in am iad a fhiuchadh.'

'Ach céard a dhéanfaidh mé agus mé ag fanacht go mbeidh sé in am?'

'Cas an raidió air agus éist le *Cormac ag a Cúig* nó cibé clár atá ar siúl. Go ceann cúig nó deich nóiméad. Déan an rud céanna ar maidin agus tú ag réiteach an bhricfeasta. Maidir le cúrsaí glantacháin, sula gcuireann tú tús leis an níochán, samhlaigh duit féin go bhfuil na gréithe is na huirlisí glan; tóg do chuid ama agus tú i mbun oibre lena dhéanamh cinnte go bhfuil sí déanta i gceart agat. Ansin caith roinnt ama i mbun rud éicint eile.'

'Cén saghas ruda?'

'An maith leat am a chaitheamh sa ngarraí?'

'Is maith. Ach ní bhíonn an t-am agam le caitheamh ann.'

'Bhuel, cruthaigh deich nóiméad duit féin amárach. Cúig nóiméad déag an lá dár gcionn. Díreach le breathnú ar na bláthanna.'

'Céard a dhéanfaidh mé má bhíonn sé ina bháisteach?'

'An maith leat cniotáil?'

'Is maith. Ach níor thug mé faoi le fada.'

'Bhuel, seans go bhfuil sé in am agat tús a chur leis in athuair. Tá an-tóir ar earraí lámhdhéanta san am i láthair.'

'Má deir tú liom é.'

'Déanfaidh sé maith duit. Anois, feicfidh mé Dé Máirt, an cúigiú lá den mí seo chugainn thú. Is é seo do chéad cheacht eile, a Mags. Beidh obair bhaile le déanamh agat chuile mhí amach anseo.'

Is bean chliste í Mags. Is léir go dtuigeann sí go bhfuil a mbíonn ar siúl aici seafóideach ach go gcreideann sí go gcaithfidh sí cloí leis na nósanna atá curtha sa siúl aici cheana féin. Seans go bhfuil faitíos uirthi go dtolgfaidh na gasúir galar éicint. Ach céard is cúis lena dearcadh míréasúnta? Braitheann Cass gur bhain tubaiste do Mags tamall de bhlianta ó shin. Nó do dhuine muinteartha léi. Rud nach bhfuil sí in ann aghaidh a thabhairt air nó nach bhfuil sí réidh le labhairt le Cass faoi.

Tar éis di slán a fhágáil le Mags ag an doras tosaigh, cloiseann Cass a fón póca ag bualadh. Isteach de rúid léi chuig a seomra comhairliúcháin.

'Heileo!' ar sise agus í as anáil. Tom atá ann.

'A Cass, a chroí. Tá mé fós thar a bheith cruógach, ag obair ar chúpla cás, ach bheadh an-suim agam bualadh isteach chugat ar ball.'

'Sa teachín, an ea?'

'Sea. Tá tú fós amuigh i mBéal na hAbhann, an bhfuil? Beidh sé thart ar am tae nuair a bheidh mé críochnaithe – mé fós i mbun fiosrúchán sa gceantar – ach bheinn breá sásta mo sheanchorp lofa a shíneadh síos in aice leat ar ball.'

'*Dream on*, a Tom!'

''Bhfuil tú ag rá nach mbeadh fáilte romham?'

'Cinnte, bheadh fáilte romhat. Ba bhreá liom labhairt leat faoi Niamh Ní Fhlaithearta, an ógbhean a bádh.'

'Tá a fhios agat cé a bhí ann?'

'Tá.'

'Faraor, ní féidir aon cheo a phlé leat, a chroí. Tá chuile shórt sa jab seo faoi rún. Ach feicfidh mé ar ball thú. Tá sé thar am agam an tairiscint úd a phlé leat. Slán go fóill.'

An tairiscint úd arís! Céard a bhí i gceist aige in aon chor? Beidh ar Cass an chuairt sin chuig Beairtle a chur ar ceal go ceann scaithimh.

San iarnóin agus í ar ais sa bhaile, amach le Cass chuig an ngarraí lena braillíní a chrochadh ar an líne. Braillíní bána a bhfuil lása thart timpeall orthu. Péire atá aici ó lá a bainise i leith. Línéadach Uladh. Iad chomh geal leis an lá ar fuáladh iad, a bhí sna pacáistí inar ceannaíodh iad go dtí le deireanaí. An raibh ar a fear céile bás a fháil sula bhféadfadh sí iad a bhaint amach as an gceallafán? Caithfidh sí fáil réidh leis an smaoineamh sin. Bhí sí i ngrá le Liam. Ní raibh dabht ar bith faoi. Agus bhíodh an-*time* acu ó am go chéile. Ba dheas smaoineamh ar na laethanta úd. San am i láthair, áfach, oireann sé di a bheith i gcónaí á cháineadh mar gurb é seo an chaoi a bhfuil sí in ann déileáil lena dobrón.

Caithfidh sí béile a réiteach di féin is do Tom. Seans go raibh seisean fós i mbun fiosrúcháin, ag obair go cruógach, ach d'fhéadfadh sí fothram a chloisteáil taobh thiar de agus é ag labhairt léi. Fothram gloiní is caint ard. Bhí sé i mbun fiosrúcháin, ceart go leor. Istigh sa phub áitiúil. Cé a bhí ag ceapadh go mbeadh sí uaigneach amuigh anseo? Muis, nach raibh sí ag castáil le níos mó daoine ná mar a chas riamh cheana agus í thoir i mBóthar na Trá?

Chuir Tom suim inti riamh. Bhíodh na comharsana agus a muintir agus a mhuintirse i gcónaí ag caint ar an gcaoi ar réitigh siad lena chéile. An bheirt acu cliste, díograiseach agus é mar bhunaidhm acu iad féin a tharraingt aníos as cúlsráideanna Bhaile Formaid agus ainm a bhaint amach dóibh féin. Ach mar is eol do Cass go maith nuair a bhíonn tú óg agus nuair a chloiseann tú daoine ag moladh duit rud éicint a dhéanamh, teastaíonn uait rith sa treo eile agus rud úrnua a dhéanamh, an rud atá uait féin. Fiú má thuigeann tú go bhfuil fiúntas agus maith sa mhéid a deir do thuismitheoirí is do mhuintir, teastaíonn uait a chur ina gcoinne sin le do rian féin a fhágáil ar an saol seo.

Theastaigh ó thuismitheoirí Cass go rachadh sí leis an múinteoireacht. Bhí ardmheas acu ar mhúinteoirí. Ar an gcaoi, dar leo, ar bhreathnaigh siad anuas ar an ngnáthdhuine mar go raibh an méid sin eolais ar a dtoil acu.

Ba shuimiúla ar fad iad thar éinne eile. Agus na scéalta a bhí le hinseacht acu. Gan trácht ar an stádas a bhain leis an ngairm. Ach theastaigh ó Cass rud nár smaoinigh éinne sa cheantar air riamh cheana a dhéanamh agus roghnaigh sí an tsíceolaíocht. Theastaigh ó thuismitheoirí Tom go rachadh seisean leis an tógáil. Ba shiúinéir é a athair, ba leictreoir é a uncail. Dá mbeadh a chomhlacht féin ag Tom d'fhéadfadh sé a mhuintir uilig a fhostú. A dheartháireacha. A chol ceathracha. A chol seisreacha. Bhí sé cliste, thuigfeadh sé cúrsaí airgid agus éagrúcháin. Bheadh tithe móra galánta acu uilig agus gach áis istigh iontu. Ach bheartaigh Tom dul isteach sna Gardaí. Gairm a raibh an ghráin ag go leor de mhuintir na háite uirthi.

Agus bhí an bheirt acu i gcónaí i gcomhluadar a chéile agus iad óg. Sa rang céanna ar an mbunscoil. Ag súgradh lena chéile ag an deireadh seachtaine. Ag foghlaim peile agus snámha. Ag siúl amach lena chéile agus iad ina ndéagóirí. I ngrá lena chéile nuair a fógraíodh torthaí na hArdteistiméireachta. Ba chosúil lena chéile iad. Róchosúil. An ghruaig chatach chéanna. Na súile gorma céanna. Ansin chláraigh Cass i gColáiste na hOllscoile agus an nóiméad ar leag sí súil ar Liam thit sí i ngrá leis ag an gcéad chóisir a bhfaca sí ann é.

Bhí Liam difriúil. Níor casadh a leithéid riamh uirthi roimhe sin. Bhain sé leis an saol pribhléideach eile úd nach raibh cead aici cos a leagan thar a thairseach isteach. Le breathnú air, bhuel, bhí sé dathúil an tráth sin. É cúig troithe deich n-orlaí ar airde. Éadan leathan agus miongháire a bhronnadh íomhá úrnua ar a ghnúis. Cinnte bhí aiféala uirthi i dtaobh Tom ach céard a d'fhéadfadh sí a dhéanamh? Bhí seisean óg éirimiúil agus dathúil agus dóthain ban amuigh ansin sa domhan mór a thabharfadh a dhá shúil le siúl amach leis. Anois san am i láthair tá an bheirt acu, ise agus eisean, ar an margadh in athuair. Agus suim aigesean inti, de réir cosúlachta. Ach an bhfuil suim aicise ann?

Déanann sí iarracht an áit a réiteach sula dtagann sé leis an íomhá cheart a chruthú. Seans go raibh an ceart ag Mags agus go bhfuil sí míshlachtmhar. Is mór an trua nach raibh deis aici an pictiúr sin a cheannaigh sí ag an taispeántas in Kennys a chrochadh ar an matal.

Ach fágfaidh sí le hais an bhalla é. Mar aon leis na póstaeir a cheannaigh sí thar na blianta nach raibh sí ach tar éis frámaí a cheannach dóibh. Agus ainneoin a ndúirt Mags, fágfaidh sí leabhar le Banville agus ceann le Beckett caite thart le cur in iúl cé chomh léannta is atá sí. Maidir le bia, cheannaigh sí turcaí, sailéad agus *baguette* ar a bealach abhaile. An t-aon rud atá in easnamh uirthi anois ná gloine fíona. Osclaíonn sí buidéal agus suíonn siar ar an tolg, agus breathnaíonn ar dhá eipeasóid de *Without a Trace* agus ceann amháin de *Blue Bloods*.

Trí huaire an chloig níos deireanaí, a cuidse den bhéile ite aici, dhá thrian den bhuidéal ólta aici, solas na tine agus spréacharnach ón dá choinneal a las sí ar ball ag scáthú na mballaí, buaileann smaoineamh í – freagra nó leathfhreagra na ceiste úd. An príomhfháth ar chuir sí deireadh leis an gcaidreamh a bhí aici le Tom agus an chúis nach bhfuil sí ag iarraidh an caidreamh sin a athnuachan. Ní féidir brath air.

Gearrann cnag ar an doras tosaigh trína smaointe mar a bheadh sleá ag tabhairt fúthu. Más eisean atá ag an doras, bíodh an diabhal aige. Má tá sé ag ceapadh go bhfuil sise chun an doras a oscailt ag an am seo den oíche, tá dul amú air. Ní fhéadfadh sí an doras a oscailt, ar aon nós. Cén chaoi a mbeadh a fhios aici nach dúnmharfóir atá ann? Seans nach bhfuil sí slán tar éis an tsaoil – bean ina cónaí ina haonar amuigh in áit iargúlta mar seo. Rachaidh sí isteach chuig an gcathair ar maidin le córas slándála a cheannach.

Cloiseann sí doras an ghrianáin á dhruidim. Agus í ag ceapadh go raibh an glas curtha aici air – tá sí fós ag iarraidh teacht i dtír ar an gcóras dothuigthe ina gcastar an hanla. Isteach sa seomra le fear ard.

'Nach bhfuil an solas ag obair?' arsa seisean, an lasc á bualadh aige. Tom atá ann, toitín ar a bhéal, buidéal faoina ascaill. 'Chuirfinn an glas ar an ndoras sin.'

'Bhí mé cinnte gur chuir mé an glas air.'

'Bhuel, a chroí, níor chuir. Bhí an doras ar oscailt.'

'I ndáiríre?'

'Déarfainn nach mbeadh aon trioblóid agat amuigh anseo. Ach bí cúramach mar sin féin. Ní bheadh a fhios agat.'

'Céard é nach mbeadh a fhios agam faoi?'

'Tá an saol ag athrú, muis. Fiú in áit mar seo. Ná habair go bhfuil tú ag breathnú ar na cláir Mheiriceánacha sin.'

'Is maith liom iad.'

'Bean chliste cosúil leat féin?'

'Rinne mé modúl sa tsíceolaíocht fhóiréinseach agus an dochtúireacht ar bun agam.'

'Mar sin é! Gabh i leith, 'bhfuil aon rud le n-ithe agat? Tá mé stiúgtha.'

Stiúgtha! Ní thiteann an t-úll i bhfad ón gcrann. Anonn le Cass chuig an gcuntar oibre áit a líonann sí an *baguette* le sailéad agus turcaí. Trí huaire an chloig deireanach agus gan focal leithscéil as.

'Theastaigh uaim labhairt leat,' ar sé, ina shuí isteach ag an mbord agus ag luí isteach ar an mbéile beag. Béile a d'oirfeadh do mheán lae seachas do mheán oíche.

'Agus mise leatsa.'

'Ó?'

'Ar ball.'

'Cén chaoi a bhfuil ag éirí leat amuigh anseo?'

'Togha. Seachas an fhadhb leis an doras.'

'Níl tú uaigneach ar chor ar bith?'

'Níl,' ar sí. Chéad bhréag an chomhrá.

'Bhí mé ag ceapadh go misseálfá an fústar.'

''Magadh atá tú!'

'Gabh i leith, bhí aithne agat féin ar Niamh Ní Fhlaithearta?'

'Ba chara le m'iníon í. Chaith sí go leor ama in éindí linn agus í ag fás aníos.'

'Mar sin é?'

'Sílim go bhfuil rud éicint aisteach ag baint lena bás.'

'Bhí mo mhac ag caint leat. A dhiabhail! Ná bac leis.'

'Is deacair an t-aos óg a thuigbheáil.'

'Mura bhfuil tusa in ann iad a thuigbheáil, céard fúmsa?'

'Níl mé in ann bun ná barr a dhéanamh díobhsan – eadrainn féin, ar ndóigh. Cáilíochtaí san áireamh.'

'Rud glúine,' ar seisean. 'Cuimhnigh orainne ag an aois sin.'

Doirteann Cass fuílleach an fhíona isteach ina gloine. Ní raibh sí ag súil go ndéarfadh seisean a leithéid ach, agus é ráite, an iad na cuimhní céanna atá aige is atá aicise? An cuimhin leisean an lá sin cois abhann? Iad ag iarraidh breith ar phincíní? An lá eile sin, deich mbliana ina dhiaidh?

'Níor leag mé pingin rua ar chapall le seacht mbliana,' ar sé. 'Is maith liom an barr sin atá ort. Cuireann sé ceann eile i gcuimhne dhom. Ceann a chaith tú agus muid ag suirí lena chéile.'

'Tuige ar tháinig tú anseo anocht, a Tom?'

'An tairiscint sin a luaigh mé ar ball.'

'Coinnigh ort.'

'Tá jab beag agam a cheapaim a mbeidh suim agat ann.'

'Cén saghas jab?' ar sí, ag gearradh an toirtín, nár thug Gearóid faoi deara an oíche cheana, ina dhá leath mar a bheadh sí ag déanamh neamhairde den mhéid atá le rá aige. Jab? Cén saghas jab? Í ar bís le cloisteáil faoi.

'Sa gCeannáras. Amuigh ar an gCeathrú Ard. Níl a fhios agam an bhfuil mórán cur amach agat air, an bhfuil?'

'Níl. Seachas gur foirgneamh nuathógtha é a bhfuil an teicneolaíocht is úire ann.'

'Nach tú atá eolach!'

'Chuala mé faoi ar an *Nuacht*.'

'Bhuel, tá an ceart agat. Is ionad sách mór é ina bhfuil chuile áis úrnua. Bunaíodh é le déileáil leis na coireanna atá ag leathnú trasna na Gaeltachta: na drugaí a bhíonn á n-iomportáil ar an gcósta thiar; an iascaireacht mhídhleathach; na heachtraí gadaíochta, idir chalaois agus briseadh isteach, gan trácht ar ionsaithe pearsanta.'

'Cuireann tú iontas orm, a Tom, go bhfuil a leithéid ag titim amach in aice liom.'

'Rud eile faoi, a Cass, tá foireann úrnua ann. Agus tá ag éirí go geal linn ach go bhfuil bearna amháin sa bhfoireann a bhfuil muid ag iarraidh a líonadh.'

'Cén sórt bearna?'

'Tá síceolaí uainn. Ar bhonn páirtaimseartha. Ach seans go bhfuil tú róchruógach cheana féin?'

'Bhuel, tá roinnt mhaith othar agam san Ionad Leighis. Agus méid áirithe le breathnú agam air istigh sa gcleachtas – le súil a choinneáil air, má thuigeann tú leat mé?'

'Nár thaitin dúshlán leat ariamh?'

'Thaitin.'

'Bhuel, seo mar atá an scéal, tá duine á lorg againn. Finné a chuirfidh eolas speisialta ar fáil don gcúirt. Síceolaí.'

'Cén chaoi?'

'Síceolaí fóiréinseach le cuidiú linn i gcásanna áirithe. Tá a fhios agat féin – duine ar cuireadh coireanna ina leith, a bhfuil amhras ar na Gardaí faoi, a mheas faoina bhfuil sé ar a chiall is ar a chéadfaí. Faoi an bhfuil sé in ann dul ar a thriail, nó an dtuigeann sé an méid a cuireadh ina leith nó an bhfuil sé ag iarraidh dallamullóg a chur ar oifigigh na cúirte. Go minic ordaíonn an breitheamh iad siúd atá os comhair na cúirte a mheas agus tuarascáil a scríobh orthu – iad siúd a bhíonn ag ligean orthu go bhfuil siad as a meabhair agus, ar ndóigh, iad siúd atá as a meabhair.'

'Níl taithí agam ar a leithéid.'

'Nach síceolaí thú? Nach bhfuil na cáilíochtaí agat? Nach dochtúir tú? Nach bhfuil tú díreach th'éis a rá go ndearna tú modúl sa tsíceolaíocht fhóiréinseach?'

'Tá, ach níor oibrigh mé sa réimse sin ariamh cheana.'

'Bhí tú ariamh in ann daoine a léamh.'

'A léamh?'

'Tá a fhios agat go maith an rud atá i gceist agam: bhí an bua sin agat – bhí tú in ann daoine a mheas, a dhéanamh amach cén saghas daoine iad, céard a bhí ag tarlú ina gcloigeann.'

'Thug tú é sin faoi deara?' ar sí, leath i ndáiríre. Níl sí in ann smaoineamh ar aon leithscéal diúltú dá thairiscint ach ritheann sé léi go bhféadfadh sí margadh a dhéanamh leis agus é chomh diongbháilte sin go nglacfaidh sí leis an jab.

'Beidh muid ag obair as lámha a chéile, tá a fhios agam é sin, ach ní bheidh aon fhadhb ag baint leis sin. Caidreamh proifisiúnta a bheidh eadrainn,' ar seisean.

Braitheann Cass nach bhfuil an scéal ar fad á ríomh ag Tom. Dá mbeadh síceolaí fóiréinseach ó na Gardaí nach bhfógrófaí an post ar an bpáipéar? Ach éiríonn léi srian a choinneáil uirthi féin. Ba mhaith léi cás Niamh a phlé le Tom agus feictear di bealach len é sin a dhéanamh.

'Déanfaidh mé mo mhachnamh ar an scéal. Ar choinníoll amháin,' ar sí.

'Coinnigh ort.'

'An cailín sin, Niamh. Deirtear gur chuir sí lámh ina bás féin. Ach ní raibh sí in ísle brí.'

'Dúradh an méid sin liom cheana féin.'

'Gearóid a dúirt é, is dócha? Agus, cé go gcreidim nach raibh sí in ísle brí, leis an bhfírinne a rá go bhfuil mé céad faoin gcéad cinnte de, ba mhaith liom an t-eolas sin a roinnt lena hathair, Beairtle agus lena cairde. Ach ní féidir liomsa breathnú isteach sa scéal sin. Ní féidir liom agallamh a chur uirthi. Ach is féidir libhse breathnú isteach sa scéal. Nár tharla an rud ceannann céanna don gcailín eile úd arú anuraidh?'

'Is cosúil go raibh mo mhac ag insint stair na tíre duit?'

'Nach bhfuil an méid atá le rá aige suimiúil?'

'Bhí sé craiceáilte i ndiaidh Niamh. Níl ciall dá laghad leis an méid a deir sé.'

'Éist liom, a Tom …'

'Tá an cás eile sin dúnta.'

'Caithfidh tú a admháil go bhfuil an dá chás an-chosúil lena chéile.'

'Tá. Gan dabht. Nach mar sin a bhíonn an t-aos óg – iad in iomaíocht lena chéile, ceann amháin ag déanamh aithrise ar an gceann eile? Nach mar sin a bhí muidinne agus muid ag fás aníos?'

Breathnaíonn sí air, fód á chaitheamh ar an tine aige, na lasracha ag lasadh a ghnúise.

'Eadrainn féin, admhaím go bhfuil cosúlachtaí idir an dá chás,' ar sé.

'Cén chaoi?'

'Bhí an t-ádh linn gur aimsíodh corp Niamh. Ba chóir go n-iomprófaí amach chun na farraige é ach amháin go raibh rabharta ann ar an oíche sin i ngeall ar an ngealach lán agus gur caitheadh suas ar an gCarraig Aonair í. Murach sin, seans nach n-aimseofaí ariamh í. Buíochas le Dia go raibh na leaids sin amuigh ag faire ar na potaí gliomach go moch ar maidin.'

Breathnaíonn sí air, iontas uirthi go bhfuil sé chomh béalscaoilte sin léi.

'Nach bhfuil obair na nGardaí faoi rún?'

'Tá mé ag labhairt leat faoi rún.'

'Nach tú a d'athraigh do phort go hobann?'

'An ndéanfaidh tú do mhachnamh ar an tairiscint úd? Táthar ag caint le fada istigh sa gCeannáras ar shíceolaí a fhostú. Cás ar chás. Le comhairle a chur ar na Gardaí. Tuarascálacha a scríobh don gcúirt. Duine a bhfuil Gaeilge ar a thoil aige nó aici.'

'An mbeadh orm agallamh a dhéanamh?'

'Bheadh. Ach ní bheadh fadhb ar bith agat leis sin. Breathnaigh an t-am. B'fhearr dom teitheadh, nó an ritheann aon cheo eile leat?'

Caitheann sé súil thar a chupán folamh, amhail is dá mbeadh sé ag súil le cuireadh a fháil an oíche a chaitheamh in éindí léi.

Éiríonn Cass óna cathaoir agus faigheann a chóta dó.

'A Tom, dá mbeinn fostaithe ag na Gardaí an mbeadh deis agam cás Niamh a phlé, ar bhonn proifisiúnta, meas tú?'

'Níl mé ag gealladh aon cheo duit. Déan do mhachnamh ar an scéal, cibé scéal é. Agus rud amháin eile ...'

'Sea,' ar sí, í ar bís, ag ceapadh go bhfuil sé ar tí leid rúnda éicint a roinnt léi.

'Ar mhiste leat cuairt a thabhairt ar Bheairtle, led' thoil?'

'Bhí mé ag smaoineamh ar dhul amach chomh fada le hÁras Naomh Íde tráthnóna amárach.'

'Dea-smaoineamh é sin. Labhair mise leis am a ndearna sé an corp a shainaithint ach seans gurbh fhearr leis labhairt le bean.'

'Bhí air dul isteach chuig an marbhlann?'

'Ní raibh mé féin ag ceapadh go mbeadh sé in ann dó ach d'áitigh sé orainn é a dhéanamh.'

'An créatúr.'

'Ar mhiste leat labhairt leis, a Cass?'

'Ceart go leor, déanfaidh mé amhlaidh.'

'Tá na cáilíochtaí cuí agat. Mar aon le go leor eile.'

Druideann Cass an doras sula mbíonn an seans aige cromadh chuici le póg a dháileadh uirthi. Sleamhnaíonn an glas isteach san áit chuí. Seiceálfaidh sí an glas ar dhoras an ghrianáin ar ball. An mbeadh sí as a meabhair glacadh lena thairiscint? Dul ag obair as lámha a chéile leis an bhfear a raibh sí i ngrá leis tráth? Leis an bhfear nach féidir brath air?

An Teach Altranais

Tá sé ina dhíle báistí tráthnóna Déardaoin faoin am a ndruideann Cass isteach i gcarrchlós Áras Naomh Íde. Osclaíonn sí a scáth fearthainne agus í ag éirí aníos as an gcarr. Fós féin braitheann sí fliuch tais ar shroichint an fháiltiú di, áit a bhfuil bean bheag lonnaithe taobh thiar den chuntar, í sáite i gcluiche *Freecell* ar an ríomhaire.

'Gabh mo leithscéal,' arsa Cass, 'tá mé ag iarraidh labhairt le Beairtle Ó Flaithearta, led' thoil.'

Caitheann an bhean súil thar Cass.

'Níl Beairtle ag iarraidh labhairt le héinne inniu,' ar sí, a súile sáite sa chluiche in athuair aici, 'tá a dhóthain cuairteoirí feicthe aige cheana féin.'

'Bíodh sin mar atá, sílim go mbeidh sé ag iarraidh labhairt liomsa,' arsa Cass, í ag iarraidh smacht a choinneáil uirthi féin.

'An bhfuil baint agatsa leis na meáin? Má tá, ní féidir labhairt leis.'

'Níl baint ar bith agamsa leis na meáin,' arsa Cass, braonacha báistí óna scáth fearthainne ag sileadh anuas i linn bheag atá á cruthú thart faoina cosa. 'Is gaol le Beairtle mé.'

'Ní raibh a fhios agam go raibh aon ghaol fágtha aige sa gceantar.'

'Bhuel, tá! Is col ceathrar a mhná a cailleadh na blianta ó shin mé.'

'Tuige nár dhúirt tú cheana é?' arsa an bhean, í ag ardú a súl le breathnú ar Cass in athuair. 'Ina shuí amuigh sa ngrianán atá sé.'

'Go raibh maith agat.'

'Rud amháin eile.'

'Sea?'

'Is féidir do scáth fearthainne a fhágáil sa mbin sin thall taobh leis an doras.'

'*Sorry* faoi sin,' arsa Cass ag déanamh mar a iarradh uirthi, sula n-iompaíonn sí ar a cosa. Tuige a mbíonn an dearcadh cuma-liom i gcónaí acu siúd a bhíonn i bhfeighil an dorais? Go deimhin, tagann an t-olc de dhroim na cumhachta.

Leanann Cass na treoracha don ghrianán, í ag iarraidh neamhaird a dhéanamh den bholadh múin atá ag tabhairt fúithi agus den atmaisféar leamh atá ag léim de na ballaí smuga-ghlasa. Ba chóir di a máthair chéile, Lil, a lonnú ina leithéid d'áit na blianta fada ó shin. Bheadh a saol i bhfad níos simplí is níos sona dá mbeadh a leithéid déanta aici. Ar ndóigh, bheadh constaic amháin sa bhealach ar a leithéid de nóisean. Liam. Is mór an trua nárbh ann don chomhaontú réamhphósta an t-am a raibh sí ag dul a phósadh. Ach bhí sí chomh mór sin i ngrá agus torrach, seans nach mbeadh sí á iarraidh, fiú dá mba ann dó.

Gabhann sí síos an dorchla, áit a bhfuil na hothair is laige sínte ina leapacha, doirse a seomraí ar leathadh. Ar aghaidh léi tríd an seomra lae, áit a bhfuil cuid de na hothair, a bhfuil siúl na gcos acu, ag breathnú ar an teilifís nó ag imirt cártaí. Chuile dhuine acu, idir lag agus níos laige, ag súil le cuairteoir, mar is léir ón gcaoi a mbreathnaíonn siad uirthi agus í ag dul thar bráid, díomá an diúltaithe le sonrú ar a ngnúis. Tar éis tamaill, aithníonn sí Beairtle thiar uaithi sa ghrianán, é ina shuí i gcathaoir rothaí, gléasta i seanfhallaing sheomra déanta as éadach breacáin. Tá sé ag meath le mí anuas. A chuid feola caillte aige. É cromtha, leath ina chodladh, nuair a thagann sí air. Othar eile ina sheasamh taobh leis, eisean gléasta i seanchulaith aclaíochta Adidas, imlíne a mhaonairte le sonrú faoina bhríste.

'Cén uair a bheidh sé críochnaithe?' ar seisean le Beairtle. 'Gheall sí go mbeadh sé réidh laistigh de choicís.'

Ní thugann Beairtle freagra air.

'Gheall sí go gcríochnódh sí in am do mo lá breithe é,' arsa an fear, é ag éirí corraithe. 'An tseachtain seo caite is ea a dúirt sí liom é.'

'Gabh mo leithscéal,' ar Cass, a ladar á chur isteach sa chomhrá aici.

'Cé thusa?' arsa an fear.

'A Cass,' arsa Beairtle. 'Tháinig tú.'

'Tuige nach dtiocfainn, a Bheairtle? Ní maith liom do thrioblóid,' ar sí ag breith barróige air.

Coinníonn Beairtle greim docht uirthi, amhail is nach bhfuil sé ag iarraidh scaoileadh léi go mbeidh deireadh leis an lá uafásach a bhí á fhulaingt aige.

'Cé thusa?' arsa an fear in athuair ag iarraidh í a tharraingt amach as baclainn Bheairtle.

Seasann Cass agus breathnaíonn mórthimpeall uirthi.

'Nach bhfuil aon altraí ag obair san áit seo?' ar sí os ard.

'B'in í Lola thall,' ar Beairtle, 'ag filleadh óna briseadh.'

Sula mbíonn Cass in ann a míshástacht a chur in iúl don bhean Fhilipíneach, glacann sise seilbh ar fhear na culaithe Adidas agus déanann sí é a threorú i dtreo an tseomra lae.

'An-ríméad go deo orm thú a fheiceáil, a Cass,' arsa Beairtle. 'An bhféadfá cuidiú liom agus rachaidh muid beirt isteach sa seomra beag sin ar chlé, seomra na gcuairteoirí, le go mbeidh muid in ann labhairt go príobháideach.'

Casann Cass an chathaoir rothaí timpeall agus isteach leo i seomra beag atá beagáinín níos mó ná cillín.

'Tá sé beag ach déanfaidh sé cúis,' arsa Beairtle ag breith greime ar a lámh.

'Caithfidh tú cuidiú liom, a Cass.'

'Aon cheo atá uait, a Bheairtle, ní gá ach é a iarraidh.'

'Ní chreidim an drochscéal, an gcreideann tusa é? Tá siad ag rá gur chuir Niamh lámh ina bás féin.'

'Tá sé dochreidte, ceart go leor,' ar Cass, ag suí sa tseanchathaoir uilleann atá in aice leis an seanfhear.

'Ní fhágfadh sí sa riocht seo mé. Tuige a ndéanfadh sí a leithéid? Bhraith mé go raibh sí chomh sona sin le deireanaí. Loinnir ina súil. Gáire ar a béal. Ba bhreá léi an jab sin a bhí aici.'

'Bhí an chosúlacht sin ar an scéal, ceart go leor.'

'Agus an diabhal scannáin a rinne sí ar ball. Dráma faisnéise faoin áit seo. Chuile dhuine anseo ag súil len iad féin a fheiceáil ann. An cailín míthuisceanach, an Lola sin, fiú amháin. Ní ligfeadh Niamh síos iad. Ní ligfeadh sí mise síos ach oiread.'

'Cinnte, ní ligfeadh,' ar Cass. Ba chóir di glaoch a chur ar Niamh an tseachtain seo caite. Ba chóir di dul chuig an diabhal féile sin. Ach amháin go raibh sí chomh cruógach sin leis an aistriú is chuile shórt eile. 'Inis dom, a Bheairtle, cén uair a chonaic tú í? Cén uair a bhí sí amuigh anseo?'

'Ag an deireadh seachtaine. Dé hAoine. Bhí sí ar bís. Í sona sásta léi féin. Caithfidh tú mé a chreidbheáil, a Cass.'

'Creidim thú,' ar sí leis, ag breathnú i dtreo na fuinneoige, a bhfuil clocha sneachta ag greadadh uirthi. 'Ar bhraith tú, a Bheairtle, go raibh aon cheo ag cur isteach uirthi?'

'Nach raibh sí ar muin na muice, muis? Nach bhfuil mé th'éis é a rá leat? Agus an *boyfriend* nua sin aici.'

'*Boyfriend* nua – cén t-ainm a bhí air?'

'Agus bhí an phríomhpháirt sa diabhal scannáin sin ag Cóilín Mac an Iomaire. Tá mé cráite aige – é ag súil len é féin a fheiceáil ann.'

'An t-ógfhear a luaigh tú ar ball, a Bheairtle – cén t-ainm a bhí air?'

'Tá a fhios agat go maith, a Cass, ní raibh Niamh chun a insint dom faoina saol príobháideach ach bhí sí th'éis castáil le duine éicint.'

'Le hógfhear, iriseoir, seans?'

'*No.* Ní dóigh liom é. Strainséir a bhí ann.'

'Strainséir, cén chaoi?'

Le dua, síneann Beairtle a lámh dheas isteach i bpóca a fhallainge seomra agus tarraingíonn amach nóta a bhronnann sé ar Cass. Osclaíonn Cass an nóta go cúramach.

> A Dheaide,
> Dúirt tú liom tráth go dtuigfeá aon cheo a dhéanfainn, fiú mura dtaitneodh an rud sin leat. Chas mé le fear le deireanaí. Fear a fheicim anois is arís. Agus is maith liom é. Cuireann sé ag gáire mé. Ach tá cúpla rud ag déanamh imní dom.
> Feicfidh mé Dé Céadaoin thú agus beidh muid in ann chuile shórt a phlé ansin.
> Grá, Niamh. xoxoxo

'Cén uair a fuair tú an nóta seo, a Bheairtle?'

'Dé Máirt a tháinig sé sa bpost. An mhaidin th'éis ... th'éis gur bádh í. Creideann tú anois mé, nach gcreideann?'

'Creideann.'

'Níl a fhios ag an Tommy sin faoi.'

'Cén Tommy, a Bheairtle?'

'An focan bleachtaire sin.'

'Tom Breasal, an ea?'

'An fear céanna. B'eisean a thiomáin isteach chuig an marbhlann mé. Is fear é nach féidir a thrust.'

'Cén chaoi nach féidir é a thrust, a Bheairtle?'

'Is fear é nach bhfuil mórán foighne aige. Dúirt sé liom go raibh sé chun dul chuig árasán Niamh lena cuid giuirléidí a scrúdú. Bhí an eochair aige agus is dócha gur thug sé cuairt ar an áit faoin am seo. Ach ba mhaith liom dá ndéanfása amhlaidh freisin. Tá eochair bhreise agam anseo. Téigh chuig an árasán sa gcathair, a Cass. Uimhir 20 i mBloc na gCoirní istigh i mBóthar na gCloch. Agus bain na halbaim ina bhfuil na grianghrafanna amach as dom. Agus aon seodra atá ann. Ba chóir go mbeadh fáinne pósta Bheití ann. Agus, a Cass, ná habair focal leis an bhfocan bleachtaire sin.'

'Coinneoidh mé mo bhéal druidte!'

Ritheann smaoineamh léi, smaoineamh a bhfaigheann sí deacair focail a leagan air.

'A Bheairtle, ar chuimhnigh tú ar cén sórt éadaí ar mhaith leat do Niamh – len í a adhlacadh?'

'Chuimhnigh, a Cass. D'fhág sí mála droma anseo an lá cheana. Mála droma ina raibh an gúna a chaitheadh sí agus í os comhair an cheamara. Thug mé don adhlacóir é.'

'Sílim go bhfaca mé cheana é. Tá sé go hálainn. Ceann glas, nach ea?'

'Sea. Agus, a Cass, fad is atá tú istigh san árasán, an bhféadfá cúpla rud beag don ofráil a fháil dom? Bhí an sagart ag rá ...'

Ní éiríonn le Beairtle an abairt a chríochnú.

'Fág fúmsa é, a Bheairtle.'

Suíonn Cass in éindí leis an seanfhear sa seomra beag suarach go ceann scaithimh. Níl aon cheo eile a d'fhéadfadh sí a rá leis a chuirfeadh ar a shuaimhneas é. Tá a bhean caillte aige. Tá a iníon caillte. Fós féin, braitheann sí go ndéanann sé maith dó go bhfuil sí ina suí taobh leis agus coinníonn uirthi ag caint faoin aimsir agus faoi na béilí a chuirtear ar fáil sa teach altranais. Rudaí beaga suaracha nach bhfuil tábhacht ar bith ag baint leo. De réir a chéile titeann a chodladh ar Bheairtle. Beireann Cass barróg air agus cuireann fios ar Lola é a stiúradh ar ais chuig a sheomra.

Cé a bheadh ag ceapadh go raibh fear nua ag Niamh? *Boyfriend* nua. Strainséir. B'in an chéad tagairt a chuala Cass dó. Cérbh é féin? An bhfuil sé lonnaithe in áit éicint anois ag caoineadh a ghrá geal? An bhfuil a fhios aige fiú amháin go bhfuil sí imithe ar shlí na fírinne? An bhfuil a fhios ag an gcúpla? D'fhág sí teachtaireacht ar ghlórphost na beirte inné nuair nár fhreagair siad an ríomhphost a chuir sí chucu. An bhfuil siad ag iarraidh í a sheachaint, nó an é nach bhfuil siad in ann an scéal tubaisteach a chreidbheáil, nó ag ceapadh má dhéanann siad neamhaird dá teachtaireachtaí go n-imeoidh cúrsaí ina ngal?

Is suntasach an nós é an caoineadh. Na blianta ó shin bhíodh sé ina ghairm ag mná áirithe iad siúd a cailleadh a chaoineadh ar bhonn fileata. Iad a mholadh go hard na spéire, ainneoin a bpeacaí. Tá Cass fós ag caoineadh Liam, ar a bealach féin. Cé go bhfuil na modhanna caointe athraithe ó shaol a máthar i leith. Is cuimhin le Cass na héadaí dubha a chaitheadh sise. Bhí sé leagtha amach go gcaithfeadh an bhaintreach éadaí dubha ar feadh na chéad bliana tar éis gur cailleadh a fear. Éadaí corcra ar feadh na bliana ina dhiaidh sin. Ach amháin nár mhair máthair Cass ach ar feadh trí mhí tar éis gur cailleadh a fearsa. Tá ríméad ar Cass nár fhan sí sa bhaile ag caoineadh Liam. Gur bhraith sí an tsaoirse ag glaoch, ag tabhairt cuireadh di saol úr a bhlaiseadh, agus go ndearna sí an deis a thapú.

I gcionn dhá lá fillfidh sí le Beairtle a thionlacan chuig sochraid a iníne. Ach cé a chaoinfidh Beairtle nuair a thiocfaidh an t-am? Beidh a iníon curtha sa chré roimhe. Rud atá mínádúrtha. Focal den chomhrá príobháideach a bhí aici leis ní roinnfeadh sí le Tom. Sánn sí eochair árasáin Niamh isteach i bpóca taobh istigh a mála agus suíonn isteach sa charr. Tá an bháisteach ag glanadh faoin am seo ach fós tá atmaisféar gruama le brath mórthimpeall an teach altranais.

Post Úr

Agus í ag tiomáint ó Bhéal na hAbhann siar chuig an gCeathrú Ard do Cass maidin Dé hAoine tá an trácht ina thranglam ar feadh dhá chiliméadar. Ar an stráice idir Bhéal na hAbhann agus Baile an Locha, inar féidir ochtó ciliméadar san uair a dhéanamh, níl sí in ann an tarracóir atá roimpi a scoitheadh. Ansin agus í ag dul thar an ollmhargadh, tagann sí ar 'Fir ag Obair' agus soilse tráchta sealadacha á n-úsáid acu. Beidh sí deireanach don chruinniú práinneach atá eagraithe ag Tom. Níl a fhios aici céard é go díreach atá uaidh. 'Bí anseo sa gCeannáras ag 9.00 ar maidin' an méid a bhí sa téacs a chuir sé chuici aréir agus cé go ndearna sí iarracht glaoch air faoi thrí ar maidin ní raibh le fáil ach a ghlórphost. Seans go raibh scéal práinneach faoi Niamh le roinnt aige léi. Ní bheadh sé ag iarraidh uirthi dul isteach i gCeannáras na nGardaí murach a leithéid.

Faoin am a sroicheann sí an Ceannáras tá an carrchlós lán agus bíonn uirthi spás a lorg níos faide siar an bóthar. Cé gur fhág sí an teachín le dóthain ama le spáráil, tá sé ag druidim lena 9.00 agus í ag rith isteach an doras.

Insíonn sí do Gharda Ní Dhireáin atá ar dualgas ag an bhfáiltiú go bhfuil coinne aici leis an mBleachtaire Cigire, Tom Breasal.

'Cén t-ainm atá ort?' arsa Ní Dhireáin.

'Cass Ó Caoimh.'

Caitheann sí súil thar liosta atá in aice láimhe.

'Níl d'ainm ar an liosta.'

'Tá mé ag iarraidh labhairt leis an mBleachtaire Cigire Breasal. Dúirt sé liom a bheith anseo ar 9.00.'

'Maidir le céard?'

Agus í ag éirí mífhoighneach tugann sí Garda óg, a bhí ar scoil le Ross, faoi deara.

'An féidir liom cuidiú libh?' ar seisean.

'Is cosúil go gceapann an bhean seo gur féidir le héinne siúl isteach anseo le breathnú thart,' ar Ní Dhireáin.

'Ise bean an dochtúra í. A Bhean Uí Chaoimh, céard atá uait?'

Míníonn Cass a cás don leaid óg.

'Ceart go leor,' ar sé. 'Tá pas agat, is dócha?'

'Pas?'

'Is gá pas speisialta a fháil le fáil isteach sa gCeannáras.'

'An Bleachtaire Cigire Tom Breasal a d'iarr orm a bheith anseo. Níor luaigh sé pas ar chor ar bith. Fan nóiméad go gcuirfidh mé glaoch air.'

Agus uimhir Tom díreach á brú aici, feiceann sí ag teacht isteach an príomhdhoras é. Seaicéad gormghlas air. *Chinos* dúghorma. Bróga svaeide. Bhí sé i gcónaí in ann é féin a ghléasadh go maith.

'Á, tá tú anseo romham,' ar sé. 'Nach luath atá tú! Go deimhin, is leis an mochóirí an lá.'

'Luath? Dúradh liom a bheith anseo deich nóiméad ó shin.'

'Ara, muise, athraíodh an t-am go 9.30. Nár inis mé duit é?'

Isteach le Tom taobh thiar de chuntar an fháiltithe. Tar éis roinnt póirseála, amach leis arís le suaitheantas, a bhfuil an focal VISITOR breactha air, a bhronnann sé uirthi.

'Tuige an drochfhéachaint?' ar sé.

'Tá mé anseo ar chúis éicint nach bhfuil mé ar an eolas fúithi agus ag an am mícheart freisin, is cosúil. Gan trácht ar a bheith náirithe os comhair an tsaoil agat.'

'Ná bac leis na *Hitlers* beaga istigh anseo agus a gcuid téip dhearg. Tá tú chun glacadh le mo thairiscint mar sin?'

'An é sin an fáth a bhfuil mé anseo?'

'Tá tú chun glacadh leis an bpost mar shíceolaí páirtaimseartha ag na Gardaí?'

'Ní hin a dúirt mé.'

'A Cass, maith dom an mhíthuiscint. Cheap mé gur mhínigh mé chuile shórt ar ball duit. Ní chreidfeá an brú atá orm na laethanta seo.'

'Má tá tú ag iarraidh go n-oibreoinn in éindí leat, ní féidir caitheamh ar an gcaoi seo liom. Níl aon chur amach agam ar an bpost seo ná níor bhreac mé m'ainm ar aon cháipéis fós.'

'Ach breacfaidh.'

Déanann Tom a chárta a svaidhpeáil thar ghlas an dorais agus leanann sí síos dorchla fada é. Cén fáth a roghnaíonn sí fir mar é? Fir atá ag iarraidh teacht i dtír uirthi? Cén fáth nach bhféadfadh sí castáil le fear deas éirimiúil? Duine cosúil leis an Albanach sin, Callum?

'Ní bheidh mé ach nóiméad,' ar Tom, é ag dul isteach sa chéad sheomra eile. Céard é go díreach atá ar bun aige? Amach leis arís ar an bpointe boise.

'Isteach leat anois.'

'Sa seomra sin, an ea? Tuige?'

'B'in seomra rúnaí an Cheannfoirt. Tá sí as láthair inniu. Fan ansin go nglaoitear isteach ina sheomra féin thú.'

'Tuige?'

'Le go mbeidh tú in ann labhairt leis.'

'Leis an gCeannfort?'

'Le do jab agus chuile shórt a dheimhniú leis.'

'Níl orm agallamh a dhéanamh anois díreach, an bhfuil?'

'Ní thabharfainn agallamh air, agus rud eile de, mholfainn duit do bhéal a choinneáil druidte, ach amháin nuair a chuirtear ceist ort. Agus déan dearmad ar an stuif feimineach sin. Má ardaíonn an Ceannfort ainm Niamh, ná luaigh aon cheo leis. Ná nocht aon tuairim neamhfhónta a bheadh agat leis, ach oiread. Nó seans nach dtabharfaidh sé an jab duit.'

'Seans go dtiocfaí ar chorp bleachtaire amach anseo, marcanna dubha dorcha ar a mhuineál,' ar sí ag iarraidh smacht a choinneáil ar a cuid feirge.

'Agus rud amháin eile de,' ar Tom.

'Sea?'

'Bí sona agus éireoidh go geal leat. Agus beidh muid in ann tús a chur lenár gcaidreamh álainn úrnua.'

'Raidht!'

'Nuair a bheidh tú críochnaithe, buail isteach chugam sa bpríomhsheomra. An chéad seomra ar chlé.'

Fanann Cass i seomra rúnaí an Cheannfoirt go mbíonn seisean críochnaithe ar an bhfón. Is féidir é a fheiceáil tríd an doras gloine a bhfuil CEANNFORT breactha air. Seanleaid le gruaig bhán, aghaidh ar dhath tráta agus bolg mór. Caithfidh go bhfuil lá a phinsin ag teannadh leis. Seans go bhfuil sé go maith ag cúrsaí stiúrtha is riaracháin ach leis an meáchan atá curtha suas aige ní fhéadfadh sé breith ar choirpeach nó rith i ndiaidh sciobaire málaí dá gcuirfí a chloigeann ar cheap.

Tuige nár dhúirt Tom léi go mbeadh agallamh i gceist? D'fhéadfadh sí í féin a ullmhú chuige is súil a chaitheamh thar mhodhanna nua a ceirde, ar nós machnamhachta, agus na freagraí a chur de ghlanmheabhair. Cáipéis a ullmhú. A smaointe a bhailiú le chéile. A bheith réidh don fhogha.

Ar deireadh osclaíonn an Ceannfort an doras. Aithníonn sé láithreach í. Aindí Mac Gabhann, cara le Liam, atá ann.

'Tar isteach,' ar sé. 'Tusa bean an dochtúra, nach bhfuil an ceart agam?'

'Cass Ó Caoimh,' ar sise ag croitheadh a láimhe. Is duine asam féin mé, ar sí léi féin. Ní le héinne mé. Ní anois. Ná ní riamh. Agus is dochtúir mé féin.

'Bhí aiféala orm a chloisteáil faoi Liam. Ba mhinic don mbeirt againn an oíche a chaitheamh ag caint sa gclub.'

Ag ól is ag blaoiscéireacht.

'Tuigeann tú an fáth a bhfuil tú anseo?'

'Tá síceolaí fóiréinseach uaibh.'

'Sea, tá. Mar is eol duit, tá muid ag earcú duine don bhfoireann. Duine éicint a d'fhéadfadh tuarascálacha a ullmhú don gcúirt. Ó thaobh pléadála agus mar sin de. Nuair a bheidh gá leis. Tarlaíonn sé scaití go mbíonn coirpigh ag ligean orthu go bhfuil meabhairghalar orthu nuair nach bhfuil. Ar ndóigh, bíonn fadhbanna ag dul do chorrdhuine anseo is ansiúd. Is léir gur ghá síceolaí a fhostú leis na caoirigh a roinnt ó na huain, má thuigeann tú leat mé.'

Is maith a thuigeann Cass céard atá i gceist aige.

'Níl an post lánaimseartha, an bhfuil?'

'Níl. Ó am go chéile a bheidh tú ag teastáil. Ní féidir na hamanntaí sin a mheas. Braitheann sé ar an gcás. Agus ar cibé duine a chúisítear sa gcás áirithe sin.'

Mura raibh sí in ann an méid sin a shamhlú di féin.

'Agus rud amháin eile,' ar sé, ag síneadh a láimhe ina treo, 'ní haon *Cracker* atá uainn. Ceannáras sách beag atá againn anseo, i gcomparáid leis na háiteachaí úd sa gcathair. Proifisiúntacht atá uainn. Is gá meas a thabhairt do theorainneacha. Déan tusa do jab agus déanfaidh muidinne mar a dhéanann go hiondúil. Ní gá do ladar a shá isteach in aon cheo nach mbaineann leat.'

'Níl éileamh ar aon *Cracker* mar nach bhfuil dúnmharfóir srathach sa gceantar, is cosúil?' ar sí, meangadh ag leathadh ar a béal amhail is dá mbeadh an bheirt ag obair as lámha a chéile cheana féin.

'Bheinn den tuairim nach bhfuil fiú is dúnmharfóir srathach amháin in Éirinn, buíochas le Dia. Bí cinnte de nach bhfuil aon cheann acu in iarthar na tíre.'

'Tuigim duit,' ar sí, ag cuimhneamh ar an méid a mhol Tom di faoina béal a choinneáil druidte. Agus ar an méid a dúirt Gearóid faoin mbeirt ógbhean. Deirtear gur ghá triúr a mharú sular féidir an aidiacht 'srathach' a bhronnadh ar a leithéid de bhithiúnach bradach.

'Bhuel, sin sin,' arsa an Ceannfort. 'Bhí muid ag ceapadh nach n-éireodh linn síceolaí a aimsiú, a raibh Gaeilge aige nó aici, gur luaigh an Bleachtaire Cigire Breasal d'ainm linn.'

Gur luaigh Tom a hainm leo. Bhí sé mar rún aige i gcónaí í a chur ag obair anseo.

'Bhuel, ní cainteoir dúchais mé,' ar sí leis an gCeannfort, 'ach tógadh le Gaeilge mé.'

'Go maith! Níl fágtha anois ach do shonraí pearsanta, d'Uimhir Phearsanta Seirbhíse Poiblí agus do shonraí bainc a sheoladh chuig Rannóg na nAcmhainní Daonna, mar aon le cóipeanna ded' cháipéisí cáilithe agus teistiméireacht ó do bhas – tá post páirtaimseartha agat cheana féin, nach bhfuil?'

'Tá. Beidh na sonraí uilig ag Rannóg na nAcmhainní Daonna faoi thús na seachtaine seo chugainn.'

Croitheann an Ceannfort a lámh in athuair agus amach an doras léi. Síos an dorchla léi ansin i dtreo an phríomhsheomra. Fan go labhróidh sí le Tom. Fan go gcloisfidh Imelda faoi seo! Déanfaidh sí mar a d'iarr an Ceannfort uirthi maidir lena sonraí pearsanta. Agus beidh an rannóg chuí i dteagmháil léi a luaithe a bheidh sí ag teastáil.

Isteach sa phríomhsheomra léi. Seomra ollmhór atá ann, é roinnte i gcodanna beaga ina bhfuil deasca ag lúbadh faoin ualach atá orthu idir ríomhairí agus comhaid. Ní léir di cén chaoi a bhfuil Tom in ann oibriú ina leithéid d'áit. Ar a laghad deich bhfón ag bualadh ag an am céanna. Gardaí agus bleachtairí ag rith thart. Chuile dhuine acu ag béicigh in ard a chinn is a ghutha. Boird fhógraí ag barr an tseomra. Póstaeir agus píosaí páipéar greamaithe díobh. Pictiúir de dhaoine atá ar iarraidh.

Tar éis di roinnt fiosrúcháin a dhéanamh, aimsíonn sí an cúinne beag ina bhfuil deasc Tom lonnaithe, cé nach bhfuil tásc ná tuairisc ar an bhfear féin. Taobh lena dheasc tá caibinéad comhad a bhfuil colm ollmhór ó bhun go barr air. Faoin deasc tá ciseán lán le cupáin pháipéir. Ar an deasc tá slám fillteán agus comhad. Tá grianghraif ag gobadh amach as an gcomhad atá ar bharr an tslám, a bhfuil an t-ainm Niamh Ní Fhlaithearta breactha air.

Níl neart ag Cass uirthi féin. Breathnaíonn sí orthu. Is grianghraif iad den mhéid a bhí i gceilt faoin bpuball gorm ar an trá ina bhfuil carn éadaí le feiceáil. É go deas néata. Na héadaí taobh amuigh ag an mbun. Na fo-éadaí ar barr. Bróga ar a mbarr siúd. Bráisléad cairdis taobh leo. Seanfhón póca. Píosa cuartha miotail a bhfuil píosa corda ceangailte de.

'Níor chóir duit breathnú ar a leithéid,' ar Tom, é díreach tar éis teacht suas léi, cupán páipéir ina ghlaic aige.

'Tuige? Agus mé fostaithe ag an bhFórsa anois?'

'D'éirigh go maith leat leis an gCeannfort?'

'Níor inis tú dom go mbeadh orm agallamh a dhéanamh ar maidin. Ná níor inis tú gur labhair tú leis an gCeannfort fúm.'

'Is maith a thuigeann tú cén fáth.'

'Ó?'

'Mar nach rachfá isteach an doras sin le labhairt leis dá mbeadh a fhios agat é sin. Agus ...' ardaíonn sé a lámh le cur in iúl di nach bhfuil sé ag iarraidh go gcuirfidh sí isteach ar an méid atá le rá aige: 'cé nach bhfuil tú fostaithe ar an gcás seo,' ar sé, ag síneadh méire i dtreo ghrianghraif chás Niamh, 'tá mé chun é a phlé leat, ar aon chaoi.'

'Bhí tú flaithiúil ariamh.'

Síneann sé na grianghraif chuici. Mar aon leis na grianghraif den charn éadaí, tá grianghraif dá raibh le feiceáil faoin bpuball gorm eile. An ceann a bhí amuigh ar an gCarraig Aonair. Grianghraif ógmhná lomnocht sínte ar dhromchla garbh dubh.

'Níl tuairim agam ag an bpointe seo céard a déarfaidh an paiteolaí. Ar lámh amháin, d'fhéadfaí a rá gur féinmharú a bhí i gceist.'

'Agus ar an lámh eile?'

'Ní dóigh liom gurb ann don lámh eile. Bean óg aonarach a bhí inti ar cailleadh a máthair tamall de bhlianta ó shin. A bhfuil a hathair lonnaithe i dteach altranais. Nach bhfuil deartháir ná deirfiúr aici.'

'Ar an lámh eile, a Tom, breathnaigh an rud beag sin.'

'Cén rud?'

Taispeánann Cass ceann de na grianghraif den charn éadaí dó.

'An píosa cuartha miotail sin leis an bpíosa corda ceangailte de.'

'Bhí mé ag ceapadh go dtabharfá faoi deara é sin. Níl ann ach píosa bruscair.'

'Bheinn féin amhrasach faoi.'

'Ní thabharfainn aon aird air. An bhfaca tú an méid bruscair a bhí caite thart ar an trá?'

'Ach cé chomh tráthúil is atá gur caitheadh an rud beag sin aníos díreach ag an spota seo? Seans go raibh sé ann cheana féin. Nó seans gur thit sé ar an láthair tar éis gur fágadh an carn ann.'

'Níl ann ach píosa bruscair. Nó píosa snámhraice a thug an taoide isteach.'

'Tá rud éicint mícheart leis an gcarn sin freisin. Níl mé in ann mo mhéar a leagan air ag an bpointe seo ach tiocfaidh sé chugam ar ball.'

'Féinmharú a bhí ann. Tá mé nócha naoi faoin gcéad cinnte faoi.'

'Cén fáth?'

Roinneann sé sonraí Niamh léi: ní raibh ioncam seasmhach aici; bhí sí faoi bhrú ag cúrsaí airgid; bhí a cuid cíosa agus billí le híoc aici.

'Chuala mé go raibh sí sona sásta inti féin,' ar Cass.

'Seans go raibh dul amú orm an post seo a fháil duit.'

'A fháil dom? Is mise an duine ón gceantar atá cáilithe chuige. An t-aon duine atá cáilithe chuige. Faoi mar a dúirt mé cheana, rinneadh óinseach díom ar maidin.'

'Óicé! Óicé! Gabh mo leithscéal faoi sin.'

'Caithfidh tú é sin a chúiteamh liom.'

'Cén chaoi?'

'Fútsa é sin a dhéanamh amach.'

Stánann Tom uirthi ar feadh nóiméid, amhail is go bhfuil sé ag iarraidh cúrsaí a mheas agus teacht ar chinneadh. Slogann sé siar a bhfuil fágtha sa chupán páipéir.

'Mar a tharlaíonn sé, tá mé ar mo bhealach isteach chuig an ospidéal i gcomhair an scrúdú iarbháis,' ar sé. 'Ar mhaith leat teacht in éindí liom?'

''Bhfuil tú i ndáiríre?'

'Tuige nach mbeinn?'

'An scrúdú iarbháis? Nach ndearnadh fós é?'

'Cuireadh moill ar an bpaiteolaí de dheasca na timpiste bus úd. An bhfuil tú ag teacht in éindí liom nó nach bhfuil?'

'Tá.'

'Faoi mar a bhí mé ag rá, tá tú fostaithe go hoifigiúil againn anois, cé nach bhfuil baint ar bith agat leis an gcás seo. Mholfainn duit do bhéal a choinneáil druidte agus tú istigh san ospidéal agus gan aird a tharraingt ort féin.'

Sula bhfaigheann sí an deis freagra a thabhairt air, anall le fear óg a shuíonn os a gcomhair amach ar an taobh eile den deasc. An duine a bhí in éindí le Tom ar an trá an lá cheana.

'Ní dóigh liom gur chas tú le mo pháirtí,' arsa Tom léi.

'Ní dóigh liom gur chas.'

'Bhuel, seo é an Bleachtaire Garda, Niall Ó Braonáin. A Néill, seo í an síceolaí, an Dochtúir Cass Uí Chaoimh.'

'Deas bualadh leat,' ar Ó Braonáin.

Is fear é Ó Braonáin a bhfuil a shúile an-ghar dá chéile, a bhéal beagáinín as riocht agus dhá smig air.

'Beidh Cass ag obair linn amach anseo.'

'Go maith. Ar labhair tú le Mac Gabhann? Bhí sé dod' lorg ar ball.'

'Gabh mo leithscéal,' ar Tom léi. 'Beidh mé ar ais i gceann cúpla nóiméad. Bí réidh le himeacht gan mhoill.'

Agus Tom imithe, fanann Cass ina seasamh le hais a dheisce. Ar mhaithe len í féin a choinneáil cruógach, casann sí air a fón póca agus breathnaíonn ar a ríomhphoist. Fós níl scéal ar bith ó Aoife ná ó Ross. Éiríonn Ó Braonáin ina sheasamh agus tosaíonn ag póirseáil sa chaibinéad comhad. Beartaíonn Cass an deis a thapú agus glacann grianghraf den charn éadaí. Éadaí Niamh. Cailín néata ab ea í, cinnte. Déanfaidh sí mionscrúdú ar an gcarn ar ball.

Is cuimhin le Cass an t-am ar chaith Niamh tréimhse faoina cúram, le linn dá máthair a bheith san ospidéal. Bhí sí in ann an chistineach a ghlanadh agus béilí a réiteach agus rudaí a eagrú nach raibh a hiníon féin in ann a dhéanamh. Tá Aoife míshlachtmhar. Is ar Cass atá an locht, ar ndóigh. Ach bhíodh spórt acu agus Niamh in éindí leo. Is cuimhin léi an t-am a ndeachaigh siad ag snámh. Ise, an cúpla agus Niamh. Tá sí in ann iad a shamhlú. Amuigh ar an gCeathrú Ard. Ar an Trá Bhuí. Rásanna ar siúl ag an triúr gasúr. Iad ag snámh siar aniar sa chuas beag a raibh an garda tarrthála lonnaithe ann. Bhíodh an bua ag Niamh i gcónaí. A cosa fada láidre á brú chun tosaigh. Murach na cosa céanna bheifeá den tuairim gur mhaighdean mhara a bhí inti lena folt fada órga ag síneadh thar a guaillí. An ghrian ag lonrú ar bhiorán beag óir a bhí in ainm is smacht a choinneáil ar an bhfolt céanna. Tá trí charn éadaí leagtha amach le hais a chéile ar an trá. Carn Niamh atá go deas néata. Carn Ross nach bhfuil ródhona. Agus carn Aoife atá ina phraiseach. Gráinní gainimh ag cur fúthu ina bróga, greamaithe dá brístí, seilbh glactha acu ar chuile roc i líneáil a mála. Ola ghréine greamaithe dá spéaclaí gréine.

Tuigeann Cass anois céard atá mícheart leis an gcarn éadaí sa ghrianghraf. Tá bróga Niamh ar bharr an chairn. Bhuel, b'in an áit a d'fhágfá iad mura raibh tú ag iarraidh go n-imeodh do chuid éadaí le gaoth. Faoi na bróga tá na fo-éadaí. Iad fillte go cúramach. Ní fhágfadh Niamh a fo-éadaí faoi shála a bróg. Ní fhágfadh sí ar bharr an chairn iad faoi mar atá sa ghrianghraf.

'Tá rud éicint mícheart leis seo,' ar sí le Tom, ar fhilleadh dó, 'tá chuile shórt bun os cionn.'

'Nach sa gcaoi sin a bhaineann tusa do chuid éadaigh?' arsa Tom ag breathnú ar an ngrianghraf.

'Bhain sí a gúna i dtosach agus ansin an rud beag sin.'

'An boiléaró.'

Bhí an ghráin ag Cass ar na rudaí beaga amaideacha sin. Bhí ceann aici agus í ag fás aníos. Cén mhaith a bhí iontu? Ní choinneoidís te thú ar oíche fhuar. Ach bhí siad ar ais san fhaisean arís. Agus ba cheannródaí faisin í Niamh.

'A Tom, cén chaoi a bhfágann tusa do chuid éadaigh agus tú ag dul ag snámh?'

'Ní raibh mise ag snámh sna farraigí mórthimpeall na tíre seo ó bhí mé óg.'

'Agus thar lear?'

'An dtiocfaidh tú ar saoire liom?'

'Ní féidir go bhfuil tú i ndáiríre.'

'Tuige nach mbeinn, a Cass?'

'Agus mise ag ceapadh go raibh deifir orainn, a Tom.'

'Tá deifir orainn. Cá raibh muid? Leis an gcéad cheist a fhreagairt,' ar seisean, agus an grianghraf á iniúchadh aige, 'fágaim mo bhrístíní ar bharr an chairn.'

'Ní dhéanfadh Niamh amhlaidh. Seachas fadhb an tsalachair a bhí ar na bróga, ní fhágfadh sí na brístíní san áit a bhféadfadh an domhan mór lán a dhá shúil a bhaint astu.'

Seasann Ó Braonáin taobh leo.

'Fágaimse mo chuid fo-éadaigh san áit a dtiteann siad,' ar seisean. 'A Tom, an bhfuil tú ag teacht isteach chuig an scrúdú iarbháis?'

'Feicfidh muid ann thú,' ar Tom.

Ritheann sé le Cass gur chóir di an nóta a scríobh Niamh chuig a hathair a lua. Ach amháin gur gheall sí do Bheairtle nach luafadh, rud a fhágann go bhfuil sí i bponc anois. Go bhfuil sí ag ceilt eolais ar na Gardaí. Ar a comhghleacaithe.

Agus í féin agus Tom ar a mbealach amach chuig an gcarrchlós, iarrann Tom gar uirthi: 'An bhféadfá síob a thabhairt dom? Phléasc fuinneog im' charr aréir agus tá sé istigh sa ngaráiste faoi láthair.'

'Fadhb ar bith.'

Ar a mbealach chuig an ospidéal, ritheann smaoineamh le Cass: cé go bhfuil cuma néata ar an gcarn éadaí, cuma fhearúil atá ann. Bhí seanfhón póca Niamh tugtha faoi deara aici freisin, é caite ar an ngaineamh in aice an chairn. Cá raibh an ceann úrnua – an ceann ar bhain Niamh an bataire as an lá a casadh uirthi sa Bridge Café í? Choinneodh sí an cheist sin chuici féin freisin go ceann scaithimh. Mar aon leis an nóta. Fiú má chiallaíonn sé go bhfuil sí ag ceilt eolais ar a comhghleacaithe.

An Scrúdú Iarbháis

Macalla a gcoiscéimeanna le cloisteáil ar na leacáin mar a bheadh láithreacht osnádúrtha á dtionlacan, déanann Cass agus Tom a mbealach síos chuig an seomra scrúdaithe in aice leis an Marbhlann in Ospidéal Chathair na Gaillimhe. De réir a chéile glacann boladh an bhléitse seilbh ar an aer agus téann an teocht i laghad. Tá Cass préachta ina culaith línéadaigh. Ceann úrnua glas as Penneys. Cuaráin ar a cosa. Dá mbeadh a fhios aici go raibh agallamh le déanamh aici ar ball, bheadh ceann dá cultacha oibre á caitheamh aici. Dá mbeadh a fhios aici go raibh uirthi teacht anuas anseo, bheadh seaicéad lomra agus buataisí móra uirthi. Tuige nár smaoinigh sí ar an bhfuacht nuair a ghlac sí le tairiscint Tom a bheith i láthair ag scrúdú iarbháis Niamh? Cuireann an teocht an rannóg sin ina mbíonn earraí reoite á gcoinneáil san ollmhargadh i gcuimhne di. Smaoiníonn sí ar na cuisneoirí a bhfuil sí ag druidim leo agus a bhfuil reoite iontu. Cuireann an smaoineamh sin ag crith í. Caithfidh go bhfuil sí craiceáilte freastal ar a leithéid d'ócáid uafásach. Fós féin, éiríonn léi greim docht daingean a choinneáil uirthi féin ar mhaithe le Beairtle. Ar mhaithe le Niamh.

'Níl tú fuar, an bhfuil?' ar Tom léi.

'Níl.'

'Ní ghlacfaidh sé i bhfad,' ar seisean ag oscailt an dorais isteach i réamhsheomra.

Istigh ann rompu tá buíon bheag bailithe i seomra ard atá scartha ón seomra scrúdaithe ag pána ollmhór gloine, Niall Ó Braonáin, an Garda Ó Murchú agus an Ceannfort, Aindí Mac Gabhann, ina measc. Nach sciobtha a d'éirigh leo an áit a bhaint amach! Thíos sa seomra scrúdaithe rompu amach tá an Paiteolaí Stáit is beirt chúntóirí. Naprúin orthu. Lámhainní rubair. Corp a bhfuil braillín caite os a chionn ar an mbord rompu.

''Bhfuil muid réidh le tosú?' arsa an Paiteolaí.

Bogann an Ceannfort a chloigeann, caitheann an Paiteolaí an bhraillín siar agus nochtar an corp. Corp Niamh. Ógbhean álainn a fuair bás roimh am. Sula raibh seans aici aon cheo a chur i gcrích seachas céim agus máistreacht a bhaint amach. Aire a thabhairt dá tuismitheoirí. Seal a chaitheamh ag scannánaíocht. Ógbhean a bhí ceanúil ar a macsa, tráth. Céard a bhí mícheart le Ross nár ghlac sé léi? Mar go raibh sé róchosúil lena athair. Bhí sí níos fearr as gan é, ar aon chaoi. Ach ógbhean í a bhí tar éis *boyfriend* úrnua a aimsiú di féin, dar leis an nóta a scríobh sí chuig a hathair.

Breathnaigh anois uirthi. Fuar marbh. Gan dínit. Amhail is dá mba phíosa feola í. Na fir seo uilig cruinnithe sa seomra seo ag baint lán a súl aisti. Ag éisteacht le cur síos an Phaiteolaí agus í i mbun meastacháin:

'Tá sí marbh le trí lá go leith anuas. Fuair sí bás am éicint idir mheán oíche agus a haon a chlog ar maidin Dé Máirt, an 8ú Mí Lúnasa, an lá ar thángthas ar a corp. Bhí *rigor mortis* le sonrú ina corp faoin am a rinneadh an chéad scrúdú uirthi ar an lá sin. Déarfainn nach raibh sí san uisce ach ar feadh trí nó ceithre uair an chloig. Bean óg í. Scór is sé bliana d'aois. A haon ponc a hocht méadar in airde.'

Déanann Cass a meastachán féin. Is fuath léi na méadair sin. Cúig troithe, ocht n-orlaí.

Leanann an Paiteolaí uirthi: 'Tugaigí faoi deara go bhfuil sobal mórthimpeall a béil agus a polláirí. Agus freisin an dá mharc sin ar a haghaidh. Dhá ghreim a bhain na héisc aisti, déarfainn.'

Aghaidh álainn Niamh. Níl aiféala ar Cass go bhfuil sí i láthair. Cé go mothaíonn sí gur saghas gliúcaí atá inti, teastaíonn uaithi sonraí uilig an bháis a fháil amach. Agus chuige sin is gá di a bheith anseo.

Briseann an Paiteolaí trína smaointe.

'Is maighdean fós í,' ar sise.

Tosaíonn Ó Braonáin agus Ó Murchú ag útamáil leo. Leathchogair ag sioscadh san aer eatarthu. Cloiseann Cass na focail: 'bás gan chraiceann.'

Caitheann sí drochshúil orthu.

'Óicé, Lothario agus Casanova,' ar Tom faoina anáil. 'Fágaigí é.'

'Feicfidh sibh go bhfuil créachtaí ar a cosa agus a lámha,' arsa an Paiteolaí. 'Toisc gur caitheadh i gcoinne na carraige í, déarfainn.'

Beireann sí ar sceanóg agus gearrann Y mór ar bhrollach Niamh len í a oscailt agus na baill a bhaint aisti. A mheá agus a scrúdú.

'Is féidir leat crochadh leat anois,' ar Tom le Cass trí chogar. 'Mura bhfuil tú ag iarraidh an méid seo a fheiceáil.'

'Tuige a ndéanfainn a leithéid?' ar sí. 'Má tá tú féin chun fanacht, fanfaidh mise in éindí leat.'

'Óicé.'

Nach mbíodh sí pósta le dochtúir? Ba mhinic léi lámh chúnta a thabhairt do Liam agus othar ar iompar isteach sa chlinic de ruathar aige. Ba mhinic léi breathnú san aghaidh ar an mbás. Fiú agus Liam ag fáil bháis, nár chas sí thart é, ghlan a scornach agus rinne iarracht é a thabhairt ar ais chun na beatha? Ach cé go raibh eolas aici ar an mbás, ní raibh putóga na marbh feicthe aici go dtí seo. Ach féadfaidh sí déileáil leis an méid sin. Tá sí in ann chuige.

Déanann an Paiteolaí cur síos ar na baill. An croí. Na scamhóga atá lán le huisce. Cruthúnas gur bádh í. É sin agus an sobal mórthimpeall a béil agus a polláirí. Tá dea-chaoi ar na baill eile. An ae. Na putóga. An bolg. Bhí canna Coke ólta ag Niamh. Burgar agus sceallóga ite aici. Béile tabhair leat. Uair an chloig sular cailleadh í.

Cuireann Tom ceist ar an bPaiteolaí trí mhicreafón.

'Na marcanna beaga sin ar na rostaí?'

'Bhí mé ag teacht chucu sin,' arsa sise. 'B'in an rud – tá muid deireanach ag tabhairt faoin scrúdú seo – murach gur tharla an timpiste bus sin bheadh sé déanta dhá lá ó shin agus seans nach mbeadh na marcanna sin le feiceáil. Tá rud éicint eile anseo ar a com freisin,' ar sí, ag casadh Niamh thart. 'Marc eile.'

'Céard is cúis leis sin agus na marcanna eile, dar leat?'

'Tusa an bleachtaire ach dá mbeadh orm iad a thomhas, déarfainn gur ballbhrúnna iad.'

'Créachtaí cosanta, an ea?'

'Níl mé á rá sin. D'fhéadfadh freisin gur srianta ba chúis leis na marcanna agus go bhfuil muid ag breathnú ar a lorg.'

Míníonn an Paiteolaí don lucht féachana, faoi mar is eol dóibh go maith, nach bhfuil sa scrúdú iarbháis seo ach an chéad chuid den fhiosrúchán. Glacfaidh sé tamall uirthi tuilleadh scrúduithe a dhéanamh sa tsaotharlann. Le déanamh cinnte, mar shampla, gur sáile atá i scamhóga Niamh, nár bádh san fholcadán í, nó i bhfionnuisce. Agus le fáil amach an raibh lorg aon drugaí inti. Anuas air sin, beidh ar shamplaí Niamh seal a chaitheamh sa scuaine, toisc an timpiste bus. Nuair a bheidh na scrúduithe uilig críochnaithe agus na torthaí faighte ag an bPaiteolaí, seolfar a tuarascáil ar aghaidh chuig an gCróinéir.

Isteach le Cass agus Tom chuig an bpub áitiúil atá trasna ón ospidéal le haghaidh lóin. Tá Ó Braonáin agus Ó Murchú ina suí ann cheana féin ag an gcuntar, iad ag fógairt go bhfuil na sceallóga is an lasáinne is fearr sa chathair le fáil anseo. Glacann Tom agus Cass seilbh ar bhord beag in aice na fuinneoige.

'Céard a bheas agat?' ar Tom léi. 'Gloine fuisce?'

'Caife.' Níl sí chun ligean uirthi gur chuir an scrúdú samhnas uirthi. Scéal eile a bheadh ann mura mbeadh aithne aici ar an íospartach. I ngan fhios don chomhluadar, bhí sí tar éis caitheamh aníos sa leithreas thiar san ospidéal. Agus ní gá an t-eolas sin a roinnt le héinne. Go háirithe le Tom. Ní hé go gcuireann Tom, é féin, fonn múisce uirthi, ach is cuimhin léi gur chaith sí leath na hoíche sa leithreas le linn a gcéad choinne foirmeálta. Oíche ar foilsíodh torthaí na hArdteistiméireachta. An chéad uair ar chaith sí siar biotáille d'aon sórt. Vodca. Deirtear nach féidir boladh a fháil ón deoch chéanna ach is féidir. Mar gur aithin a hathair láithreach é agus í ar ais sa bhaile. B'fhiú an idé béil a fuair sí – bhí an-oíche go deo acu.

'Céard é do bharúil anois?' ar Tom agus é ag luí isteach ar a sceallóga is a bhurgar.

'Nach deas an béile a roghnaigh tusa!'

'Is maith liom mo bhéilí a choinneáil simplí. Bíonn an rud ceannann céanna agam gach re lá. Painíní agus sceallóga ar na laethanta eile. Gan orm rogha a dhéanamh idir é seo agus é siúd.'

Breathnaíonn sí ar an mbriosca beag a tháinig in éindí lena caife is atá caite ar an bhfochupán. Íosfaidh sí ar ball é.

'Ar tháinig athrú intinne ort fós, a Tom? Céard a cheap tú faoi na marcanna beaga sin?'

'Ar na rostaí agus ar an gcom?'

'Sea.'

'Seans go raibh sí ag rince roimh ré. Seans gur rug duine éicint uirthi agus í á casadh thart acu. Faoi mar a dhéanfá dá mbeifeá ag tabhairt faoi Bhaint an Fhéir nó Fhallaí Luimnigh.'

'Ní hiad na marcanna an t-aon rud aisteach a bhaineann leis an méid a bhí le rá ag an bPaiteolaí ach oiread,' ar Cass.

'Coinnigh ort.'

'D'ith sí béile uair an chloig sular bádh í. Béile tabhair leat. Caithfidh gur ceannaíodh sa mbialann i gCor an Iascaire é.'

'Níl muid cinnte de sin.'

'Ach beidh,' arsa Cass ag baint greim as a briosca, faoiseamh uirthi go bhfuil Tom ag tabhairt aird ar an méid atá le rá aici. 'Bádh ar Thrá na Rón í. Má d'fhág sí Cor an Iascaire de shiúl na gcos, ní bhainfeadh sí an trá sin amach laistigh d'uair an chloig.'

'Seans.'

'Seans go bhfuair sí síob. Agus bheadh na marcanna i bhfad níos sochreidte dá mbeadh duine éicint ag breith uirthi. Á tarraingt anuas san uisce.'

'Cén chaoi ar éirigh liom gan do chúnamh le linn na mblianta agus mé ag streachailt liom?'

Beannaíonn an bheirt leaids óga dóibh agus bailíonn leo.

'Ag caint ar shíob,' ar Tom léi, 'ar mhiste mé a fhágáil ag Westward Motors?'

Íocann Tom as an mbéile.

'Costais as póca, an dtuigeann tú?' ar sé.

'Bhuel, íocfaidh mise as an bpáirceáil.'

Agus iad ag trasnú charrchlós an ospidéil casann an tAlbanach, Callum Mac Leòid, orthu, cuma trína chéile air.

'Aon scéal faoin gcailín úd?' a fhiafraíonn sé de Tom.

'Feicim go bhfuil tú thart fós.'

'Bheinn imithe ach gur ghortaigh Iain – mo leathbhádóir – a chos.'

'Bhí sé caochta, is dócha?'

'B'fhéidir é. Ní raibh ann ach leonadh ach bíonn asma air i gcónaí. Ansin tháinig ionfhabhtú air. Bhí air trí oíche a chaitheamh san ospidéal, dhá cheann acu ar thralaí.'

'Is oth liom é sin a choisteáil, a Callum,' ar Cass. ''Bhfuil cúnamh uaibh? Más féidir liom aon cheo a dhéanamh daoibh, abair liom é.'

'Táimid ag súil le filleadh abhaile inniu,' ar seisean.

'Slán abhaile,' ar Tom.

'Go deas thú a fheiceáil in athuair, a Callum,' ar Cass leis. 'Bíodh aistear maith agat a luaithe a bheidh Iain críochnaithe istigh.'

Suíonn Cass agus Tom isteach i gcarr Cass agus breathnaíonn air agus é ag siúl i dtreo na hArd-Eaglaise.

'Mo thóin!' arsa Tom.

'Céard atá mícheart leis?'

'Nach bhfuil an ghráin agat ar a leithéid?'

'A leithéid?'

'Na strainséirí sin. Tumadóirí! Cuireann siad ag crith mé – rud éicint ag cur as dóibh i gcónaí. Is daoine iad a bhíonn de shíor ag póirseáil faoi bhun na farraige, ag snámh in éindí leis na héisc is leis na mairbh. Tá aithne agat air?'

'Bhí muid ag caint thíos ag an dtrá. An cuimhin leat – an lá a dtángthas ar chorp Niamh. Bhraith mé gur fear deas a bhí ann.'

'A leathbhádóir! B'in téarma úr air! É trína chéile mar gur ghortaigh a leathbhádóir a chos! Ar dheis anseo. Eadrainn féin, tá sé ródhathúil le bheith ina ghnáthfhear, cibé.'

Céard atá á rá ag Tom? An é go raibh Callum agus na fir dhathúla uilig aerach? Má bhí, caithfidh nach raibh ach na fir ghránna fágtha ar an margadh. Bheadh a fhios sin ag Tom, ar ndóigh.

'Féadfaidh tú druidim isteach anseo,' ar Tom, ag síneadh a mhéire i dtreo spáis i gcarrchlós Westward Motors.

Stopann Cass in aice an spáis. Ar an taobh eile den bhóthar ón Ionad Siopadóireachta.

'Breathnaigh an ceamara *CCTV*,' ar sise. 'Tá siad i ngach áit anois, nach bhfuil?'

'Éist,' ar seisean, 'tá na téipeanna ón oíche úd agam thiar sa gCeannáras. Beidh Ó Braonáin ag dul tríothu ar ball. Má bhí Niamh ina paisinéir i gcarr a thiomáin amach ón gcathair ar an oíche úd, seans gur phioc ceann acu suas í. Dála an scéil, is aisteach nach raibh aici ach seanfhón póca.'

'Is aisteach, ceart go leor.'

'Is cosúil nár fhág sí lorg ar Facebook ná ar Twitter ach oiread.'

'Beidh tuarascáil an Phaiteolaí sách suimiúil, a Tom.'

'Beidh. Éist, an bhfeicfidh mé aríst thú?'

'Feicfidh, má bhíonn aon scéal agat dom.'

'Beidh. An chéad uair eile a chlisfidh ar an gcéad ghealt eile.'

'An ndéanfaidh tú taighde ar an gcailín beag eile sin, Áine, a chuir lámh ina bás féin, mar dhea? Ar a carnsa éadaí? Seans go raibh marcanna ar a rostaí sise? Seans gur fágadh bráisléad cairdis taobh lena corp?'

'Bráisléad cairdis?'

'Ar thug tú an ceann sin in aice charn éadaí Niamh faoi deara?'

'Feicfidh mé ar ball thú,' ar Tom agus é ag éirí as an gcarr.

Breathnaíonn Cass air agus é ag dul isteach sa gharáiste. A luaithe a bheidh a charr réidh beidh air filleadh ar an gCeannáras. Níl sé ach a haon a chlog. Ní gá dise a bheith san Ionad Leighis go dtí 3.30. Fanann sí ina suí sa charr go ceann cúpla nóiméad ag dul siar ar an méid eolais atá bailithe aici i dtaobh bhás Niamh: tá an chosúlacht ar an scéal nár bhain sí a cuid éadaigh di féin; tá marcanna ar a rostaí agus ar a com, rud a chiallaíonn go mb'fhéidir gur coinníodh in aghaidh a tola í. Os a choinne sin, áfach, tá an cheist ollmhór le freagairt: má bádh Niamh, cé a rinne é? An *boyfriend* anaithnid nua sin a bhí aici. Nó duine a raibh aithne aici air. Gearóid, mar shampla. Ba léir go raibh seisean trína chéile i dtaobh a báis. Ach b'fhéidir nach raibh ansin ach cur i gcéill. Tá bealach leis an méid sin a chinntiú, áfach: bhí ráite aige go raibh sé i láthair ag achrann in aice McDonald's. Má bhí, beidh sé le feiceáil ar na ceamaraí *CCTV*. Idir an dá linn, tabharfaidh sí cuairt ar árasán Niamh.

Casann Cass an eochair san adhaint agus ní fada go mbaineann sí Bóthar na gCloch amach. Isteach léi i mBloc na gCoirní, suas san ardaitheoir agus isteach chuig an árasán atá ag tús an dorchla. Má bhí Niamh ina cailín néata, níl an dealramh sin le sonrú ar an árasán. Tá chuile shórt caite ar fud na háite. An leaba bun os cionn. Na tarraiceáin tarraingthe amach as an gcófra agus a raibh iontu scaipthe ar an urlár. Bhí na Gardaí anseo roimpi. An oiread cáithníní dusta ar foluain san aer gurb ar éigean a bhfuil sí in ann a hanáil a tharraingt. Osclaíonn sí fuinneog agus breathnaíonn amach i dtreo Bhá na Gaillimhe. Ar na báid atá ar ancaire cois cuain, an *Jeanie Johnston* ina measc. Ar chuile dhuine ag streachailt leo i mbun a ngnó féin. Fad is atá cailín ina luí fuar marbh sa mharbhlann.

Tosaíonn sí ag piocadh suas na n-éadaí atá caite thart. Ansin stopann sí. Cén fáth a ndéanfadh sí amhlaidh? Níl iontu ach éadaí. Faoin tiarna talún atá sé an áit a ghlanadh sula gcuireann sé ar an margadh arís í. Sciobfaidh sí léi na rudaí beaga pearsanta, mar aon le rudaí a fheilfidh don ofráil, faoi mar a d'iarr Beairtle uirthi. Beireann sí ar bhosca seodra maisithe le sliogáin ina bhfuil cúpla fáinne beag, ina measc fáinne pósta Bheití, máthair Niamh, agus slabhra óir. Mar aon leis an leabhar *The Guerilla Film Makers Pocketbook*. Faoi bhun tarraiceáin amháin, tagann sí ar shlám taipéisí beaga, fearas ina bhfuil liathróidí olla, siosúr beag. Fúthusan tá albam a bhfuil clúdach bándearg air. Lán le grianghraif. An saghas ruda a chuirfeadh Beití le chéile sular cailleadh í.

Go hobann cloistear cnag ar an doras. Cé a bheadh ann? Osclaíonn sí de bheagán é. Os a comhair amach ar cheann an staighre tá fear Áiseach.

'I saw light,' ar seisean. 'You Niamh mother?'

'I'm her auntie.'

'Niamh auntie. Good. I have her phone. New battery.'

Sánn sé fón cliste isteach i lámh Cass. Cuimhníonn sí ar an lá úd sa Bridge Café. Ar fhón Niamh. Ar an mbataire a bhí bainte amach as.

'Thank you. When did you last see Niamh?'

'Last week. In town. You can see on map.'

'Map?'

'Yes. Google Map. It show you where she go.'

'Does anyone else know about this phone?'

'I don't know. I fix it for Niamh. She good neighbour.'

'Did the Guards talk to you?'

'Guards not talk to me. Me not want them to. Not supposed to be here in flat.'

'One more thing: did Niamh have a password?'

'Yes. Her name. Niamh. Spelt strange Irish way.'

Gabhann Cass buíochas leis agus dúnann an doras. Is léir nach bhfuil Tom ar an eolas faoin bhfón seo. Caithfidh sí é a thabhairt dó ar an bpointe boise agus insint dó faoin nóta. Déanfaidh sí an dá rud seo a luaithe a gheobhaidh sí an deis.

Suíonn sí ar an urlár agus casann leathanaigh an albaim atá lán le grianghraif de Niamh síos tríd ann, í i gcomhluadar a muintire agus a cairde. Bíonn Aoife le feiceáil anseo is ansiúd. Agus Ross. Tugann Cass grianghraf den lá úd ar an Trá Bhuí faoi deara. An ceathrar acu. Niamh, Aoife, Ross agus Cass. Iad ag ól sú oráiste is ag ithe aráin a bhfuil Nutella smeartha air. Tuáillí thart orthu. A gcuid gruaige fós fliuch. An ceathrar acu ag gáire. Dúnann Cass an t-albam. Síneann sí a cloigeann siar ar an gcathaoir uilleann atá in aice láimhe agus pléascann amach ag caoineadh.

Obair an Lae

Agus í ag druidim le doras an chlinic, cloiseann Cass guth aisteach borb taobh thiar di. 'An tusa Cassandra de Brún Uí Chaoimh?'

Casann sí thart agus breathnaíonn ar an ógfhear atá ina sheasamh os a comhair amach. Duine ard tanaí, atá gléasta i gculaith leathair. Clogad ar leathadh ar a chloigeann.

'Sea, is mise Cass Ó Caoimh,' ar sise leis na trí horlaí dá aghaidh atá le feiceáil.

'A Bhean Uí Chaoimh, is mian liom an fógra seo a sheachadadh ort teacht i láthair ag Cúirt an Chróinéara.'

Sula mbíonn deis ag Cass tada eile a rá leis, déanann an fear ar ghluaisrothar atá páirceáilte in aice gheata an charrchlóis agus caitheann cos thar an diallait. Fágtar ina seasamh go haonarach ansin í, litir thromchúiseach ina lámh aici. Isteach san fhorhalla léi, áit a n-osclaíonn sí í. Léimeann sonraí agus dáta amach. Tionólfar an t-ionchoisne ina bhfiosrófar bás Liam ar an 6ú lá de mhí Mheán Fómhair. Breathnaíonn sí i dtreo oifig Imelda ach tá a fhios aici go mbíonn Imelda cruógach ag an am seo den lá. Ní hamháin sin ach gur thug sí cuairt ar an bhfiaclóir inné le haghaidh chóireáil cuas fréimhe. Tuigtear do Cass nach é seo an t-am ceart le bheith ag iarraidh a cuid fadhbanna pearsanta a phlé lena bas.

Ba bhreá léi casadh ar a sála agus an lá a chaitheamh amuigh ag siúl ar an trá, a maidrín beag ag rith os a comhair amach, ach tá uirthi déileáil le Nell. Bean a bhfuil faitíos uirthi an teach a fhágáil. Agrafóibeach. Faoi mar a bhíodh a máthair féin agus deireadh a saoil ag druidim léi. Faitíos uirthi roimh an tsráid is na siopaí. Na comharsana. Gnéithe a mbaineadh sí taitneamh astu agus í ar fónamh.

Ach tá cás na mná seo, Nell, níos casta. Í ina cónaí in áit iargúlta. In éindí lena haonmhac, Jamie, atá ag iarraidh cailín a phósadh agus a mháthair a thréigean. Nó b'in a cheapann sí. Tuigeadh do

Cass ón gcéad lá riamh go raibh a hothar tinn ach nach bhféadfadh sise cuidiú léi mura raibh Nell toilteanach cuidiú léi féin. Is é bun agus barr an scéil a bhaineann leis na hothair uilig: caithfidh siad a bheith toilteanach iarracht a dhéanamh iad féin a leigheas. Bhí na tríochaidí beagnach curtha isteach ag Jamie agus é thar am aige díriú ar a shaol féin.

Má phósann sé a chailín ní bheidh sé lonnaithe i bhfad óna mháthair. Tar éis dó na blianta a chaitheamh ag plé leis an gComhairle Contae, tá cead faighte aige bungaló a thógáil in aice an tseantí. Imní scartha atá ar Nell agus is é sin is cúis leis an riocht ina bhfuil sí. Anuas air sin, braitheann sí má fhágann sí an teach go mbuailfidh scaoll í.

Breathnaíonn Cass ar a hothar. Ar a cuid gruaige in aimhréidh. A seanchóta, ribí gruaige ainmhí éicint greamaithe de. Bindealáin casta ar a fiolúin. Boladh nach bhfuil ró-úr ag teacht uaithi. Ar ndóigh bhí fadhb ag Jamie í a thionlacan chomh fada leis an Ionad Leighis inniu. B'in cuid den chóir leighis a moladh di cheana – tabhairt faoi dhúshlán beag éicint in aghaidh an lae. Ar nós freastal ar an Ionad Leighis. Siúl chomh fada leis an siopa. Dul ar Aifreann. Labhairt le duine éicint lasmuigh den séipéal.

Agus ar deireadh tá ag éirí le Nell an lámh in uachtar a fháil ar an ngalar. Insíonn sí do Cass faoi na siúlóidí ar thug sí fúthu in éindí le Jamie ón seisiún deireanach. Faoi na daoine ar labhair sí leo sa siopa. Na daoine a casadh uirthi tar éis an Aifrinn.

Lasmuigh d'fhuinneog an tseomra comhairliúcháin is féidir le Cass a mheas ó luascadh na gcrann go bhfuil an ghaoth ag éirí níos láidre. Ar feadh uair an chloig éisteann sí leis na freagraí a thugann Nell ar na ceisteanna a chuireann Cass uirthi. Chuile cheann acu á dtarraingt le dua óna hothar. Chuile cheann acu in oiriúint do cheisteanna eile: Ní dhearna Jamie é seo di, cé gur gheall sé go ndéanfadh. Bhí sé deireanach ag filleadh aréir. Dhóigh sé na prátaí arú inné. Ainneoin an dul chun cinn ollmhór atá déanta aici, tá faitíos fós uirthi go dtréigfí í.

Molann Cass di coinneáil uirthi ag dul amach. Tá ag éirí go geal léi go dtí seo sa chuid sin den teiripe. Ba dheas an teach a fhágáil agus dul amach ina haonar. É sin a dhéanamh ar feadh cúig nóiméad an chéad lá, deich nóiméad an lá ina dhiaidh sin agus mar sin de.

'Caithfidh go bhfuil bhur dteach sách gar don bhfarraige,' ar sí le Nell.

'Tá sí rófhada uaim.'

'Cén fad atá sí?'

'Deich nóiméad, má théim amach an cúlgheata. Ach is fada an lá ó bhí mé thíos ar an trá.'

'Nach mbeadh sé go deas dul ag siúl ann? Go moch ar maidin, seans. Nuair nach bhfuil éinne eile ann.'

Ní róthoilteanach atá Nell a ghealladh go nglacfaidh sí leis an gcomhairle an babhta seo ach, ar deireadh, aontaíonn sí leis an bplean: beidh sé mar sprioc aici siúl chomh fada leis an trá laistigh de choicís. Agus an t-am istigh, tagann cnag ar an doras. Jamie atá ann, é tagtha lena mháthair a thionlacan abhaile.

'Cén chaoi a bhfuil?' ar Cass leis ag an doras.

'Ag streachailt liom,' ar sé, cuma an éadóchais air.

Caithfidh go bhfuil a chailín ag cur brú air. Seans go bhfuil foláireamh deiridh tugtha aici dó. Is maith a thuigeann Cass a leithéid. É faoi bhrú mothúchánach óna chleithiúnaithe. Rogha an dá dhíogha le déanamh aige. Idir a mháthair is a chailín.

Agus í ag fágáil slán leo amuigh sa halla, feiceann Cass othar Imelda ag crochadh leis. Buaileann sí cnag ar an doras.

'A Imelda, an mbeadh cúpla nóiméad le spáráil agat?'

'Bheadh, cinnte. 'Bhfuil tú ceart go leor?'

'Tá rud nó dhó ba mhaith liom a phlé leat. Murar mhiste leat?'

'Suigh síos agus fáilte.'

'Cén chaoi a bhfuil do chuid fiacla?'

'Ní dhiúltóinn do ghloine fuisce ar ball.'

Gloine! Seans go n-ólfadh Cass buidéal dá mbeadh sí sa bhaile. An bhfuil fuisce aici? Nó jin? Ceannóidh sí buidéal nó dhó an chéad uair eile a thabharfaidh sí cuairt ar Aldi. Idir an dá linn, déanfaidh buidéal fíona cúis.

'Níl tú féin ag breathnú go ró-iontach, a Cass. Beifear ag ceapadh gur tú féin atá th'éis cuairt a thabhairt ar an bhfiaclóir,' ar Imelda, í ag suí sa chathaoir sclóine. Tá sé thar am, braitheann Cass, seisiún i gcathaoir an othair a lorg di féin.

'Ba chóir dom cuairt a thabhairt ar an bhfiaclóir, ceart go leor.'

'Ach ní hiad do chuid fiacla atá ag cur as duit. A Cass, inis dom céard atá ort?'

Insíonn Cass dá bas go bhfuil dhá rud ag cur as di: go gceapann sí go mbíonn duine éicint ag bogadh rudaí thart i ngrianán a teachín ach, dar le Imelda, go mbíonn cúis inchreidte ag baint le chuile shórt. Seans gurbh í féin a bhog iad – agus an oiread díphacála ar bun aici cén chaoi a d'fhéadfadh sí a bheith cinnte faoin áit ar leag sí rud amháin nó rud eile?

'Ainneoin an mhéid sin, a Cass, an bhfuil tú in ann néal a fháil i rith na hoíche?'

'Tá, muis. Agus, fiú mura raibh, nach bhfuil cófra lán de phiollaí agam!'

'Níl tú ag smaoineamh ar aon cheo amaideach a dhéanamh, an bhfuil?'

'Níl.'

'Inis dom céard é an dara rud atá ag cur as duit.'

Ar éigean a bhfuil Cass in ann srian a choinneáil uirthi féin. Arú aréir fuair sí ríomhphost ó Ross agus ceann ó Aoife. Ceann amháin i ndiaidh an chinn eile. Mar a bheadh an bheirt acu ag obair as lámha a chéile. Agus seans go raibh, cé nach minic a bhíonn an dlúthchaidreamh sin a bhíonn le sonrú i gcúplaí le sonrú iontusan. Is maith a thuigeann Cass go mbeadh fadhb ag Aoife filleadh ón India do shochraid Niamh, ach níl Ross ach ar an taobh eile den Atlantach. Seacht n-uaire an chloig níos faide siar uaithi agus fós tá leithscéal aige.

'Ní bheidh an cúpla ag filleadh do shochraid Niamh.'

'A Cass,' arsa Imelda. 'An ag brionglóideach atá tú? Nár fhill siad seacht seachtaine ó shin am a cailleadh Liam agus arís, trí seachtaine ó shin don gcuimhneachán míosa? Cé go raibh siad gar do Niamh, ní bheinn ag súil go bhfillfidís. Cuimhnigh go bhfuil postannaí acu, nach féidir leo a bheith ag teacht is ag imeacht aon uair is mian leo.'

'Is dócha go bhfuil an ceart agat.'

'Aon cheo eile ag cur as duit?'

'Seans go bhfuil rud beag bídeach. An bhfuil cur amach agat ar na rudaí sin – na léarscáileanna Google?'

'Tá, cinnte. Agus iad thar a bheith úsáideach na leaidíns céanna.'

'Cén chaoi úsáideach?'

'Caithfidh tú teacht amach ar an *town* in éindí liom. Céard faoin tseachtain seo?'

'Na léarscáileanna, a Imelda?'

'Bhuel, agus mé amuigh ar an *town* in éindí le comhluadar nach bhfuil aithne rómhaith agam air.'

'Sea?'

'Ar fhaitíos go dtarlódh aon cheo, tá an gléas beag seo ar an bhfón agam a dhéanann mo lorg a dhaingniú go docht ar léarscáil.'

Éisteann Cass leis an méid atá le rá ag Imelda faoin bhfear seo is faoin bhfear siúd, iontas uirthi faoin saol rúnda sin a mbíonn a bas páirteach ann. Ach ní bhíonn náire ar bith ar Imelda faoi shonraí an tsaoil sin a roinnt léi.

'Tuige na ceisteanna uilig, a Cass? Nach bhfuil fón cliste agat féin?'

'Tá. Ach níl mé ag iarraidh mo lorg féin a aimsiú.'

'Ní thuigim.'

Insíonn Cass di faoi fhón cliste Niamh, á bhaint amach as a póca.

'Nóiméad amháin, a Cass, tá tú ag rá gur le Niamh an fón sin?'

'Is le Niamh é. Ach amháin nach bhfuil na Gardaí ar an eolas faoi.'

'Cén chaoi nach bhfuil siad ar an eolas faoi?'

'Níl éinne ar an eolas faoi ach mé féin agus inimirceoir mídhleathach.'

'Inimirceoir mídhleathach? Cén sórt comhluadair a bhíonn á choinneáil agat na laethanta seo?'

Insíonn Cass di faoin gcuairt ar árasán Niamh.

'Cuireann tú iontas orm.'

'A Imelda, ar mhiste leat a rá liom, led' thoil, cén chaoi leis an aip seo a chur ag feidhmiú?'

'Déarfaidh mé rud amháin leat, a stór: ná cuir an rud sin ag imeacht san áit seo. Míneoidh mé duit cén fáth ar ball. Gabh i leith: céard faoi ríomhaire Niamh? An bhfuil an ríomhaire ag na Gardaí?'

'Déarfainn é. Rinne siad praiseach den árasán agus iad ag dul trí chuile shórt istigh ann.'

'Bhuel, bheidís ar an eolas faoin bhfón seo dá mbeadh sé ceangailte leis an ríomhaire agus is cosúil nach bhfuil.'

'Tá fón eile acu. Seancheann.'

'Ní bheadh an teicneolaíocht chéanna le sonrú sa seancheann ach bheidís in ann cibé eolas atá air a bhaint de. Ach is agatsa amháin atá an t-eolas seo, a Cass. Faoi na háiteachaí ar thug Niamh cuairt orthu sna laethanta roimh a bás. Nó sna laethanta a raibh an fón cliste ina mála aici agus é ag feidhmiú ar na laethanta sin. Deir tú nach bhfuil an uimhir seo ag na Gardaí?'

'Níl.'

'Go maith! Ach má chloiseann siad faoin bhfón seo is má thagann siad ar an uimhir, agus seans maith go dtiocfaidh amach anseo, beidh siad in ann a lorg a leanúint. Mura bhfuil tú chun é a thabhairt dóibh ar an bpointe boise, mholfainn duit é a chasadh air in áit neodrach nach bhfuil baint ar bith agat léi, cibé eolas atá uait a bhaint as, é a mhúchadh agus fáil réidh leis, ar fhaitíos na bhfaitíos.'

Tuigeadh do Cass go raibh féith na teicneolaíochta in Imelda ach níor tuigeadh di méid ghliceas a bas go dtí anois. Agus cé go bhfuil sí ar bís faoin eolas úrnua seo agus cé go mbeidh uirthi chuile shórt a sheiceáil, fós féin, tá sí buartha.

Tar éis do Imelda lorg a léarscáileanna Google féin a thaispeáint di, mar aon lena raibh ar siúl aici sna háiteanna céanna, beartaíonn Cass scéal an Chróinéara a sceitheadh léi.

'É sin an méid atá ag cur as díot, a stór?' arsa Imelda. 'Ná bí buartha faoi. An 6ú lá den mí seo chugainn a deir tú? Cuirfidh mise chuile shórt ar ceal an lá céanna agus rachaidh mé in éindí leat chuig an gcúirt. Ní bheidh i gceist ach cúpla duine ag tabhairt fianaise i dtaobh bhás Liam.'

'É sin ach go háirithe atá ag cur isteach orm. Mar is eol duit, rinneadh scrúdú iarbháis air. Ní bheadh gá le hionchoisne mura raibh siad amhrasach faoi rud éicint.'

'Ná bac leis an méid sin. Céard is féidir le héinne a rá a chuirfidh as duit seachas d'aird a tharraingt siar chuig an lá uafásach céanna?'

Ní thugann Cass freagra ar Imelda. Ní féidir léi freagra a thabhairt uirthi féin, fiú amháin.

Ar ball filleann sí ar a seomra comhairliúcháin féin agus tugann faoin bpáipéarachas atá ag fanacht léi ach tagann ríméad uirthi nuair a shuíonn sí isteach sa charr le filleadh abhaile. É ar intinn aici buidéal a oscailt a luaithe a bhaineann sí a ceann scríbe amach is í féin a shíneadh amach ar an tolg.

Ach tá plean eile ag an maidrín. Tá beartaithe aigesean dul amach agus is éigean géilleadh dó, cé go bhfuil an bháisteach ar tí sileadh anuas faoin am seo. Sánn sí babhla lasáinne isteach san oigheann agus beireann ar a hanorac is a bríste báistí. Ritheann smaoineamh léi is beireann sí ar fhón cliste Niamh freisin. Thíos ag an trá ritheann an maidrín ar aghaidh. Agus é imithe as radharc, casann Cass an fón air, osclaíonn aip na léarscáileanna agus léimeann gluaiseachtaí Niamh amach.

Sciurdann sí thar na haistir a rinne an ógbhean le linn laethanta deireanacha a saoil. Tugann sí rud amháin suntasach faoi deara: chaith Niamh oíche Dhomhnaigh, an oíche sular cailleadh í, in Óstán an Ravensglen sa chathair. Déanfaidh sí an leid úr seo a fhiosrú ar ball le fáil amach cé a bhí in éindí léi san óstán. Ní chaithfeadh sí oíche ann ina haonar agus árasán aici cúpla céad slat ón áit.

Ní fada go dtosaíonn an bháisteach ag titim agus go ndéanann na tonnta ar an trá mar a bheadh buíon chailleacha ag iarraidh mallacht a leagan ar an tír is ar chuile dhuine atá lonnaithe inti. Nach mar seo a bhíonn an saol? Nuair a bhíonn an t-am aici dul amach ag siúl bíonn sé ina bháisteach. Nuair a bhíonn an ghrian ag scoilteadh na gcarraigeacha bíonn sí sáinnithe istigh san oifig i mbun oibre. De réir a chéile éiríonn an bháisteach chomh trom sin go bhfuil drogall ar an madra, fiú amháin, dul ag póirseáil i measc na gcarraigeacha.

Ach níor chóir di a bheith ag clamhsán faoi aon cheo. Nach bhfuil sí féin beo beathach agus ag streachailt léi! Amárach, cúig lá tar éis gur cailleadh í, a bheidh corp Niamh á aistriú ó Theach an Adhlacóra chuig an séipéal i gcomhair Aifreann na Marbh.

Ar ais leo i dtreo an teachín, í féin agus a maidrín. Í ag crith. A cuid gruaige ina n-eireaball fhrancaigh. A blús oibre greamaithe dá droim. Ach beidh sí sa bhaile i gceann cúpla nóiméad eile. Beidh an lasáinne beagnach réidh. Béile deas te. Ag casadh an choirnéil di, tugann sí gluaisrothar faoi deara lasmuigh den gheata. Cuireann sé ceann éicint i gcuimhne di. Ceann a chonaic sí le deireanaí. Ach ní leis an duine a rinne an toghairm a sheachadadh uirthi an ceann seo. Tá an ceann seo i bhfad níos lú. É caite ar thaobh an bhóthair. Faoi scáth na ndeora Dé. Miotal liath is gorm ag baint d'áilleacht na deirge is na glaise.

Isteach sa ghrianán léi. An maidrín ag geonaíl. A chlúmh á chrith aige. Uisce ag sileadh ar fud na leacán. Faigheann sí tuáille lena thriomú. Cén sórt óinseach í ar chor ar bith ag tabhairt aire don sciotachán beag strae seo gan faire amach di féin ar dtús? Beidh slaghdán uirthi amach anseo. Baineann sí an tuáille de agus cuireann cipín leis an tine istigh sa seomra suí. Buíochas le Dia, nó leis an mBé nó le cibé duine a bhíonn ag faire amach di na laethanta seo gur réitigh sí an tine ar maidin. Go hiondúil ní ligeann sí an madra isteach sa teachín ach déanfaidh sí eisceacht an uair seo. Ach a luaithe a dhéantar eisceacht bíonn sé deacair filleadh ar an sean-nós.

'Bhuel, a mhaidrín, níl fiú is ainm ort fós. Meas tú céard ba chóir dom a thabhairt ort? Céard faoi rud éicint a bhaineann le miotas éicint? Setanta? *No*, níl mé ag iarraidh go slogfaidh tú liathróid siar. Pléifidh muid ar ball é. Idir an dá linn tabharfaidh muid "maidrín" ort. Óicé?'

Ligeann an madra osna bheag. Nach eisean atá sona. Is mór an trua nach mar an gcéanna don neach daonna.

Ag siúl amach sa halla di tugann sí faoi deara scáth in aice ghloine an phóirse. Breathnaíonn sí trí ghloine an dorais taobh istigh. Gearóid atá ann, é ina luí ar a thaobh, a ghlúine cúbtha chuige.

Ar oscailt an dorais di, feiceann sí go bhfuil sé ina chodladh.

'A Ghearóid,' ar sí ag croitheadh a ghualainne, 'an bhfuil tú ceart go leor?'

'Ó, Cass! *Sorry* faoi sin,' ar seisean, ag teacht chuige féin.

'Tar isteach as an mbáisteach, maith an fear.'

Siúlann sé roimpi isteach sa halla, braonacha báistí ag sileadh óna bhrístí agus óna chóta.

'Ba chóir na rudaí sin a bhaint díot ar an bpointe boise,' ar Cass leis. 'Is féidir iad a chrochadh ar an gcliath éadaí sa seomra folcadh.'

'Go raibh maith agat,' ar seisean á mbaint de féin, ag bolú den bhia atá san oigheann.

'Beidh an dinnéar réidh i gceann deich nóiméad, má tá tú ag iarraidh píosa,' ar sí ag breathnú ar a huaireadóir.

'Ba bhreá liom greim beag le n-ithe ach níor mhaith liom a chur isteach ort. Níor tháinig mé amach anseo ach leis an alt a scríobh mé faoin bhféinmharú a thaispeáint duit sula gcuirfear i gcló é. Chaith mé an oíche uilig á scríobh. Caithfidh gur thit mé im' chodladh ag an doras.'

'Míle fáilte romhat,' ar sí. 'Ceist agam ort: cén chaoi ar éirigh leat doras an phóirse a oscailt? Nach raibh sé faoi ghlas?'

'Ní raibh, muis.'

'Nach raibh? Óicé. Gabh mo leithscéal. Ní bheidh mé ach cúpla nóiméad.'

'Ar mhaith leat go réiteoinn an bord duit?'

'Bheadh sin togha, go raibh maith agat.'

Nach eisean atá go maith i mbun an tí!

Caitheann sí a cuid éadaigh isteach sa chiseán níocháin san *en suite* agus isteach léi sa chithfholcadh. Déanann sí í féin a athghléasadh i gculaith aclaíochta veilbhite. Ní bhacann sí a cuid gruaige a thriomú go huile is go hiomlán. Níl an t-am aici. Beidh sí ina cloigeann catach ceart ar maidin.

Ar éigean a chreideann sí an t-athrú atá ar an gcistineach. Tá an bord leagtha le héadach boird. Mataí. Crúiscín uisce. Salann. Piobar. Dhá phláta. Plátaí taoibhe. Pláta brúitín agus babhla sailéid sa lár. Gearóid ina sheasamh in aice an bhairr oibre. An lasáinne á roinnt aige.

'Suigh thusa síos,' ar sé. 'Tá mise beagnach críochnaithe anseo.'

Níl Cass in ann cuimhneamh ar an uair dheireanach a leag duine béile iomlán os a comhair. Seachas os cionn seacht seachtaine ó shin. Agus í ar saoire le Liam. B'fhada uaithi anois an oíche sin.

'Go raibh míle maith agat arís,' ar sí, ag suí chun boird, ag luí isteach ar an mbia.

Ní labhraíonn an bheirt acu go ceann scaithimh. Iad ag iarraidh an t-ocras atá orthu a shásamh. An béile caite, beidh uirthi súil a chaitheamh thar alt Ghearóid ach ar a laghad tá seisean ag lódáil an mhiasniteora, ag scuabadh an urláir agus ag cur na ngiuirléidí ar ais sna háiteanna cearta.

'Ní ghlacfaidh sé rófhada orm,' ar sí leis, 'an t-alt seo a léamh.'

'Fadhb ar bith, a Cass.'

Is léir go bhfuil an-taighde déanta ag an leaid óg ar an bhféinmharú. Léimeann na staitisticí amach as an alt. An méid a chuir lámh ina mbás féin le deich mbliana anuas, roinnte idir chailíní agus buachaillí. An méid timpistí bóthair nach raibh ach carr amháin i gceist iontu. An méid básanna eile ar thug Cúirt an Chróinéara míthapa orthu ach a raibh fíor-amhras ag baint leo. Líon na marbh ag dul i méid chuile bhliain. Ag cur san áireamh an brú atá ar dhaoine óga na laethanta seo, níl iontas ar bith ar Cass. Agus cé go raibh tuairim mhaith aici faoi na figiúirí cheana féin baineann an t-alt preab aisti.

Agus ise ag fás aníos ní cheadaítí éinne a chuir lámh ina bhás féin a adhlacadh i dtalamh beannaithe. Bhí na hanamacha damanta go hIfreann go deo. Bhí muintir na marbh náirithe os comhair an tsaoil agus beagán bá ag an gcléir dóibh. Anois bíonn na sagairt ag labhairt go cneasta fúthu siúd a chuireann lámh ina mbás féin. Bíonn, mar is eol di go maith, comhairle ar fáil dá muintir.

'An-mhaith,' ar sí, á thabhairt ar ais do Ghearóid.

'Is féidir leat é sin a choinneáil. Tá sé ar an ríomhaire agam.'

'Cuireann tú an-suim san ábhar,' ar sí, iad ag ól an chaife a bhí ullmhaithe aige.

'Cuirim,' ar sé. 'Agus ní nach ionadh.'

'Cén chaoi?'

Breathnaíonn sí air ag alpadh píosa toirtín.

'Is maith a thuigim an chaoi a mbraitheann sé nuair a bhíonn tú sáinnithe sa lionn dubh.'

'Ach níl tusa sáinnithe ann, an bhfuil?'

'Níl anois.'

'Ach bhí?'

'Bhí. Cúpla uair. Nár inis Deaide dhuit?'

Braitheann Cass go bhfuil beagáinín íoróine ina ghuth agus é ag caint faoina athair.

'Ní bhíonn cúrsaí pearsanta á bplé eadrainn.'

'Céard faoi chúrsaí proifisiúnta?'

'Bíonn siadsan á bplé againn. Cinnte. Níl a fhios agam ar chuala tú an scéal ach beidh mé ag obair do na Gardaí amach anseo. Mar shíceolaí fóiréinseach.'

'Níor chuala.'

'Caithfidh nach raibh do chuid foinsí ar an eolas faoi.'

'Ní raibh, a Cass. An gciallaíonn sé sin go mbeidh tú in ann cás Niamh a fhiosrú?'

'Beidh mé bainteach le cásanna eile ach seans go mbeidh mé in ann a cás-sa a fhiosrú go neamhfhoirmeálta. Ceist agam ort, a Ghearóid, an raibh Niamh ag siúl amach le héinne? Tá a fhios agam go raibh sí thar a bheith ceanúil ortsa.'

'Níl aon ghá le plámás, a Cass. Ní raibh sí i ngrá liom ná baol air, ach bhí duine ann – fear nua – strainséir ar chuir sí suim ann. Sílim go mbíodh sé ag fanacht in óstán éicint.'

'Ag fanacht ann go rialta?'

'*No.* Le deireanaí. Le linn na féile.'

'Strainséir, a deir tú? Meiriceánach, seans?'

'Níl a fhios agam.'

'Óicé!'

Breathnaíonn Cass air, é ag tarraingt air a chulaith bháistí in athuair.

'Rud amháin eile, a Ghearóid, sula n-imíonn tú?'

'Sea, a Cass?'

'Tá a fhios agat an bráisléad cairdis sin a bhí á chaitheamh ag Niamh?'

'Bráisléad cairdis? Ní dóigh liom go raibh a leithéid aici. D'fhéadfadh sí rud mar sin a chruthú, ceart go leor. Agus taipéisí beaga, sílim.'

'An mbíodh sé de nós aici iad a dhíol?'

'Ní raibh. Cé go mbraithim go raibh sé ar intinn aici é sin a dhéanamh amach anseo. Le hairgead a thiomsú do thogra a bhí ar intinn aici tabhairt faoi. Breathnóidh mé isteach sa scéal sin duit.'

'Go raibh míle! Rud amháin eile, murar mhiste leat, a Ghearóid, ar chuir Niamh aon tsuim i Facebook nó i Twitter?'

'Níor chuir. Bhí an ghráin aici ar na meáin shóisialta.'

'An cuimhin leat an fón cliste a bhí aici sa Bridge Café?'

'An rud sin? Níor léi é. Bhí rud éicint mícheart leis an mbataire, sílim. Nach in a dúirt sí? Ba le Antaine, stiúrthóir an chomhlacht scannánaíochta, é.'

'Ar cheistigh na Gardaí eisean?'

'Ní dóigh liom é. Tá sé thar lear. San Astráil. Ag bainis a dhearthár.'

'Fós féin, a Ghearóid, nach suimiúil nach raibh suim ar bith aici i gcúrsaí teicneolaíochta?'

'Ní raibh suim ar bith aici i gcúrsaí teicneolaíochta nár bhain leis an gceamara. Bhraith sí ariamh go raibh sé i bhfad níos fearr labhairt le daoine, agallamh a chur orthu, seachas a bheith ag déileáil leis an íomhá a bhí á cruthú díobh acu féin agus ag daoine eile ar Facebook, abair. An fhírinne a bhí á lorg aici i gcónaí.'

'Go raibh míle maith agat ag an méid sin a roinnt liom, a Ghearóid.'

'Aon cheist eile, a Cass?'

'Ó luann tú é, cé gur scríobh tú an t-alt sin faoin bhféinmharú, tá tú fós den tuairim nár chuir Niamh lámh ina bás féin?'

'Tá.'

'Cé a mharaigh í, más ea? An *boyfriend* nua sin?'

'B'fhéidir é.'

'Níor chuala tú aon cheo ó do chuid foinsí?'

'Níor chuala.'

'Óicé.'

'Déarfaidh mé rud amháin leat.'

'Sea, a Ghearóid?'

'Ní mise a rinne é.'

'Níor rith an smaoineamh sin ariamh liom,' ar sí, náire uirthi go mbeadh sé ag ceapadh a leithéid.

'Tá cruthúnas agam ar an scéal, cibé, a Cass,' ar sé, dath dearg ag leathnú ar a ghnúis. 'Faoi mar a d'inis mé duit cheana, bhí mé i láthair ar an oíche lasmuigh de McDonald's go luath tar éis gur ionsaíodh an duine sin. An oíche chéanna a bhí ann. Beidh mé le feiceáil ar an *CCTV*. Is féidir mé a chur as an áireamh.'

'Creidim thú, a Ghearóid.'

'Lig dom mo mhachnamh a dhéanamh ar an scéal, cibé. Seans go bhfuil an ceart agat. Faoin *boyfriend*.'

'Cé eile a dhéanfadh é?'

'An duine is lú a mbíonn súil agat leis. Feicfidh mé ar an tsochraid amárach thú?'

Fanann Cass ag an doras go dtéann soilse an ghluaisrothair as radharc ag bun an bhóthair. Smaoiníonn sí ar an leid úr atá díreach faighte aici: bhíodh Niamh bainteach le togra éicint. Seans nach leid in aon chor é. Coinneoidh sí uirthi féin, cibé, ag carnadh aon cheo a n-éiríonn léi a aimsiú.

Aifreann na Marbh

Agus an cúpla ag fás aníos ba mhinic le Cass iad a bhailiú ón bPicnic Leictreach agus ó cheolchoirmeacha eile a bhí ar siúl amuigh faoin spéir. Chuile uair bhíodh an líne carranna níos faide ná mar a bhí an uair dheireanach agus bhíodh fadhb i gcónaí ag baint leis na fóin phóca agus í ag iarraidh teagmháil a dhéanamh leo. Bhídís as creidmheas nó bhíodh an bataire ídithe agus, cé go gcasaidís le chéile ar deireadh, ní gan dúshlán a tharla sé.

Ag smaoineamh ar bhataire, ritheann sé léi go gcaithfidh sí insint do Tom faoi fhón cliste Niamh an chéad uair eile a bheidh sí ag caint leis. Le dhá lá anuas ghlaoigh sí air trí nó ceithre huaire agus d'fhág teachtaireacht ar a ghlórphost ach níor fhreagair sé go fóill í. Seans go mbeadh sé ar buile léi. Is maith is eol di gur coir é fianaise a cheilt ar na Gardaí ach rinne sí a dícheall teacht suas leis. Ainneoin an mhéid sin, tabharfaidh sí cuairt ar an Ravensglen gan fhios do Tom le fáil amach an bhfuil aon sonraí ar eolas faoin oíche a chaith Niamh ann: ar sheiceáil sí isteach faoina hainm féin nó ar fhan sí i seomra ina raibh duine eile cláraithe? Ní bheidh sí ag sárú an dlí má dhéanann sí a leithéid agus seans go dtiocfaidh sí ar leid nó dhó. Anois díreach, áfach, caithfidh sí freastal ar shochraid Niamh is a hintinn a dhíriú go huile is go hiomlán ar na daoine atá tagtha amach lena n-ómós a léiriú di.

Daoine óga den chuid is mó atá ag plódú isteach i dTeach an Adhlacóra. Cuid acu a tháinig de shiúl na gcos agus cuid eile a thiomáin chuig an ionad sna carranna a chruthaigh an líne ar thaobh an bhóthair atá sách cosúil leis na cinn a bhíodh le sonrú ag na ceolchoirmeacha. Thiomáin Cass amach chomh fada leis an gCeathrú Ard go moch ar maidin agus rinne sí a carr a pháirceáil i gcarrchlós Thí Chití, an pub ina mbeidh ceapairí le fáil tar éis an Aifrinn. Ansin shiúil sí chomh fada le hÁras Naomh Íde agus thaistil chuig Teach an Adhlacóra in éindí le Beairtle agus a chúramóir, Magda, cailín óg Polannach atá i bhfad níos díograisí ná Lola. Sular ghlac sí seilbh ar an gcathaoir taobh le cathaoir rothaí Bheairtle, bhronn sí na nithe beaga a bhí roghnaithe aici don ofráil – an bosca seodra maisithe le sliogáin agus an leabhar *The Guerrilla Film Makers Pocketbook* – ar an adhlacóir.

Ní bhraitheann sí ar a compord ina suí ar an gcathaoir taobh le hathair Niamh, áfach, amhail is da mba phríomhchaointeoir an lae í. Seans gurb fhimíneach í ach, beag an baol, a deir an guth beag inmheánach úd a bhíonn á cnaí le deireanaí. Tá tú i dteideal an spás sin a ghlacadh. Tá tú anseo le tacaíocht a thabhairt do Bheairtle, le comhbhrón a thaispeáint do chairde Niamh agus, ar ndóigh, le cluas a choinneáil le haon leid a scaoilfí le linn chomhrá an chomhluadair.

'Muise, nach raibh líon mór cairde aici,' ar Beairtle léi agus é tar éis lámh i ndiaidh láimhe a chroitheadh.

'Muise, bhí, a Bheairtle.'

Ar éigean a raibh Cass in ann breathnú isteach sa chónra ní ba luaithe nuair a baineadh an clár de, ach tá ríméad uirthi anois go ndearna sí amhlaidh. Is mór an faoiseamh di go bhfuair sí lán a dhá súil as Niamh sula rachaidh sise ar a haistear deireanach agus í sásta go mbeidh sí in ann, ar deireadh, fáil réidh leis an íomhá atá ar iompar aici le lá anuas: Niamh ina luí nocht sínte ar leac sheomra an scrúdú iarbháis. Tá an ógbhean ar a suaimhneas anois. Ar shlí na fírinne. Í gléasta go cúramach sa ghúna glas, amhail is da mba bhandia í.

'Is maith liom an gúna,' ar Cass le Beairtle. 'Rinne tú an rogha cheart.'

Le cúnamh ó Magda, leagtar Beairtle sa chathaoir rothaí in athuair agus tiomáintear an triúr acu chuig an séipéal. Tá cóiste na marbh ann rompu amach. Cuidíonn an t-adhlacóir le Gearóid agus cúigear leaids eile an chónra a ardú ar a nguaillí. Meáchan na tragóide le sonrú in aghaidh chuile dhuine den seisear acu. Leanann Cass agus Beairtle iad agus é ar iompar chun na haltóra acu. Tá an séipéal plódaithe cheana féin, idir chairde, chomharsana, chomhghleacaithe agus bhanaltraí. Seans go bhfuil an dúnmharfóir ina measc.

Ar a mbealach suas an séipéal feiceann Cass guaillí ag crith agus deora ag sileadh leo siúd nach bhfuil in ann srian a choinneáil orthu féin. Tugann sí faoi deara na hógfhir, atá ina seasamh os comhair na suíochán, ag útamáil lena gcosa, bónaí a léinte ag déanamh díobhála dá scornach. Na cailíní a bhfuil crobhaingí beaga ar iompar acu. Bás a gcarad ag goilliúint go mór orthu. Ní aithníonn Cass éinne acu. Feiceann sí bean amháin ina seasamh leath bealaigh síos an pasáiste. Bean le gruaig chorcra. Cá bhfaca sí a leithéid cheana? Breathnaíonn sí ar an mbean agus í ag siúl thairsti ach ní aithníonn sí í. Ansin cuimhníonn sí ar an mbean eile, an duine a bhí i láthair ag cuimhneachán míosa Liam. Ritheann sé léi gur Megan a bhí ann. A neacht, iníon a dearthár, Pól. Caithfidh go raibh sí tar éis taisteal anoir ó Bhaile Átha Cliath ar an lá úd. Agus ní bhfuair Cass an deis labhairt léi. Scríobhfaidh sí chuici ar an bpointe boise le buíochas a ghabháil léi.

Tá Cass cinnte de rud amháin: rinne sí an rogha cheart nuair a mhol sí do Bheairtle an t-aistriú coirp agus an tAifreann a chur i gcrích in aon gheábh amháin. Bheadh sé iomarcach iarraidh ar an seanfhear searmanas mar seo a fhulaingt faoi dhó.

Sníonn focail sheanmóir an tsagairt thart ar an gcomhchruinniú agus is ar éigean a aontaíonn Cass le haon cheo a thagann amach as a bhéal:

'Bás roimh am. Cailín a bhí chomh hóg is chomh cumasach le Niamh. Ní raibh aithne agam féin uirthi ach tá mórchuid scéalta cloiste agam fúithi. Is deacair toil Dé a thuigbheáil scaití.'

Ní toil Dé a bhí ann.

'Is deacair mórfhadhbanna an aosa óige a thuigbheáil scaití freisin.'

Ní raibh mórfhadhbanna an lae ag cur isteach ar Niamh.

'Cuimhnígí, is féidir labhairt le Dia aon uair den lá nó den oíche. Bíonn sé i gcónaí ann le héisteacht libh. Seans go gceapann sibh nach bhfuil sé ag tabhairt freagra ar bith ar bhur bpaidreacha, ach tá. Toisc go mbíonn sibh ag guí ar an gcéad dul síos, sin é an freagra.'

Chloiseadh Cass na mná rialta ag rá a leithéid agus í ar scoil.

'Anois, abraimis paidir ar son anam Niamh.'

Fós féin, braitheann Cass nár chóir di an sagart a cháineadh.

Nach bhfuil sé ag ligean dóibh Niamh a adhlacadh sa reilig? Nach bhfuil an saol athraithe as cuimse, muis? Ach amháin gur chóir gearradh siar ar an gcráifeacht mar nach bhfuil focal di fíor. Cur i gcéill atá ann. Sin ráite, tá an chosúlacht ar an scéal, ón méid a dúirt an Paiteolaí ag an scrúdú iarbháis, go bhféadfadh nár chuir Niamh lámh ina bás féin, gur dúnmharaíodh í, ach ní féidir a bheith cinnte de sin go dtí go mbeidh an tuarascáil críochnaithe aici agus torthaí an ionchoisne foilsithe. Fiafróidh sí de Tom cén fad a thógfaidh sé an chéad uair eile a fhaigheann sí deis labhairt leis. Níor thug sí faoi deara i measc an tslua é ach níl dabht ar bith aici ach go bhfuil sé ar an láthair.

An chuid fhoirmeálta den lá thart agus Niamh curtha i gcré na cille in aice lena máthair, tagann na caointeoirí le chéile sa phub le smaoineamh siar ar a saol agus le scéalta fúithi a roinnt lena chéile. Ní fhanann Beairtle ann ach ar feadh scaithimh ghearr.

'Tá *tab* fágtha agam ag an gcuntar,' ar sé le Cass, agus Magda ar tí é a bhurláil isteach sa chathaoir rothaí in athuair.

''Bhfuil tú cinnte de sin, a Bheairtle? Daoine óga atá anseo. Agus an-tart go deo orthu.'

'Ach nach bhfuil siad fós ar an bhfód, a Cass. Lig dóibh taitneamh a bhaint as an méid is féidir a chaitheamh siar.'

Agus an príomhcharr ag tarraingt amach as an gcarrchlós, tugann Cass veain dhubh faoi deara, ceann a chonaic sí cheana.

'Nach raibh a lán cairde aici, mar sin féin?' arsa guth taobh thiar di.

Casann sí timpeall. Callum atá ann.

'A Callum! Tusa an duine deireanach a raibh súil agam leis. Cheap mé go mbeifeá imithe abhaile faoin am seo.'

'Cheapas féin é sin freisin. Tá Iain fós san ospidéal.'

'Nach raibh siad chun é a scaoileadh amach an lá cheana?'

'Bhí, ach bhuail drochthaom asma é ina dhiaidh sin. Agus ansin tugadh rud éigin ar a scamhóg faoi deara.'

'Is trua liom é sin a chloisteáil.'

'Deir siad go bhfuil siad chun é a scaoileadh amach maidin amárach.'

'Caithfidh go bhfuil tú ar bís filleadh abhaile.'

'Tá, a Cass. Ach tá áthas orm go raibh mé in ann freastal ar Aifreann na Marbh. Tá an-trua agam d'athair na hógmhná.'

'An bhfuil aithne agat air? Ar Bheairtle? A Callum, tuige a bhfuil muid inár seasamh amuigh anseo sa gcarrchlós? Nár mhaith leat teacht isteach sa bpub le haghaidh deoch? Cupán tae?'

'Níor mhaith, go raibh maith agat. Caithfidh mé filleadh ar an ospidéal.'

'Féach, suímis anseo go ceann scaithimh.'

Suíonn an bheirt acu ag bord faoi scáth fearthainne taobh leis na caiteoirí tobac. Tá Callum athraithe as cuimse ón gcéad lá a casadh ar a chéile iad. Is cosúil ó na stríoca dearga ina shúile nár chaith sé mórán ama ina chodladh ó shin i leith.

'Caithfidh go bhfuil tú buartha faoi Iain?'

'É sin agus rudaí eile.'

'Cé na rudaí eile?'

'Ní maith liom sochraidí,' ar sé, trí chéile.

'Ní maith le héinne againn iad.'

'Chuir an searmanas bás mo mháthar i gcuimhne dom.'

''Bhfuil tú cinnte nach bhfuil tú ag iarraidh cupán tae?'

'Tá. Go raibh maith agat.'

'Ar cailleadh í, do mháthair, le deireanaí?'

'Scar mo thuismitheoirí agus mé óg. Cailleadh mo mháthair agus mé deich mbliana d'aois. Bhí cónaí orm sa Fhrainc ag an am agus b'éigean dom dul chun cónaithe le m'athair i nDún Éideann.'

'Caithfidh go raibh tú uaigneach ina diaidh?'

'Uaigneach? Ná habair an focal sin liom. An bhfuil a fhios agat cén t-ainm a bhí orm an tráth sin?'

'Abair leat.'

'Claude a baisteadh orm. Ainm athair mo mháthar. D'athraigh m'athair go Callum é nuair a chuaigh mé chun cónaithe leis. Bhí blas iasachta ar mo chuid cainte agus mé ar scoil. Agus d'fhás mé aníos chomh tapa sin go raibh mé níos airde agus níos tanaí ná aon duine eile sa rang.'

'Caithfidh go raibh sé deacair ort.'

'Éist, a Cass, ba dheas labhairt leat ach tá sé thar am agam filleadh ar an ospidéal.'

'Beidh muid ag caint,' ar sí leis.

Tuige ar dhúirt sí a leithéid? Seans nach bhfeicfeadh sí go deo arís é.

Seasann sí sa charrchlós ag breathnú air is é ag dul amach an geata fad is a sciurdann scuadcharr thar an veain. Amach as le Tom.

'Arbh é sin an tAlbanach?' ar sé.

'Ba é.'

'Céard a bhí ar siúl aige anseo?'

'Bhí sé ag freastal ar shochraid Niamh.'

'An raibh aithne aige uirthi?'

'Ní dóigh liom é, a Tom.'

''Bhfuil tú ag teacht isteach sa bpub?'

'Tá.'

'An mbeidh deoch agat?' ar sé.

'Ní bheidh, go raibh maith agat. Céard fút féin?'

'Fuisce led' thoil, má tá tusa á cheannach.'

Agus iad sa phub, ordaíonn sí an deoch do Tom.

'Ní mise atá á cheannach. D'fhág Beairtle *tab*.'

'Ní bheidh agam ach an t-aon cheann amháin, cibé.'

Éiríonn le Cass éalú chuig an leithreas, mar dhea, agus tarraingíonn Gearóid i leataobh.

'Níl tusa ag ól, an bhfuil?'

'Níl.'

'Beidh mise ag crochadh liom ar ball.'

'In éindí le mo dhuine thall?'

'B'fhéidir é. An dtabharfaidh tusa aire don *tab* atá fágtha ag Beairtle ar an mbeár? Theastaigh uaidh go mbainfeadh sibh taitneamh as deoch nó dhó nó trí.'

'Mar aon le ceapaire nó dhó nó trí.'

'Ach ná lig d'éinne dul thar fóir.'

'Is féidir brath ormsa,' ar seisean.

'Mar is iondúil,' ar Tom ag bogadh ina dtreo.

'Beidh muid ag caint arís go luath,' ar Cass le Gearóid, á treorú féin agus Tom amach i dtreo an charrchlóis.

'Glacaim leis go bhfuil síob á tairiscint agat?' ar sé.

'Tá rud éicint mícheart led' charr fós?'

''Bhfuil a fhios agat, bhí sean*bhanger* agam leis na blianta. Bhíodh chuile dhuine ag magadh faoi.'

'Ag rá nach bhféadfaí brath air?'

'É sin, agus rudaí eile nach bhféadfainn a lua i láthair mná. Ach d'fhéadfaí brath air.'

'Tuigim duit. Agus níl maith ar bith sa gceann úrnua?'

'Ó cheannaigh mé an ceann úrnua, ní raibh agam ach fadhbanna,' ar sé ag suí isteach ina carrsa. 'An bhfuil tú ag tabhairt cuireadh dom filleadh abhaile in éindí leat?'

'Braitheann sé ar céard a déarfaidh tú liom i dtaobh Niamh.'

'Tosaigh an carr, maith an bhean.'

Ar shroichint an teachín dóibh ritheann an maidrín amach doras an ghrianáin, é ag tafann.

'Sin aisteach.'

'Céard atá aisteach?'

'Braithim go mbíonn mearbhall éicint orm scaití. Seans nach bhfuil taithí agam ar na doirse nua-aimseartha seo. Chuile uair a bhím den tuairim go bhfuil an glas curtha agam ar an doras, bíonn an doras céanna ar oscailt ar fhilleadh dom.'

Scrúdaíonn Tom doras an ghrianáin agus taispeánann sé di an chaoi leis an hanla a ardú agus an eochair a chasadh i gceart sa ghlas.

'B'in a rinne mé. Nó b'in a cheap mé a rinne mé. Seans nach raibh mé á dhéanamh i gceart?'

'Níl faitíos ort amuigh anseo i d'aonar, an bhfuil?'

'Níl.'

'Mura bhfuil tú ag iarraidh fanacht anseo, tá dhá árasán agam.'

'Níl ceann amháin sách mór duit?'

'Bhí mé ag insint na fírinne nuair a dúirt mé nár leag mé pingin ar chapall le seacht mbliana anuas. Rinne mé an t-airgead nach raibh deis agam a chailliúint a infheistiú.'

'Agus bhí Gearóid ag insint na fírinne nuair a dúirt seisean nach gcuirfeadh sé faoi i bhfogas seacht míle dhuit?'

'Tá an leaid céanna sách aisteach.'

'Níl sé chomh haisteach sin.'

'Is agatsa a bheadh a fhios sin,' ar sé ag daingniú na nglas ar na fuinneoga. 'Ar smaoinigh tú riamh ar aláram a cheannach?'

'Beidh PhoneWatch anseo ar maidin.'

'Is maith sin.'

Faoin am seo tá Cass tar éis dhá ghloine a thógaint amach as an gcófra. Doirteann sí fuisce isteach iontu.

'I gcuimhne ar Niamh,' ar sí, ag ardú a gloine féin.

'I gcuimhne ar Niamh,' ar seisean. Agus é ag leagan a ghloine anuas ar an mbord, tugann sé alt Ghearóid faoi deara.

'Ná habair go bhfuil tú ag tabhairt aird ar an méid seo?'

'Tuige a mbíonn tú chomh crua sin air?' ar Cass, ag treorú Tom chuig an gcathaoir uilleach os comhair na tine. Déanann sí í féin a shoipriú síos sa cheann eile.

'Crua? Níl a fhios agam faoi "crua" ach déarfaidh mé rud amháin leat – níl mórán aithne agam air. Faoi mar atá tugtha faoi deara agat, gan dabht. A mháthair a thóg é.'

'Tá an chosúlacht sin ar an scéal, ceart go leor. Is leaid deas é.'

'Agus ní leaid deas mise?'

'Ní hin a dúirt mé,' ar sí.

Cuimhníonn sí ar an gcaoi a mbíodh cúrsaí eatarthu sna seanlaethanta: eisean ag casadh chuile fhocal a thagadh amach as a béal; locht á lorg aige ar chuile shórt, seachas an chaoi len é a leigheas.

'An gcaitheann sé mórán ama amuigh anseo?'

'Tugann sé cuairt orm anois is arís.'

'Níor tháinig aon athrú ortsa leis na blianta – ag tairiscint dídine do chuile strae a chastar ort. Tuigim gur síceolaí tú, ach an gá duit do chuid ama a chaitheamh ag iarraidh fadhbanna an tsaoil mhóir a réiteach?'

'Ní hin a bhíonn ar bun agam.'

'*No?* Céard a bhí á rá agat leis an Albanach?'

'Bhí sé ag insint dom faoi laethanta a óige.'

'Tarraing an ceann eile! Is dócha gur fhás sé aníos in Gorbals Ghlaschú?'

'Bhí an saibhreas as broinn leis.'

'Tá an chuma sin ar an scéal, ceart go leor.'

'A Tom, d'fhéadfaimis an oíche uilig a chaitheamh ag argóint. Ach cén mhaith a bheadh ansin? Sos cogaidh?'

'Óicé!'

'Ní hé nach bhfuil ríméad orm thú a fheiceáil,' ar sí, ag líonadh na ngloiní in athuair. 'Fáth ar leith a raibh tú ag iarraidh labhairt liom th'éis na sochraide?'

'Theastaigh uaim thú a fheiceáil.'

'Raidht!'

'Bhí mé i dteagmháil leis an stáisiún i gCo Mhaigh Eo agus chuir siad sonraí an cháis eile sin chugam.'

'Cás Áine? An cailín a bádh? An raibh marcanna ar a corpsa?'

''Magadh atá tú! Bhí sí san uisce ar feadh míosa.'

'Smaoineamh beag a ritheann liom, a Tom?'

'Abair leat?'

'Tá a fhios agam go raibh Niamh san uisce le tamall rud a chiallaigh nach raibh aon lorg ADN ar a corp. Ach céard faoina cuid éadaigh? Ar fágadh lorg ar bith orthusan?'

'Tada, seachas cac éin agus gráinní gainimh.'

Baineann Tom dhá ghrianghraf as póca taobh istigh a sheaicéid agus síneann sé chuici iad. Breathnaíonn sí ar an gcéad cheann acu. Carn éadaí atá ann. Iad fillte go deas néata. Díreach mar a bhí carn Niamh. Na bróga ar bharr. Na fo-éadaí thíos fúthu agus thíos fúthu siúd na gnáthéadaí. Tá an chosúlacht ar an scéal go bhfuil siad leagtha i lár na trá. Faigheann Cass a spéaclaí le dianscrúdú a dhéanamh ar an bpictiúr. Le rud éicint as alt a aimsiú ann. Tugann sé faoi deara rud beag ildaite taobh thiar den charn.

'Céard é sin?'

'Písín bruscair,' ar Tom. 'An saghas a bhíonn le fáil ar an trá, píosa de phaicéad criospaí nó brioscaí, déarfainn.'

Faigheann sí buidéal eile ón gcófra.

'Tá mo dhóthain agamsa,' ar Tom.

'Ach ní dhiúltóinn do chupán caife.'

'Íosfaidh tú ceapaire leis?'

'Ní íosfaidh, go raibh maith agat.'

Caitheann sí caife agus uisce isteach sa síothlán caife. Fad is atá sí ag fanacht lena fhiuchadh, léann Tom alt Ghearóid, agus breathnaíonn sise ar an dara grianghraf, ceann den chailín agus í ina beatha. Cailín atá an-chosúil le Niamh le breathnú uirthi. Cé go bhfuil a cuid gruaige níos giorra ná gruaig Niamh agus nach bhfuil an rogha chéanna éadaí á caitheamh aici, is láidre iad na cosúlachtaí idir an bheirt seachas na difríochtaí. Na súile céanna – goirme na farraige iontu. Na bricíní céanna thar an tsrón. Agus an rud céanna úd ar deacair greim a fháil air. An tarraingt úd. Mistéir a thaitneodh le go leor fear agus a mbeadh suim ag an bhformhór acu inti. Ba chóir di an fón cliste a lua leis anois. Ach seans go mbeadh sé ar buile léi. Faoi mar atá, tá ag éirí go geal leis an gcomhrá eatarthu agus níl sí ag iarraidh an rithim a bhriseadh.

'Seans go bhfuil ceangal idir an dá chás, th'éis an tsaoil,' ar seisean, ag glacadh an chupáin chaife uaithi. 'Seans go bhfuil dúnmharfóir srathach inár measc.'

'Tá an tríú corp aimsithe agat?'

'Seans nach bhfuil baint ar bith ag bás amháin leis an mbás eile. Agus go gcomhtharlaíonn go bhfuil cosúlachtaí eatarthu. Is maith liom an caife.'

'Deas é sin a chloisteáil!'

'Ceist agam ort, a Cass. Cén chaoi a bhfuil ag éirí leat amuigh anseo? I ndáiríre? Seachas an fhadhb leis na doirse?'

'Tá ag éirí go geal liom.'

'Tá a fhios agam go raibh tú ceanúil ar Niamh. Ná bain míbhrí as –

d'fhéadfainn fanacht thar oíche, dá dteastódh sé uait.'

'Nach tú atá dána!'

'Ní ar an gcaoi sin – ní hin a bhí ar intinn agam. Díreach mar chara. Sin an méid. Tá níos mó ná leaba amháin sa teach, nach bhfuil?'

Sula bhfaigheann sí deis freagra a thabhairt air, buaileann a fhón.

'*Frig é,*' ar seisean, ag sá a láimhe isteach i bpóca a bhríste. Breathnaíonn sé ar an uimhir. 'Bhíos ag ceapadh go raibh sé ar *silent* agam. Ó Braonáin. É ar a bhealach anseo le síob a thabhairt dom. An ndéarfaidh mé leis coinneáil air? Gan mé?'

'Sílim go bhfuil freagra na ceiste sin agat féin, a Tom. Ach go raibh maith agat as an tairiscint. Beidh mé togha.'

Éiríonn Tom aníos as an gcathaoir. Síos leis ar a ghogaide os comhair a cathaoireachsa agus leagann póg ar a grua. Ceann eile ar a beola. Cuireann sé a lámha timpeall uirthi agus fanann an bheirt acu mar sin go gcloiseann siad inneall charr Uí Bhraonáin lasmuigh.

Cúirt an Chróinéara

De réir mar a ghlacann goimh fuachta seilbh ar na laethanta téann Cass i dtaithí ar an ngnáthamh atá roghnaithe aici di féin idir an obair a bhaineann lena post, siúlóidí ar an trá in éindí leis an maidrín, agus an obair a bhaineann le caoi a chur ar an teachín. Ní fada go mbíonn atmaisféar fáiltiúil seascair cruthaithe aici agus na ballaí maisithe le pictiúir agus póstaeir, na bolgáin clúdaithe le scáthláin lampa úra. Cuidíonn na rugaí, atá caite thart anseo is ansiúd, le fáil réidh le híomhá leamh na leacán. Fós féin, le linn na laethanta seo bíonn trí rud ag déanamh imní di.

Tá sí meáite ar an teachín a cheannach, ainneoin na bhfadhbanna leis na glais ar na doirse. Cheana féin tá tairiscint tugtha aici don Ghearmánach ach, dar le Síle, an ceantálaí, níl an bhean iasachta toilteanach glacadh leis an méid beag suarach atá luaite ag Cass. Ach caithfidh sí dearmad a dhéanamh ar an gceantálaí go ceann scaithimh agus is gá an dara rud atá ag cur isteach uirthi, cás Niamh, a chur ar an méar fhada freisin, agus guí nach gcuireann na Gardaí aon chliaint chuici lena mheas go fóill. Cheana féin tá sí cruógach ag freastal ar na hothair istigh san Ionad Leighis. Anois caithfidh sí aghaidh a thabhairt ar an gcloch is mó ar a paidrín, an lá i gCúirt an Chróinéara.

Ar lá na cinniúna, tríocha nóiméad sula gcuirtear tús leis an ionchoisne, tá Cass ina suí ina haonar sa chúirt. Gan comhluadar ar bith in éindí léi le tacaíocht a thabhairt di. Sin ráite, tá Imelda lasmuigh ar chéimeanna na cúirte ag tarraingt ar thoitín agus aiféala ar Cass nár ghlac sí féin leis an gceann a bhí á thairiscint aici di. Sleamhnaíonn na nóiméid thart. Fiche nóiméad atá fágtha anois go dtosóidh cúrsaí agus thar am ag Imelda teacht isteach. Osclaítear an doras. Ach ní ise atá ann in aon chor. Is é Gearóid, a chlogad faoina ascaill aige, atá ag caitheamh súile thar an áit. A Íosa Críost! Eisean an duine deireanach a bhfuil sí ag iarraidh a chloisfeadh faoi na cúinsí a bhaineann le bás a fir chéile.

'Hi, a Cass,' ar seisean ag sleamhnú isteach sa bhinse in aice léi. 'Ní maith liom do thrioblóid agus is trua liom go bhfuil ort dul tríd an méid seo in athuair.'

Go hobann buaileann fón Ghearóid. Leathann strainc ar a ghnúis.

'Rud éicint mícheart, a Ghearóid?'

'Níl. Bhuel, tá. Beidh orm thú a thréigean.'

'Is trua sin.'

'Tá achrann th'éis titim amach i measc an lucht siúil.'

'Do chuid foinsí arís, glacaim leis?'

'Beidh orm crochadh liom. Gabh mo leithscéal. Fíorbhrón orm faoi seo.'

'Fadhb ar bith, a Ghearóid,' ar sí, í buíoch go bhfuil achrann tar éis titim amach i measc an lucht siúil, gan drochrath a ghuí orthu ach oiread.

'Arbh é sin Gearóid ar a bhealach amach?' Imelda a chuireann an cheist.

'Ba é. Ar chríochnaigh tú an toitín sin?'

'Chríochnaigh mé péire acu,' ar sí ag suí síos in aice le Cass.

De réir a chéile, suíonn an giúiré isteach sna suíocháin atá ceaptha dóibh. Seandaoine den chuid is mó atá iontu. Mar is iondúil, is daoine iad atá ar scor ó na jabanna a bhíodh acu. Breathnaíonn Cass ina dtreo, í ag iarraidh a dhéanamh amach an bhfuil aithne aici ar éinne acu.

'Ní dhéanfaidh sé maith ar bith duit, a stór, iad a aithint. Mholfainn duit breathnú sa treo eile, thall ansin, áit a bhfuil an Garda ard dathúil sin ina sheasamh,' arsa Imelda.

'B'in an duine a bhí san óstán ar an oíche.'

'Óicé! Agus cé an fear eile sin in aice leis?'

'A Dhia, b'in an t-oifigeach slándála a bhí acu. An bhfeiceann tú an tríú duine?'

'Feiceann.'

'B'in an paraimhíochaineoir.'

Sula mbíonn Cass in ann tuilleadh den scéal a mhíniú dá compánach, nó tuilleadh de shonraí iad siúd a raibh páirt acu in eipeasóid dheireanach shaol a fir a roinnt léi, isteach sa chúirt leis an gCróinéir. Bhí cloiste ag Cass gurb í Cúirt Chróinéara na Gaillimhe an chúirt chróinéara is cruógaí sa tír agus, ar fheiceáil an fhir bhig di, a bhfuil cuma thar a bheith traochta air, is léir go bhfuil an ráiteas sin fíor. Éiríonn chuile dhuine ina seasamh agus, ar chroitheadh chloigeann an Chróinéara, suíonn siad in athuair.

'Tá muid bailithe anseo inniu,' ar sé, 'le breathnú isteach sna sonraí a bhaineann le bás an Dochtúra Liam Iognáid Ó Caoimh, le fáil amach cén chaoi, cén áit agus cén uair a cailleadh é.'

Braitheann Cass sonc sna heasnacha ó Imelda.

'Tá mé chun iarraidh ar na finnéithe a fuair toghairm a theacht i láthair na cúirte anseo inniu a mhíniú don chúirt cén bhaint a bhí acu le bás an fhir faoi chaibidil, cá mhéad a thug siad faoi deara, nó cén pháirt a ghlac siad sa mhéid sin, le go bhféadfaí na sonraí go léir a chur ar an taifead. Níl muid ag iarraidh a fháil amach an raibh éinne ciontach as a bhás. Na sonraí, an chúis ina measc, atáimid ag iarraidh a nochtadh anseo.'

Seasann Oifigeach os comhair na cúirte agus deir amach os ard:

'Glaonn an chúirt seo ar Cassandra de Brún Uí Chaoimh.'

Déanann Cass a bealach i dtreo chlár na mionn, ag moladh di féin go gcaithfidh sí a bheith láidir chuige seo. Go gcaithfidh sí a dhéanamh faoi mar a mholann sí dá hothair i gcónaí. Glacadh leis an dúshlán. Aghaidh a thabhairt air. Dul i ngleic leis an bhfadhb is mó atá ag cur as di le go mbeidh sí in ann í féin a leigheas.

'An tusa Cassandra de Brún Uí Chaoimh?' arsa Oifigeach na Cúirte.

'Is mé.'

'An mionnaíonn tú go n-inseoidh tú an fhírinne?'

'Mionnaíonn.'

'An raibh tú i láthair nuair a cailleadh d'fhear céile, Liam Iognáid Ó Caoimh, ar an bhfiche ceathrú lá de mhí an Mheithimh 2017 in Óstán an Chaisleáin i gContae na Gaillimhe?'

'Bhí.'

'An inseofá don gcúirt led' thoil, céard a tharla ar an oíche i gceist?'

Labhraíonn Cass go mall réidh i dtosach, a guth ag cliseadh uirthi ó am go ham go n-éiríonn léi smacht a fháil ar a néaróga agus a tuairisc a roinnt leis an gcúirt.

'Bhí muid th'éis an dinnéar a ithe. An dara hoíche a chaith muid san óstán a bhí ann. Bhí béile breá le buidéal fíona againn. Ina dhiaidh sin bhí cúpla deoch againn sa deochlann. Ní raibh sé ar intinn againn an oiread sin ama a chaitheamh sa deochlann ach bhí fear ag casadh ar an bpianó agus d'fhan muid le héisteacht leis. Seantiúin den gcuid is mó a bhí á gcasadh aige agus eolas maith againn orthu.

'D'ól mise gloine vodca agus bhí trí ghloine fuisce ag Liam. Tamall ina dhiaidh sin agus muid inár luí sa leaba mhothaigh sé pian ollmhór ina chliabhrach agus ina ghéag, an ceann ar dheis. D'oscail mé na cnaipí ar a phitseámaí. Chas mé timpeall é agus chuir mé ina luí siar é. Rinne mé cinnte nach raibh aon cheo ag blocáil a aerbhealaí. Ansin ghlaoigh mé ar an bhfáiltiú le cúnamh a lorg. Níorbh fhada go raibh an tOifigeach Slándála, Jarek Novak, ar an láthair. Bhog muid Liam den leaba agus leag muid anuas go cúramach ar an urlár é. Thug Jarek Novak faoi *CPR* a dhéanamh air. Cheana féin bhí an t-óstán th'éis teagmháil a dhéanamh leis na seirbhísí éigeandála agus otharcharr a iarraidh orthu.

'Ghlac sé tamall ar an otharcharr an t-óstán a bhaint amach mar go raibh an ceann atá lonnaithe ar an gCeathrú Ard amuigh ar an mbóthar cheana féin ag freastal ar thurasóirí a goineadh de bharr na dtinte sléibhe. B'éigean fanacht gur tháinig otharcharr amach ó Ghaillimh agus faoin am ar shroich sé an t-óstán bhí sé ródheireanach.'

Gabhann an Cróinéir buíochas le Cass agus suíonn sí ar ais san áit ina raibh sí in aice le hImelda a bhfuil strainc iontais greamaithe dá gnúis.

'Ní raibh sé sin ródhona, an raibh?' ar sise le Cass.

Leanann fianaise Jarek Novak a cuidse, an dá ráiteas ag tarraingt go maith lena chéile. Cuireann an paraimhíochaineoir, Micheál Ó Briain, leis an méid sin freisin mar aon leis an nGarda Óg, Peadar Ó Finneadha, nach raibh ar dualgas ar an oíche ach a tharla a bheith ar an láthair. Dar leis:

> 'Ar an oíche i gceist, cé go ndearna a bhean, Cassandra de Brún Uí Chaoimh, Jarek Novak, Oifigeach Slándála an óstáin, agus Micheál Ó Briain, an paraimhíochaineoir, a seacht ndícheall an Dochtúir Liam Iognáid Ó Caoimh a athbheochan, cailleadh ar an láthair é.'

Is í an Paiteolaí Stáit an chéad duine eile a labhraíonn. Tharla go raibh sí ag obair i nGaillimh ag an am agus, toisc gurbh fhear mór le rá é Liam agus gur dhochtúir teaghlaigh é, beartaíodh go ndéanfadh sise an scrúdú iarbháis. Dar léi:

> 'Is léir óna thaifead leighis, gurbh fhear é Liam Iognáid Ó Caoimh a bhí chomh folláin le breac tráth ach, ó shin i leith, bhí an droch-chaitheamh tar éis seilbh a ghlacadh ar a shláinte. Bhí torthaí an struis le feiceáil go follasach air.
>
> 'Ní hamháin sin, thug an scrúdú iarbháis le fios go raibh lorg a dhroch-aiste bia le sonrú ar a chroí, a scamhóga, a ae agus ar a dhuán. Ar an oíche i gceist d'ith sé béile mór sceallóg, fáinní oinniúin, stéig, cóilis *au gratin*, toirtín úll agus uachtar. D'ól sé leathbhuidéal *Chianti* agus trí ghloine fuisce ina dhiaidh sin.'

Arú anuraidh rinne Cass cúrsa sna teicnící machnaimh. D'fhoghlaim sí an chaoi lena bhfuil thart uirthi a ruaigeadh, trí análú go mall réidh isteach trína srón agus amach trína béal. Agus fáil réidh le chuile imní, chuile fhadhb a bhí ag cur isteach uirthi. Gan oiread is smaoineamh fánach amháin a ligean isteach ina cloigeann. Amhail is dá mbeadh sí i lár aislinge.

Is mar seo a choinníonn sí uirthi le linn an chuid eile den fhianaise. Sa chaoi go bhfuil sí in ann neamhaird a dhéanamh dá bhfuil á rá ag an bPaiteolaí. Fanann sí mar sin go dtosaíonn an Cróinéir ag labhairt leis an ngiúiré. Tugann Imelda sonc eile sna heasnacha di agus tugann sí aird ar a bhfuil á rá aige: tá sé ag moladh dóibh a machnamh a dhéanamh ar an bhfianaise atá cloiste acu agus teacht ar ais lena dtoradh.

Le linn an bhriseadh a leanann a chuid cainte, caitheann sí dhá thoitín in éindí le Imelda lasmuigh den Chúirt go dtugann an cloigín le fios go bhfuil sé in am dóibh filleadh.

Eisíonn urlabhraí an ghiúiré ráiteas go bhfuil siad tar éis an fhianaise uilig a mheas agus go n-aontaíonn siad nach raibh feall i gceist i mbás Liam; go ndearna chuile dhuine a bhí ar an láthair a seacht ndícheall é a athbheochan. Déanann Cass iarracht coinneáil uirthi faoi mar a rinne ní ba luaithe ach éiríonn le breithiúnas an Chróinéara, go bhfuair Liam bás de bharr míthapa, sleamhnú isteach ina cloigeann. Ar éigean, áfach, a chloiseann sí é ag gabháil buíochais leis an ngiúiré as an tseirbhís atá curtha ar fáil acu. Nó ag cur a chomhbhróin in iúl di féin. Ar éigean a thuigtear di, ach oiread, an chaoi a n-éiríonn léi féin agus Imelda siúl chomh fada le Kerwick's Wine Bar is cur fúthu sa dá chathaoir ina bhfuil siad ina suí anois, gloine vodca agus bán an duine os a gcomhair amach.

'Bhuel,' arsa Imelda. 'Cé a chreidfeadh é! Heileo, a Cass. An gcloiseann tú mé? An bhfuil tú ar an láthair in aon chor? Ar an domhan seo? Cé a chreidfeadh é!'

Stánann Cass uirthi, í ag brath mar a bheadh banphrionsa inti atá ag teacht chuici féin tar éis di céad bliain a chaitheamh ina codladh. Tá sé thart, a deir sí léi féin. Is féidir bogadh ar aghaidh ach is gá dúshlán amháin eile a shárú roimh ré. Is gá déileáil leis an méid a bheidh le rá ag daoine i dtaobh bhás a fir. Ag tosú leis an méid atá Imelda ar tí scaoileadh léi ag an nóiméad seo.

'A Cass?'

'Sea, a Imelda? Go raibh maith agat as mé a thionlacan chuig an gcúirt inniu agus as an tacaíocht uilig.'

'Fáilte romhat, a stór. Agus ní gá duit a bheith buartha faoi aon cheo.'

'Nach gá?'

'Tuige an gceapfá gur ghá?'

'Tá a fhios agat é sin go maith.'

'Éist liom, a stór. Ní haon chúis náire é.'

'A Imelda, mura bhfuil tú chun é a rá, déarfaidh má amach mé féin é.'

'Óicé! Ghlac d'fhear céile dhá phiolla bheaga ghorma ar an oíche ach níorbh iadsan ba chúis lena bhás.'

'Ach nárbh iad an buille marfach iad – th'éis an mhéid a bhí ite agus ólta aige? Ní raibh a fhios agam ag an am gur ghlac sé iad go dtí níos deireanaí, am ar tháinig mé ar an spuaicphaca i bpóca taobh istigh a sheaicéid.'

'Ba dhochtúir leighis é, a Cass. Thuig sé a raibh á dhéanamh aige.'

'Thuig sé, ceart go leor. Thuig sé dá mbeadh sé ag iarraidh a ghrá a chur in iúl dá bhean go raibh air cóir leighis a ghlacadh le cuidiú leis. Nach bhféadfadh sé an méid sin a chur i gcrích ar a chonlán féin.'

'Thuig sé go raibh sé ag iarraidh a ghrá a thaispeáint dá bhean agus ba é seo an t-aon bhealach amháin a d'fhéadfadh sé é sin a dhéanamh.'

'Mar nach raibh an bhean chéanna sách maith.'

'A Cass, an é sin an rud atá ag cur as díot le deich seachtaine anuas? A stór, ní ortsa an locht. Bhí sé i ngrá leat. Th'éis fiche seacht mbliana. Níl dabht ar bith faoi.'

'Meas tú, a Imelda?'

'A Íosa Críost! Faigh réidh leis na smaointe eile úd. Ba eisean nach raibh sách maith duitse. 'Bhfuil a fhios agat go bhfuil mífheidhmiú ardúcháin ag cur as do leath na bhfear sa tír seo?'

'Ó do thaithí féin atá tú ag labhairt anois, a Imelda.'

'Ní ábhar grinn é. Chuala tú an méid a dúirt an Paiteolaí: bhí a chorp scriosta leis an ól. Gach ball dá chorp. Agus b'in an fáth a raibh an Paiteolaí amhrasach faoina bhás agus gur ghá di na cúinsí uilig a mheas agus gur tionóladh an t-ionchoisne. Ach an rud is tábhachtaí is gá duitse cuimhneamh air go raibh an ball úd, an ceann a bhí ag iarraidh a chuid grá a chur in iúl duit, scriosta amach is amach.'

'A Imelda, ná habair é sin.'

'Tá mé ag labhairt na fírinne. Nach bhfuil sé soiléir! Bhí sé i ngrá leat ariamh. Ach ní raibh sé in ann an grá sin a chruthú mar go raibh seilbh glactha ag an alcól air. Ní ortsa an locht. Ná níor chóir go mbeadh náire ar bith ort.'

'Nár chóir?'

'Inniu lá na cinniúna. Tá ceacht foghlamtha agat inniu. Nach bhfuil?'

Freagra ar bith ní thugann Cass uirthi.

'A Cass, caithfidh tú smaoineamh ort féin amach anseo. Tá do shaol ag síneadh amach romhat. Bóthar fada atá ann ina mbeidh a lán casadh le déanamh. Beidh ort gabháil síos a lán ascaillí. Ach fútsa amháin atá sé tabhairt fúthu.'

'Cloisim thú.'

'Anois beidh béile blasta againn agus déanfaidh muid an chéad chaibidil eile id' shaol a phleanáil.'

Tógann Imelda a fón cliste amach as a mála.

'A Imelda, ná cuir mo shonraí pearsanta isteach sa Tinder sin nó in aon ghléas eile mar é, led' thoil.'

'Ní dhéanfaidh. Tuige a ndéanfainn? Nach bhfuil an Tom sin sa tóir ort?'

Cé go mbíonn a croí san áit cheart, is mar an gcéanna a bhíonn an scéal ag Imelda i gcónaí. Bíonn sí flaithiúil – ag dáileadh comhairle agus, ina dhiaidh sin, ag sciosadh na maithe atá déanta aici trí rud éicint amaideach a rá.

Ar deireadh, áfach, éiríonn le Cass scaoileadh leis an dobrón ainneoin, nó de bharr, an lae fhada dhúshlánaigh atá fulaingthe aici. Ligeann sí do Imelda coinneáil uirthi leis an gcleithmhagadh agus aontaíonn léi gur féidir Tom agus Muiris a chur san áireamh agus liosta iarrthóirí á dhréachtú di féin. Ní hé go mbeidh sí ag faire amach go díograiseach dá leithéid ach déanfaidh sí gach tairiscint a iniúchadh. Coinneoidh sí Tom san áireamh ar mhaithe leis na cúrsaí a bhí curtha sa siúl acu. Ar mhaithe le cás Niamh.

Cúrsaí Ceantála

Ar éigean a bhfuil Cass in ann cuimhneamh siar ar an méid a tharla i Kerwick's Wine Bar. Cinnte, d'ith sí féin agus Imelda béile blasta agus d'ól siad, ar a laghad, buidéal fíona an duine ach, faoin am ar thosaigh Imelda ag caint le fear ar an bhfón, chroch sí abhaile i dtacsaí. B'in aréir. Thart faoi mheán oíche. Tá sí cinnte de rud amháin, áfach: rinne sí obair sa gharraí arú inné. Ghlan sí roinnt mhaith fiailí agus chuir sí péire hiodrainsianna gorma. Anois, ar maidin, tá chuile shórt ina phraiseach, an garraí bun os cionn, an dea-obair scriosta agus na hiodrainsianna tochailte aníos as an gcré. Agus níorbh é an maidrín, atá ag fanacht go ciúin sa ghrianán le haghaidh a bhricfeasta, ba chúis leis an slad. Buaileann an fón. Síle atá ann, ag cur in iúl do Cass gur diúltaíodh don dara tairiscint a bhí curtha isteach aici ar an teachín. Faraor, dar le Síle, bhí na figiúirí ró-íseal.

'Bhuel, a Shíle, ní óinseach mé,' ar Cass, í lán le fuinneamh tar éis an chaint spreagúil a thug Imelda di. 'Tá mo chuid staidéir déanta agam ar an margadh ón lá deireanach a raibh muid ag caint agus tá mé den tuairim gur dhea-thairiscint a bhí sa gceann deireanach a thug mé duit.'

'Admhaím go bhfuil an praghas beagáinín ard, a Cass, ach tá radharc na mara ag dul leis an teach. Is fiú €100,000 ar a laghad é sin amháin, gan na buntáistí eile a chur san áireamh.'

Éisteann Cass leis an liosta a thugann Síle amach mar a bheadh sí ag déanamh aithris ar dhán: gach gléas cistine is úire, an grianán, an troscán, an garraí. Ach tá sí féin ar an eolas faoi na nithe seo: d'fhéadfaí an chistineach a cheannach in Ikea ar €6,000, na gléasanna san áireamh, agus níorbh fhiú níos mó ná €4,000 an troscán. Tuigeann sí go maith go gcaithfidh go bhfuil an méid sin ar eolas ag Síle freisin.

'Déanfaidh mé mo mhachnamh air,' ar Cass.

'Tá €300,000 ó mo chliaint agus tuigeann tú cé chomh diongbháilte is atá na Gearmánaigh. Ar ndóigh, mura bhfuil an t-airgead agat, d'fhéadfá an teach i mBóthar na Trá a dhíol.'

'D'fhéadfainn.'

Níor dhúirt Cass riamh le Síle go raibh sí ag iarraidh an teach i mBóthar na Trá a dhíol. Is cosúil go bhfuil cleasaíocht éicint ar bun aici siúd agus gur ghá dul ar cuairt chuici agus an rud uilig a phlé léi aghaidh ar aghaidh. Agus chuige seo is gá do Cass a machnamh a dhéanamh ar an scéal roimh ré le go mbeidh sí ullamh don chomhraic.

Síos chuig an trá léi. Í féin is an maidrín. Tá seisean ag fás aníos go deas réidh. Tiús agus loinnir ina fholt. A chuid instealltaí faighte aige. Bheadh sí croíbhriste dá dtiocfadh a úinéir á lorg. Cé gur chuir sí fógra suas san ollmhargadh an tseachtain ar tháinig sí air, ní raibh éinne i dteagmháil léi fós á lorg. Tá súil aici nach mbeidh go brách.

Tá sí ar bís ag smaoineamh ar an teachín a fháil di féin. Mar a bheadh sí ina déagóir. Ach, i ndáiríre, ar chóir di coinneáil uirthi faoi mar atá gan réiteach ar na himeachtaí uilig gan údar a bhain di ó bhog sí isteach ann? Maidir leis na plandaí sa ghrianán, seans maith go raibh dul amú uirthi agus gurbh í féin faoi deara iad a bhogadh. Maidir leis na glais, seans maith nach raibh sí i dtaithí fós orthu. Ach maidir leis an bpraiseach sa gharraí, an bhféadfadh gur éalaigh gadhar nó asal nó ainmhí fiáin éicint isteach ann? Dar le Imelda go mbíonn loighic ag baint le chuile shórt agus go gcaithfidh go bhfuil cúis inchreidte taobh thiar de na heachtraí sin uilig.

Beartaíonn Cass gan ligean do smaointe éadóchasacha an lámh in uachtar a fháil uirthi. Is maith léi an teachín. D'fhéadfadh sí fanacht go deo ann ach na heachtraí gan údar a bheith sáraithe aici. Sin ráite, bheadh uirthi íoc as agus níl sí réidh an seanteach a dhíol. Is maith a thuigeann Síle cén chaoi í a ghriogadh chun gnímh.

Cuimhníonn sí siar ar léamh uacht Liam. Go luath tar éis gur cailleadh é, am nach raibh sí ag tabhairt mórán airde ar aon cheo. Ní hé go raibh Liam go maith ag cur airgid i dtaisce, mar nach raibh. Caiteoir ab ea é. Sa chlub seoltóireachta b'eisean a cheannaíodh an chéad bhabhta agus an babhta deireanach i gcónaí. Agus, go minic, ceann nó dhó idir an dá linn. Bhí orthu na gasúir a oiliúint agus, cé go raibh cónaí orthu sách gar don Choláiste, theastaigh ón gcúpla fanacht in Áras na Coiribe. Agus bhíodh an chothabháil ar an teach le híoc as freisin. An díon. Na fuinneoga. An phointeáil agus an phéinteáil. Ach caitheadh an t-airgead mór ar chúram mháthar Liam, Lil.

Ón gcéad lá riamh bhíodh ar Cass aire a thabhairt di gan focal buíochais aisti. Óicé, bhí cúiseanna lena hairíonna. Í croíbhriste tar éis bhás a fir. Airtríteas ag cur as di i gcónaí. A haonmhac pósta le bean nár thaitin léi.

'Mheall tú é,' ar sí le Cass an chéad lá ar casadh ar a chéile iad. 'Tuigim é sin anois. Cén áit i mBleá Cliath arb as duit?'

'Baile Formaid.'

Thit an dá fhocal aisti mar a bheadh gránáid a rollaigh trasna an talamh, gan pléascadh ar an bpointe boise, ach a raibh a fiús trí thine agus pléascadh dosheachanta i ndán tamall gearr ina dhiaidh sin. Bhí a fhios ag Cass go ndeachaigh a leithéid de sheoladh i gcoinne mhuintir an cheantair scaití, ach bhí sise ag labhairt lena máthair chéile. Ní raibh sí ag súil leis an bhfáilte sin, ná ní raibh sí chun bréag a insint ach oiread. Nuair a thit sí i ngrá le Liam ní raibh mórán ar eolas aici faoina mhuintir, ach amháin go raibh cleachtas leighis ag a athair agus go raibh cónaí ar an teaghlach i mBóthar na Trá.

'Ní dóigh liom gur chas mé ar éinne as a leithéid d'áit ariamh cheana,' ar Lil. 'Cén sloinne atá ort?'

'De Brún.'

'Níor chuala mé trácht ar mhuintir de Brún ariamh cheana ach oiread. Cén saghas gnó a bhíonn ar siúl acu?'

'Gnó ar bith. Fuair m'athair bás seacht mbliana ó shin agus lean mo mháthair go luath ina dhiaidh sin é. Ní fhéadfaí iad a scaradh óna chéile.'

Dá mba bhitseach í Lil, ní raibh Cass chun glacadh le masla uaithi gan an fód a sheasamh.

'Má tá tú ag iarraidh a fháil amach cén saghas jab a bhí ag m'athair, ba thiománaí é, a théadh timpeall ar na siopaí leis na builíní aráin. Tharla go raibh an bheirt acu sách sean nuair a pósadh iad. Rugadh beirt mhac dóibh agus, aon bhliain déag ina dhiaidh sin, tháinig mise ar an saol. Gan choinne, déarfainn. Ach bhí siad ceanúil orm ariamh agus airím uaim go mór iad.'

Níor labhair Lil ach focal nó dhó le Cass go ceann seachtaine ina dhiaidh sin. Ba léir go raibh an tseanbhean ag dréachtú liosta de na míbhuntáistí a mbeadh uirthi a cheilt agus í ag labhairt faoina hiníon chéile sa chlub beiriste. Ní raibh tada i gcúlra Cass a d'fhéadfaí a lua. Go háirithe ó ghread sise agus a mac leo chuig Oifig an Chláraitheora le haghaidh a bpósta gan cuireadh a thairiscint d'éinne. Níos measa fós, bhí Cass ag súil ag an am. Níor smaoinigh Lil ar na buntáistí a bhain leis an mbean óg a bhí roghnaithe ag a mac. Bhí sí go deas le breathnú uirthi. Bhí sí oilte. D'oibrigh sí go dian agus thug sí beirt shláintiúla chumasacha ar an saol.

Faoi mar a lean na blianta níor tháinig athrú intinne ar an tseanbhean. Agus nuair a bhain iompar coiriúil dheartháireacha Cass ceannlínte na nuachta amach, tháinig laghdú ar cibé meas a bhí conlaithe ag Cass uaithi.

Agus sláinte na seanmhná ag dul in olcas, níor theastaigh ó Liam a mháthair a lonnú i dtearmann do dhaoine críonna. Gheall sé go dtabharfadh seisean aire di ach ba í Cass a d'éiríodh i lár na hoíche mar nach gcloiseadh Liam í ag glaoch air, é ina shámhchodladh tar éis dó buidéal iomlán fuisce a shlogadh siar thíos ag an gclub. Choinnigh Lil greim daingean ar a beatha agus, ar deireadh, tar éis di babhta a chaitheamh san ospidéal, b'éigean dóibh a seomra sa bhaile a athchóiriú di agus cúramóirí a fhostú go lánaimseartha. Agus cé gur caitheadh an t-airgead mór air sin, bhí iontas ar Cass go raibh tada fágtha nuair a léadh uacht Liam.

Nuair a phós sí Liam bhraith sí go raibh saol úr i ndán di. Agus bhí. Cé go raibh go leor lochtanna ar an saol sin. Ach ní fhéadfadh sí an milleán go léir a leagan ar a fear. Bhraith sé go raibh air glacadh leis an *status quo*. Níor cheap sé riamh go bhféadfadh cúrsaí a athrú. Saol bog simplí a bhí uaidh. B'fhearr leis cur suas le cúrsaí faoi mar a bhí, seachas an fód a sheasamh. Chreid Cass go mbeadh na blianta fada aici féin is ag Liam tar éis bhás Lil. Faraor, ní raibh ach cúig bliana le chéile acu agus b'in an uair a raibh sise ag freastal ar an gcoláiste, ag tabhairt faoina dochtúireacht. Le linn na mblianta sin freisin d'éirigh leo cúpla seachtain saoire sna hOileáin Chanáracha a ghlacadh, mar aon le corr-dheireadh seachtaine in Éirinn, ach bhí sé ródheireanach mórchaidreamh a thógáil eatarthu.

Murach an deireadh seachtaine mí-ámharach sin a chaith siad in Óstán an Chaisleáin, seans go mbeadh Liam fós ar an bhfód. Sin ráite, tá sí chun an teachín a cheannach ar ais nó ar éigean. Agus tá dóthain airgid aici len é sin a dhéanamh. Fágadh suim shuntasach di i bpolasaí árachais Liam, rud a chiallaíonn go mbeidh thart ar €150,000 fágtha aici nuair a bheidh probháid na huachta curtha i gcrích ag Seosamh Ó Liatháin, na scaireanna sa chleachtas díolta ag Tadhg agus na fiacha uilig glanta. Tá na gasúir tógtha. An bheirt acu neamhspleách. Tá dhá phost aici. Mar aon le teacht isteach ón gcleachtas agus ón seanteach. Ach níl sí chun ligean do Shíle an dallamullóg a tharraingt uirthi agus an iomarca airgid a fháscadh aisti. Glaonn sí ar an gcuntasóir, Piaras Ó Raighne, leis na sonraí uilig a chinntiú.

Liostaíonn Piaras na féidearthachtaí a d'fhéadfadh Cass glacadh leo. Socraítear, ar deireadh, an teachín a cheannach. Féadfaidh Cass an seanteach i mBóthar na Trá a choinneáil agus iasacht a fháil in aghaidh an chíosa atá ag teacht chuici leis an easnamh a líonadh. Molann sé di gan dul thar €200,000. Ar aghaidh le Cass isteach sa chathair, seic €50,000 aici le tabhairt do Shíle mar éarlais.

Tá Síle casta i dtreo an bhalla, í sáinnithe i gcomhrá fóin nuair a dhruideann Cass le doras oifig an cheantálaí. Toisc nach bhfuil sí ag iarraidh cur isteach ar an gcomhrá, fanann sí le hais an dorais. Is bean óg chumasach í Síle. Atá geallta le Tadhg. Atá cumasach freisin, a bhfuil ag éirí thar barr leis agus é i mbun an chleachtais. Gan oiread is clamhsán amháin faoi, nó faoin dochtúir ionaid, nó faoin obair atá ar bun acu, cloiste ag Cass. Chuile shórt go deas néata, na cuntais san áireamh.

Fanann Cass taobh leis an doras agus cuireann cluas lena bhfuil á rá ag Síle lena leannán.

'Mar sin é! Tá mé ar bís. Feicfidh mé ar ball thú. Má tá sise ag iarraidh an teachín a cheannach, beidh uirthi an teach i mBóthar na Trá a dhíol. Óicé, a Thaidhg … Ar ball … coinnigh greim ort féin … Slán, slán, slán.'

A luaithe a chrochann Síle suas an fón, is a chasann a cathaoir ar ais i dtreo na deisce, tugann sí Cass faoi deara ag teacht isteach an doras.

'Gabh mo leithscéal. Ní raibh a fhios agam go raibh éinne anseo.' Is léir óna guth go bhfuil sí ag iarraidh a dhéanamh amach cén fad a bhí cos Cass ar an tairseach agus cá mhéad den chomhrá a chuala sí.

'Fadhb ar bith,' ar Cass. 'Anois, ba mhaith liom chuile shórt a shocrú go sciobtha.'

'Tá d'intinn déanta suas agat, mar sin?'

'Tá.'

Ar bhealach amháin d'fheilfeadh sé do Cass an deis a thapú agus fáil réidh leis an seanteach ach níl sí chun géilleadh don bhrú. Tá seans ann go bhfillfidh Aoife air amach anseo is go nglacfaidh sí seilbh ar an gcleachtas.

Agus ba chóir go mbeadh an rogha aici lorg a hathar a leanúint.

'Níl mé chun an teach i mBóthar na Trá a dhíol. Go fóill, ar aon chaoi.'

Is léir go bhfuil díomá ar Shíle ach déanann sí a dícheall í a cheilt.

'Céard faoin teachín: an bhfuil tú cinnte go bhfuil tú ag iarraidh é a cheannach?'

'Nach in a dúirt mé?'

'Ní maith liom a rá, ach tá suim ag duine éicint eile ann.'

'Mar sin é?'

'Faoi mar a deir tú féin, a Cass, is teachín gleoite é.'

'Bhuel, aontaím leat sa méid sin, a Shíle, ach tá rud amháin ag baint leis. Míbhuntáiste ollmhór nár inis tú dom faoi agus tú á ligean dom ar cíos.'

'Céard atá i gceist agat?'

'An taibhse.'

'An taibhse? 'Magadh atá tú.'

'Ó, ní ag magadh atá mé in aon chor. Cloisim chuile oíche é. Chuile oíche caitheann sé seal sa ngrianán ag scriosadh chuile shórt. Ag bagairt orm agus mé im' chodladh.'

'Ní chreidim thú.'

'An bhfuil tú ag cur im' leith gur bréagadóir mé? Má tá, tá mé chun foláireamh a thabhairt duit: má dhiúltaíonn tú dom nó má chrochann tú fógra "Ar Díol" aon áit in aice leis an teachín sin, tá mise chun an sonra breise seo a chur leis: "Tionónta taibhsiúil seilbhe san áireamh." €200,000 an tairiscint dheireanach atá á dhéanamh agam. Fanfaidh mé led' fhreagra.'

Amach an doras le Cass go sciobtha. Ar éigean a bhfuil sí in ann a chreidbheáil gur chaith sí le Síle ar an mbealach a ndearna sí. Agus an t-ádh ag rith léi, síos léi caol díreach chuig Óstán an Ravensglen le fáil amach faoin oíche a chaith Niamh ann sular cailleadh í. Tá trí seachtaine imithe ó chuala sí ó Tom. Agus tá an diabhal fón cliste ina seilbh aici fós. Níl sí cinnte cén uair a chuirfear ionchoisne Niamh ar bun. Má ghlacann sé an méid céanna ama is a ghlac sé ionchoisne Liam a thionól, beidh sé ar siúl laistigh de shé seachtaine. Idir an dá linn tá sí chun an méid eolais agus leideanna is féidir a bhailiú a lorg.

San óstán labhraíonn sí le Katya, cailín beag Polannach atá ar dualgas ag an gcuntar fáiltithe. Dar léi is ise an bainisteoir lae.

'I wonder could you help me: my niece left something here Sunday, three weeks ago.'

'Tell her to come in herself.'

'She cannot come in. She is dead. I am her next of kin. The item in question is a family heirloom.'

'I look in lost property for you.'

Fanann Cass fad is a dhéanann an ógbhean roinnt póirseála i dtarraiceán faoin gcuntar.

'Sorry. What room did you say she was in?'

'I didn't say.'

'Ok.'

Tagann fear óg i gcabhair ar Katya, an t-ainm Barry scríofa ar shuaitheantas ar a bhástchóta.

'Perhaps you remember my niece. Young. Mid twenties. Long red hair. Very beautiful. Three weeks ago last Sunday.'

'Three weeks ago last Sunday?' arsa Barry. 'I don't remember anything about the Sunday. It was the Monday, the night after that we had all that trouble.'

'Trouble?'

'There was a sing song.'

'What kind of sing song?'

'There was a group from Scotland.'

'From Scotland? Were they divers?'

'That's right. Divers. Kept singing some song about shoals of herring. We got lots of complaints.'

'Was one of those men a tall man, Callum Mac Leòid? Was my niece with him?'

'I'm afraid we can't give out information of a personal nature.'

'Well, I have some information of a personal nature which I want to give out: a priceless family heirloom has been lost. This is the last place it was seen.'

'One moment, please,' arsa Katya, í ag tarraingt Barry i leataobh. Labhraíonn an bheirt le chéile i gcogar. Sroicheann corrnath cluasa Cass: *get in bother; who gives a shit?* agus, ar deireadh: 'Okay, Barry, tell her what you know.'

'Right,' arsa Barry le Cass. 'They were all in that small room off the lobby. Eating and drinking and causing a commotion. There was a guy there – I don't know what his name was. Only that he had a van and I had to shift it 'cos he was too pissed. He gave me twenty euros. He and a young girl, like the one you said, were really into each other. They left early, about nine o'clock, and went up to his room.'

'Thank you, Barry. Thank you very much.'

Ar aghaidh le Cass i dtreo an dorais rothlaigh. Tá mórphíosa de mhíreanna mearaí Niamh aimsithe aici. Ba é an tAlbanach, Callum Mac Leòid, an *boyfriend* nua. Tuige nár luaigh sé é agus í ag labhairt leis? Ar an trá? Nó ar an tsochraid? Agus eisean ag roinnt scéal a óige léi. In ainm Dé! Glaonn Barry uirthi: 'What kind of an heirloom was it you

were looking for?'
'I'll be in touch. Thanks, Barry.'
Amach léi i dtreo an charrchlóis.

An Chéad Chás

N í éiríonn le Cass teacht ar Ross cé go bhfágann sí teachtaireachtaí ag a ionad oibre, ar a ghlór-phost, agus go gcuireann sí téacs chuig a fhón póca. Tá sí meáite ar an teachín a cheannach agus tá comhairle faighte ó Ó Raighne aici ach ba mhaith léi tuairim duine amháin eile a lorg le treoir a thabhairt di. Duine a d'fhéadfadh sí a thrust.

Is féidir Ross a thrust, ceart go leor, ach ní féidir teacht air. Scríobhann sí ríomhphost chuige:

> Ross,
> Is dócha gur léigh tú faoi shochraid Niamh sna meáin shóisialta. Lá gruama amach is amach a bhí ann.
> Sin ráite, tá ag éirí go geal liom amuigh anseo i gConamara, gan de chomhluadar agam ach maidrín beag. Agus tá post úr faighte agam leis na Gardaí.
> Faoi mar a bhí mé ag rá cheana, tá an teachín ina bhfuil mé ag cur fúm ar cíos ar an margadh agus tá tairiscint déanta agam air. Cuir glaoch orm leis na féidearthachtaí a phlé.
> Mam. x

Ní dóigh le Cass go mbeadh suim dá laghad aige cloisteáil faoin maidrín, nó faoina post úr, ach bheadh sé ar bís an tríú hábhar, ceannach an teachín, a phlé léi. Go hiondúil, aon uair a raibh sé ar intinn aici infheistíocht a dhéanamh – carr nua nó ríomhaire nua a cheannach – ba eisean an chéad duine ar an láthair le comhairle a bhronnadh uirthi. Bheadh sí ag súil go gcuirfeadh sé suim i gceannach an teachín toisc an mhéid airgid a bheadh i gceist. Gan trácht ar chuid den oidhreacht a gheobhadh sé ar ball.

Buaileann an fón agus í díreach tar éis an ríomhphost a sheoladh chuige.

Tom atá ann, ag iarraidh uirthi dul isteach chuig an gCeannáras an lá dár gcionn. Bhí fear as an gceantar ina bhfuil cónaí uirthi os comhair na cúirte ar maidin.

'Seans go bhfuil aithne agat air. Colm Mhicí Sheáin Ó Conaola a ainm.'

'Níor chuir mé aithne ar mhórán de na comharsana fós, faraor.'

'Tá sé ina chónaí siar an bóthar uait ansin. In aice an phortaigh. Lena dhearthái, Seán. Sílim go raibh Gearóid ag labhairt le duine acu.'

'Níor casadh ceachtar acu orm.'

'Caithfidh nach dtéann tú ar Aifreann.'

'Cén bhaint atá aige sin leis an scéal?'

'Is ag an séipéal a chastar muintir na háite ar a chéile.'

'Seans nach raibh mé ag iarraidh aithne a chur ar éinne acu.'

'Seans go bhfuil an ceart agat, muis. Fágfaidh mé an comhad ag an bhfáiltiú sa gCeannáras. Féadfaidh tú agallamh a chur ar ár gcara ar a dó a chlog amárach, féachaint an bhfuil sé as a mheabhair nó nach bhfuil. Beidh sé ar ais os comhair na cúirte arís i gceann coicíse agus beidh an tuarascáil ón mbreitheamh roimh ré.'

'A Tom, tá rud beag gur mhaith liom a phlé leat,' ar sí ag smaoineamh ar fhón cliste Niamh.

'Ar ball, a Cass. Tá deifir orm anois.'

Crochann sé suas an fón sula n-éiríonn léi an deis a thapú. Nó a fháil amach an bhfuil aon eolas breise faighte amach aige faoi chás Niamh nó an gcreideann sé gurb ann do chás ar bith. Beidh sí ag labhairt leis ar ball, áfach. Féadfaidh sí fanacht leis an am trátha. Beidh seisean ar bís labhairt léise an babhta seo maidir le cás a comharsan.

Tá uaigneas ar an maidrín agus í ag suí isteach ina carr. É ag geonaíl ina diaidh. Geallann sí go bhfillfidh sí ar ball beag. Tá an sciotachán tar éis dul i dtaithí ar a nósanna laethúla. Nuair a chloiseann sé an doras ón seomra suí ag oscailt tuigtear dó go bhfuil deoichín nó greim bia ar a bhealach amach chuige. Nuair a fheiceann sé ag teacht í, agus a hanorac uirthi, ciallaíonn sé sin go bhfuil sí ar tí é a thabhairt síos chuig an trá. Go hiondúil ligeann sí amach sa gharraí é ach, agus é ina bháisteach, ligeann sí dó fanacht sa ghrianán, áit ar féidir leis é féin a choinneáil tirim. Beidh an aimsir ag dul in olcas amach anseo, ar ndóigh. An mbeidh sí in ann don gheimhreadh fuar fliuch tais amuigh anseo i mBéal na hAbhann? Ní bheidh a fhios sin aici go mbainfidh sí triail as.

Faoi mar a gheall Tom, tá comhad Choilm ag fáiltiú an Cheannárais amach roimpi. Níl aon fhadhb aici an babhta seo leis an nGarda Ní Dhireáin ach ní theastaíonn uaithi níos mó ama ná mar is gá a chaitheamh san áit ghránna sin.

'Go raibh maith agat,' ar sí le Ní Dhireáin agus í ag sá an chomhaid isteach ina mála agus ag rith amach an doras. Tiomáineann sí i dtreo an chaifé, An tÚll Glas, atá díreach tar éis oscailt ar an gCeathrú Ard. Tá sé sách luath fós ar maidin agus is cosúil go bhfuil dream an bhricfeasta díreach imithe agus gan an bhuíon lóin ina suí chun boird fós. Tréimhse bheag chiúin. Roghnaíonn sí bord beag sa chúinne agus ordaíonn pota tae agus slis de chíste milis. Spúinse a bhfuil uachtar agus subh air. Is cuma léi faoi chúrsaí meáchain. Ach níl béile trom a chuirfeadh ina codladh í uaithi ach oiread. Ná sailéad le hoinniúin nó gairleog a d'fhágfadh boladh ar a hanáil. Nó, níos measa fós, pónairí a d'fhágfadh gaoth ina goile.

Luíonn sí isteach ar an gcomhad. Tá ceithre cháipéis ann. An tuarascáil ó na Gardaí faoin ócáid ar gabhadh Colm Mhicí Sheáin Ó Conaola. Foirm a bhfuil sonraí pearsanta an chúisí breactha uirthi. An t-agallamh a chuir na Gardaí air. Agus tuarascáil ar an méid a bhí ráite ag an mbreitheamh sa chúirt maidin inné. Léann sí an chéad tuarascáil:

Thángthas ar Cholm Mhicí Sheáin Ó Conaola go moch maidin Dé Luain an 25ú Meán Fómhair. Bhí sé nocht, gan ach a stocaí air, ag rith suas síos an Trá Mhín, ag screadach: 'Mise a rinne é! Maith dhom é. Mise a rinne é!' Rug sé ar bhean, a bhí amuigh ag siúl lena madra. Nell Uí Dhomhnaill an t-ainm atá uirthi. Thug Nell Uí Dhomhnaill cic sa lorga dheas dó. Thit sí i laige ansin. Bhí mac Nell Uí Dhomhnaill, James Ó Domhnaill, in aice láimhe agus tháinig sé i gcabhair uirthi.

Chuir sé ina suí sa gcarr í agus ghlaoigh ar na Gardaí ar a fhón póca. D'fhan James Ó Domhnaill sa gcarr léi agus choinnigh sé súil ar Ó Conaola gur cuireadh an scuadcharr, ina raibh an Garda Ó Murchú agus an Garda Ní Dhireáin, amach chuig an láthair.

Ba í Nell Uí Dhomhnaill, othar léi, an bhean ar thug sé fúithi. In ainm Dé! An t-agrafóibeach a raibh sé mar sprioc aici siúl chomh fada leis an trá ar a conlán féin. An bhean a spreag Cass le tabhairt faoin aistear dúshlánach sin. Bheadh an dea-obair uilig a bhí déanta aici le Nell scriosta. Ní bheidh muinín aici as Cass go ceann i bhfad, má bhíonn riamh. Ar a laghad, bhí Jamie ar an láthair le cúnamh a thabhairt dá mháthair. Céim ar gcúl dó an eachtra seo, áfach. Seans nach mbeidh sé in ann a ghrá geal a phósadh go deo. Ach sin scéal eile. Ní mór di díriú ar chás Choilm anois.

Léann Cass an dara cáipéis, an fhoirm a bhfuil sonraí Choilm breactha uirthi. Is baitsiléir é a bhfuil cónaí air in éindí lena dhearbhráthair Seán Mhicí Sheáin. É trí scór is cúig bliana déag d'aois, cúig bliana níos óige ná an dearbhráthair céanna. Is féidir léi an teach ina bhfuil cónaí orthu a shamhlú: ceann beag a bhfuil cruth traidisiúnta air le trí sheomra ar an mbunurlár. Caoi réasúnta curtha ag an gComhairle Contae air. Uisce reatha sa chistineach is sa seomra folctha a tógadh ar cúl. Cuma eisceachtúil ar na tithe céanna i measc na *haciendas* is na mainéir mhóra lena bhfuinneoga dormánta, ag éirí aníos go péacach as na díonta, is a ngaráistí dúbailte. Cé nach bhfuil cruthúnas aici ar an scéal, tá sí den tuairim go bhfuil an cúlra céanna ag na dearbhráireacha is atá ag roinnt mhaith de sheanmhuintir an cheantair. Is daoine iad atá ag maireachtáil i ré eile.

Greamaithe den fhoirm tá dhá nóta, ceann ón Dochtúir Ó Loideáin, dochtúir teaghlaigh, ag rá gur thug sé cuairt ar Cholm, gur scrúdaigh sé a lorga dheas ach nár briseadh aon chnámh ina chos, agus gur ordaigh sé frith-hiostaimín agus ungadh stéaróideach don rais atá air. Faoin eachtra a bhain do Cholm arú anuraidh, inar chuir sé an portach trí thine, an dara nóta.

Tugann Cass sracfhéachaint ar an seoladh atá ag an mbeirt dheartháireacha. An Bóthar Buí. Bóthar atá sách gar di. Seans gurb é Colm nó Seán atá ag cur isteach ar a grianán. Ach ní mór di an smaoineamh sin a fhágáil i leataobh freisin agus díriú ar an gcomhad atá os a comhair.

Sa tríú cáipéis tá an t-agallamh a chuir na Gardaí air inar choinnigh Colm air ag deimhniú gurbh eisean a rinne é nuair a cheistigh an Cigire Tom Breasal ag Ceannáras na nGardaí é.

'Céard é féin?' a d'fhiafraigh Tom de. 'Céard é go baileach a rinne tú?'

'D'éignigh mé í.'

'Cérbh í a d'éignigh tú?'

'Mharaigh mé í.'

'Cé a mharaigh tú, a Choilm?'

'An bheirt acu.'

'Cé hiad féin?'

'Na striapachaí.'

'Cé na striapachaí?'

'An bheirt a thug cuairt orainn. Bhí siad ag iarraidh an teach a bhaint dínn.'

'Bhur dteach a bhaint díbh – mar sin é?'

'Sea! Dúirt duine acu go raibh sí chun Seán a phósadh.'

'Ar iarr Seán uirthi é a phósadh?'

'Níor iarr. Dúirt sí go raibh sé thar am aige a bheith pósta.'

'Agus ar phós sí é?'

'Bhí siad chun mé a chaitheamh amach ar thaobh an bhóthair.'

'Cén chaoi thú a chaitheamh amach? Nach leatsa an teach freisin?'

'Tá siad curtha sa bportach.'

'Cé atá curtha sa bportach?'

'An bheirt acu. Déarfaidh mé rud amháin leat: ní phósfainn í.'

'Cérbh í nach bpósfá?'

'An striapach eile.'

'Cén striapach eile?

'Mona an t-ainm a bhí uirthi.'

'Ar iarr tú uirthi thú a phósadh?'

'Níor iarr, muis.'

'Cérbh as di?'

'Ceann de na tíortha nua sin.'

'Cé na tíortha nua?'

'Na Rúisigh. Tá na Rúisigh ag teacht. Bainfear ár dteach dínn. Is ár dtalamh. Is Cumannaigh iad na Rúisigh. Dúradh liom iad a mharú. Agus a éigniú roimh ré.'

'Cé a dúirt leat iad a mharú?'

'Na guthanna im' chloigeann a dúirt liom iad a mharú.'

Bhí nóta breactha ag Niall Ó Braonáin ag bun an leathanaigh ag rá go raibh ceathrar as an Liotuáin tar éis cur fúthu trí mhíle siar ón gCarraig Bhán. Beirt fhear agus beirt bhan. Bhí na fir os comhair na cúirte ar an 4ú Meitheamh ach scaoileadh amach ar bannaí iad. Cuireadh ina leith gur ghoid siad airgead as an meaisín bainc i gCnoc na Báinsí trí thochaltóir a thiomáint isteach sa bhalla ach go bhfuair siad bás, an bheirt acu caochta, i dtimpiste bhóthair sular éistíodh an cás. Bhí na mná ag obair mar ghlantóirí i monarcha áitiúil. Mona agus Natasha na hainmneacha a bhí orthu. Dhéanfadh sé fiosrúcháin fúthu, féachaint an raibh aon cheangal eatarthu agus Colm Mhicí Sheáin Ó Conaola.

Thairis sin níl ach cuntas gearr sa cheathrú cáipéis ar an éisteacht cúirte inar cúisíodh Colm as bean a ionsaí, as a bheith ag tógáil clampair agus as iompar gáirsiúil in áit phoiblí. Agus é á chur siar faoi choinneáil, mhol an breitheamh gur chóir Colm a mheas go proifisiúnta ag síceolaí le fáil amach an bhfuil sé ag rámhaille, nó an bhfuil uisce faoi thalamh ar bun aige. Faoi mar a dúirt Tom, beidh éisteacht ar siúl i gceann coicíse le cinneadh a dhéanamh faoi an féidir é a chur ar a thriail.

Agus an comhad á dhúnadh ag Cass breathnaíonn sí ar a huaireadóir. Fiche chun a dó dhéag. Beannaíonn sí do bheirt bhleachtairí atá ag glacadh seilbh ar an mbord in aice léi.

Tá súilaithne aici ar go leor acu anois. Cuirfidh sí ceist ar Tom ar ball an ndeachaigh beirt bhan ar iarraidh.

Ar leath i ndiaidh a dó ar an iarnóin dár gcionn suíonn Cass ar chathaoir sa seomra agallaimh ag fanacht lena céad chliant cúirte. Colm Mhicí Sheáin Ó Conaola. Níl faitíos uirthi faoin agallamh a bhfuil sí ar tí tabhairt faoi, ach teastaíonn uaithi an-jab a dhéanamh ag an am céanna. Níl sí ar promhadh ach oiread. Tairgeadh an post seo di. Tá na cáilíochtaí cuí aici. Fós féin, braitheann sí go leagfaidh sí tréimhse phromhaidh uirthi féin lena chinntiú go bhfuil an jab feiliúnach di agus go bhfuil sise feiliúnach don jab.

Dúirt Colm Mhicí Sheáin gur éignigh sé beirt bhan. Seans nach raibh sin fíor ach, mura raibh, cén chaoi ar bhuail a leithéid de smaoineamh an seanleaid ar an gcéad dul síos? Seans go mbíonn sé ag breathnú ar an iomarca teilifíse. Bhí sé ráite ag na Gardaí arís agus arís eile go raibh tionchar ag na cláir choirscéinséirí ar choirpigh na tíre. Go raibh siad ag foghlaim cén chaoi le duine, bean go hiondúil, a mharú agus an láthair a ghlanadh go fóiréinseach ina ndiaidh. Chuideodh na fógraí do Flash agus earraí glantacháin eile, a bhíonn á gcraoladh síos trí na cláir chéanna, lena *modus operandi*, ar ndóigh.

Níl sí den tuairim go ndéanfadh gealt áitiúil beirt bhan a dhúnmharú agus a bheith ag maíomh as thíos ar an trá. Ach céard is gealt ann? Tá sí ina suí anseo, i seomra agallaimh i gCeannáras na nGardaí, ag ceapadh nach bhféadfadh duine amháin beirt a mharú agus, ag an am céanna, ag iarraidh a dhéanamh amach go raibh duine eile tar éis beirt bhan, Niamh agus Áine, a bhá. Is minic léi smaoineamh ar an mbeirt acu ag fáil bháis in aghaidh a dtola ach, ainneoin na hiarrachta a dhéanann sí íomhá a mbáis a dhíbirt as a cloigeann, filleann sí chomh sciobtha céanna. Aréir dúisíodh ag tromluí í, aghaidh mhná os a comhair amach. Í faoi thoinn. Súilíní ag éirí aníos as a béal. Deora ag sní as a súile, a raibh goirme na farraige iontu, mar a bheadh sruth ag fuarú an aigéin. A cuid gruaige ag foscnamh amach uaithi mar ba ghnách le folt maighdine mara. Í ag pléadáil le Cass rud éicint a dhéanamh leis an éagóir a cheartú. Ag rá: ní mise a sháigh mé féin anuas go grinneall na mara. Eisean a rinne é. Eisean.

Ach a luaithe a d'fhiafraigh Cass di: cérbh é féin? sciurd néal thar an ngrian ag doiléiriú na híomhá. De réir a chéile tarraingíodh an ógbhean as radharc, banc éisc á treorú faoi bhun sceir choiréil.

Déanann an Garda Ó Murchú Colm a thionlacan isteach ón Ionad Coinneála taobh leis an gCeannáras is a chur ina shuí os a comhair amach. Fear beag tanaí is ea Colm, ribí liatha a chuid gruaige ag clúdach a éadain. Cuma dhearg ar a ghnúis. Rais ghránna ag leathadh ar a scornach agus ar a lámha. A lámha ag crith. Aithníonn sí láithreach gur siomptóim neamhord imní, a bhaineann le daoine scothaosta go minic, iad sin. Thairis sin, is fear soineanta é, nó is mar sin a chuireann sé é féin i láthair. Suíonn Ó Murchú ar chathaoir taobh leis an doras, giúmar ar nós cuma liom air.

Breathnaíonn Cass isteach sa scáthán os a comhair amach. Tuigtear di go bhfuil lucht féachana ar an taobh eile de, ach níl leid ar bith aici cé hiad féin. Braitheann sí mar a bheadh oibrí gnéis inti, í ar taispeáint do chliant dofheicthe.

'Heileo, a Choilm,' ar sise. 'Cass Ó Caoimh is ainm dom. Is síceolaí mé agus ba mhaith liom roinnt ceisteanna a chur ort.'

'Rinne mé é. Mharaigh mé iad. Agus d'éignigh mé roimh ré iad.'

Luíonn Colm isteach ar an méid a dúirt sé san agallamh. An dúshlán atá roimh Cass a fháil amach an ag labhairt na fírinne atá sé. An dtuigeann sé an méid atá á admháil aige – go ndearna sé beirt bhan a éigniú agus a mharú? Seans gur mhol duine éicint dó na coireanna sin a dhéanamh. Ach ní fúithise an méid sin a dhéanamh amach. Fúithise a fháil amach an bhfuil sé ar a chiall is a chéadfaí is an dtuigeann sé cé chomh tromchúiseach is atá an méid a deir sé.

Tógann Cass amach ceistneoir, a bhfuil ceisteanna breactha air, a thabharfaidh cúnamh di é a mheas. Cheana féin tá a chúlra agus a chúinsí teaghlaigh ar eolas aici. De réir mar a fhreagraíonn Colm na ceisteanna, tuigtear di gur cosúil nach dtuigeann sé an méid atá á rá aige. Ach sula mbeidh sí in ann a hintinn a dhéanamh suas faoi, beartaíonn sí sochar an amhrais a thabhairt dó. Dar léi, is gá tuilleadh ceisteanna a chur air. Dúirt sé cheana go raibh na mná curtha sa phortach. Sin an áit le tosú.

'Tá cónaí ort taobh leis an bportach, an bhfuil?'

'Tá.'

'Bíonn go leor rudaí adhlactha sa bportach céanna.'

'Bíonn,' ar sé, ag breathnú go géar uirthi.

'Cén sórt rudaí?'

'Fuarthas bád thiar i gCarna. Bád adhmaid a bhí ann le trí mhíle bliain. Tá aithne agam ort. Nach bhfuil cónaí ortsa i dteach an Ghearmánaigh?' ar sé ag preabadh den chathaoir.

Cuireann Ó Murchú ina shuí ar an gcathaoir in athuair é.

'A Choilm,' ar Cass, 'bhí tú ag caint ar bhád?'

'Nochtadh é oíche na gaoithe móire.'

''Bhfuil aon cheo eile curtha sa bportach, meas tú?'

'Ó, tá. Ainmhithe. Daoine a cailleadh le linn an Ghorta Mhóir. Páistí nár baisteadh.'

'Aon cheo eile?'

'Na mná, muis. Na striapachaí. Tá siadsan curtha ann.'

'Cé na striapachaí?

'Mona agus Natasha. Dúirt mé cheana é. Nach raibh éinne ag éisteacht liom?'

'Cén áit a bhfuil siad curtha?'

'Siar an bóthar uainn.'

'Cén áit?'

'Faoi scáth na giúise.'

'Mholfainn duit smaoineamh siar ar an méid atá ráite agat, a Choilm. Tá an méid a dúirt tú iontach tromchúiseach. Má tá mná curtha sa bportach caithfidh tú a inseacht dúinn go díreach cén áit a bhfuil siad curtha.'

'Tuige?'

'Le go mbeidh muid in ann iad a aimsiú agus a adhlacadh de réir ghnásanna na hEaglaise.'

Cromann sé chuici agus stánann sé idir an dá shúil uirthi.

'Is Cumannaigh iad,' ar sé.

'Cé a d'inis é sin duit?'

'Seán a d'inis dom é.'

''Bhfuil a fhios ag Seán cá bhfuil siad?'

'Ó, tá.'

'Óicé. An ndéarfaidh tú liom cén áit a bhfuil na mná seo curtha?'

'Tá sé ráite cheana agam leat.'

'Óicé, a Choilm, deir tú go bhfuil beirt bhan, Mona agus Natasha, curtha sa bportach faoi scáth na giúise?'

'Dúirt mé leis na Gardaí cheana é. 'Bhfuil chuile dhuine san áit seo bodhar? 'Bhfuil tusa bodhar freisin, a bhean?'

'Níl, a Choilm. Tá mise ag éisteacht leat.'

'Bhí mé chun bean siar an bóthar a phósadh tráth. Go bhfuair mé amach gur dream salach iad uilig. Tusa san áireamh. Tá mise críochnaithe anseo anois.'

'Ceart go leor, a Choilm.'

Baineann cuid de na ceisteanna ar an gceistneoir le caidreamh collaí: an raibh an duine faoi chaibidil pósta riamh? Bhuel, tá an cheist sin freagartha aige. Seans nár luigh sé le bean riamh ina shaol.

Fad is atá an comhad á dhúnadh ag Cass, sciurdann damhán alla thar an mbord. Beireann Colm air go deas réidh agus coinníonn idir a dhá bhos é go n-osclaíonn an Garda Ó Murchú an doras agus déanann an príosúnach a thionlacan amach i dtreo an Ionaid Choinneála. Tá fear nach maródh damhán alla ag admháil gur mharaigh sé beirt bhan! In ainm Dé, céard atá ar bun aici san áit seo in aon chor?

Tá an oíche ag titim agus Cass ag filleadh ar an teachín ón Ionad Leighis. Agus cé go bhfuil sé dorcha, tá sí in ann an phraiseach os a comhair a dhéanamh amach. Tá stríoca glasa smeartha ar phéint bhán an teachín. Dath glas a tháinig ó dhuilleoga na hiodrainsianna, a tochlaíodh aníos as an gcré agus atá caite os comhair an phóirse anois. Ar éigean a bhfuil sí in ann breathnú trí ghloine an dorais mar go bhfuil sí clúdaithe leis an nglas céanna. Tá sí ar buile. Má bhí amhras uirthi cheana go bhfuil duine éicint i mbun ionsaithe ar a háit chónaithe, is léir di anois go bhfuil. Cé an duine sin? Ní Colm Mhicí Sheáin Ó Conaola é, ar aon chaoi. Nach bhfuil seisean faoi ghlas! Beidh obair mhór ghlantacháin roimpi ar maidin. Ach níl smidín de thrua aici di féin. Cuimhníonn sí ar na mná a ionsaítear agus a éignítear chuile lá. Nach uirthi an t-ádh gur ar a teachín seachas a colainn a rinneadh an éagóir.

Cé gur éirigh léi gan mórán aird a thabhairt go dtí seo ar na foghanna a tugadh faoina teachín, tuigeann sí go rímhaith anois go bhfuil teachtaireacht láidir smeartha os a comhair, cé nach bhfuil sí in ann bun ná barr a dhéanamh den teachtaireacht chéanna.

An Tuarascáil

Níos deireanaí um thráthnóna luíonn Cass isteach ar an tuarascáil atá le scríobh aici faoi Cholm Mhicí Sheáin Ó Conaola. Cén sórt fear a dhéanfadh mná a éigniú agus a dhúnmharú? Iadsan atá glan as a meabhair agus iadsan ar gnáthdhaoine iad a gcliseann orthu agus iad faoi bhrú. Is léir nach bhfuil Colm ar a chiall ná ar a chéadfaí, ach an mbeadh sé sách láidir a leithéid de ghníomh brúidiúil a chur i gcrích? Seans maith nach mbeadh. Tuige a bhfuil sé ag rá, mar sin, gurb eisean a rinne an rud uafásach sin nach bhfuil cruthúnas ar bith faoi? Fúithise é sin a dhéanamh amach.

Agus í ag iniúchadh na gcáipéisí os a comhair, tosaíonn an maidrín ag geonaíl, mar a dhéanann nuair a bhíonn duine éicint ag dul thar bráid. Breathnaíonn Cass trí ghloine an ghrianáin, ach níl duine ná deoraí le feiceáil. Fós féin, ní shocróidh an sciotachán síos.

'Anois, a mhaidrín,' ar sí, 'tuige a bhfuil tú buartha?'

Fágann sí cúpla briosca ina bhabhla, ach suim dá laghad ní chuireann sé iontu.

Is é seo an chéad uair do Cass a bheith ina cónaí ina haonar. Cinnte, chaitheadh sí go leor oícheanta ina haonar, suite os comhair na tine le linn laethanta a pósta, ach d'fhilleadh Liam, luath nó mall. Agus a lámh ag crith, réitíonn sí gloine fuisce the di féin sa mhicreathonnán ach, a luaithe a shuíonn sí síos ag an mbord, tosaíonn an madra ag geonaíl in athuair. Cloiseann sí coiscéimeanna ag dul thar bráid. Seans gur duine éicint ag filleadh ón mbialann tabhair leat, nó ón bpub, atá ann. Seans gurb iad an dream a scrios an teachín atá ag filleadh uirthi. Dá mba dhéagóirí iad, ní dhéanfaidís aon cheo agus solas le feiceáil ann. Tá a fón póca taobh léi, cibé, agus a cara úrnua, an casúr a cheannaigh sí san ollmhargadh ar ball.

Braitheann sí níos cróga agus an fuisce ag sní trína cuisle. Níl sí chun ligean don fhaitíos an lámh in uachtar a fháil uirthi. Isteach léi chuig an oifig, áit a gcasann sí air an ríomhaire. Seiceálann sí an ríomhphost, féachaint an bhfuil aon cheo tagtha ó Ross.

Níl, ach i measc an turscair, tá nóta ó Megan. A neacht. An bhean a bhí i láthair ag cuimhneachán míosa Liam ach nach bhfuair sí deis labhairt léi. An bhean nár scríobh sí chuici go fóill.

Tá Megan ina cónaí i seanteach a muintire i mBaile Formaid in éindí lena hiníon, Vanessa.

Leis na blianta anuas ní minic a d'fhill Cass ar an teach céanna. Ní minic a fuair sí an deis, ná níor theastaigh uaithi a bheith ag éisteacht le Lil ach oiread, agus í i gcónaí ag caitheamh anuas ar a muintirse. Ceart go leor, bhí fadhbanna ag muintir de Brún, ach ní theastaíonn ó éinne go lámhachfaí duine den teaghlach ar thairseach a thí. Rud a tharla do Chathal, an duine ba shine sa chlann, sé bliana ó shin. B'in an uair dheireanach do Cass Megan a fheiceáil. Scríobhann sí chuici um Nollaig agus ar a lá breithe agus ar lá breithe Vanessa, cúpla euro iniata leis an gcárta. Níl Cass róchinnte cén chaoi a maireann siad ar an méid a fhaigheann siad ón Roinn Gnóthaí Fostaíochta agus Coimirce Sóisialaí. Ar a laghad tá an teach acu. Thairis na bunfhíricí sin níl leid ar bith ag Cass faoin saghas saoil atá acu go bhfaigheann sí an teachtaireacht seo:

Hi Cass,

Tá súil agam go bhfuil tú ag coinneáil go maith. Is dócha gur inis Ross duit go raibh mé ag labhairt leis ag an gcuimhneachán míosa. Bhí orm teitheadh sula bhfuair mé an deis labhairt leat.

Tá cúrsa ar siúl agam faoi láthair sa dearadh intí agus taitníonn sé go mór liom.

Ceist bheag agam ort. Tá mé ag smaoineamh ar Vanessa a chur chuig an nGaeltacht an samhradh seo chugainn. Tá Gaeilge mhaith aici agus tá súil agam go bhfaighidh sí scoláireacht. An bhfuil aon eolas agatsa faoi na coláistí i gConamara? Chuala mé scéalta faoi chuid acu ar an raidió.

Bheinn buartha dá dtarlódh aon rud do Vanessa.

Ag súil le cloisteáil uait.

Megan x

Níl a fhios ag Megan go bhfuil cónaí ar Cass amuigh i gConamara. Agus go leor coláistí samhraidh in aice léi. Chuala sí go raibh ceann acu, Coláiste Lorcáin, ar fheabhas. Tuigeann Cass go mbeadh ar Vanessa fanacht i dteach atá cláraithe leis an gcoláiste sin dá mbeadh sí ag freastal ar chúrsa a bheadh á reáchtáil ann. Ach, le cead ó Megan, d'fhéadfadh sí Vanessa a thabhairt amach ar an Domhnach. Nó d'fhéadfadh Megan féin a theacht anoir ar cuairt chuici fad a bheadh Vanessa ann. Cuirfidh sí ríomhphost chuig Megan ar ball á mhíniú sin di agus ag roinnt na scéalta is deireanaí léi.

De réir a chéile leanann sí leis an obair ar thuarascáil Choilm. Tar éis di na sonraí uilig a scagadh, níl sí in ann a dhéanamh amach céard é an rud a spreag é a chuid éadaigh a bhaint de agus tabhairt faoi Nell thíos ar an trá. Cheana féin tá amhras ann faoin gcoirloscadh inar chuir sé an portach trí thine. Ach caithfidh sí cinneadh a dhéanamh an féidir é a chur ar a thriail. Is léir nach dtuigeann sé a bhfuil á chur ina leith agus nach mbeadh sé in ann cuidiú leo siúd a bheadh ag iarraidh é a chosaint. Sara mbíonn an obair críochnaithe aici, áfach, titeann sí ina codladh os comhair na tine, an dara gloine fuisce á téamh agus á cur ar a suaimhneas. Ar éigean a n-éiríonn léi a scíth a ligean. Dúisítear í thart ar a trí a chlog.

I dtosach ní bhíonn sí in ann a dhéanamh amach céard é go díreach a dhúisigh í. Ansin cloiseann sí gloine ag titim ar urlár an halla. Amach léi i dtreo an dorais, greim daingean aici ar an gcasúr. An solas lasmuigh den phóirse lasta aici, tugann sí scáth faoi deara á chaitheamh thar an ngarraí. Cloiseann sí tuilleadh coiscéimeanna. Ansin ciúnas. An ghloine a bhí sa doras ina smidiríní. Cloch liath mar a bheadh meall urchóideach i lár an urláir phéine. Cloch a caitheadh isteach d'aon ghnó. Ní fhéadfadh sí leithscéal a chumadh faoin eachtra seo: níorbh é gusta gaoithe ná ainmhí fáin a sheol an chloch isteach sa teachín.

Le dua brúnn Cass uimhir an Cheannárais isteach ar an bhfón póca agus insíonn a scéal don Gharda Ó Murchú.

'Níl éinne thart anois, an bhfuil?'

'Níl.'

'Duine éicint ag pleidhcíocht, is cosúil.'

'B'fhéidir é.'

'An ndearnadh mórán dochair don doras?'

'Briseadh pána gloine.'

''Bhfuil píosa adhmaid agat?'

'Níl a fhios agam.'

'Molaim duit an poll a bhlocáil suas le píosa adhmaid. Beidh duine éicint amach chugat ar ball.'

'Ar ball?'

'Ar ball.'

'Go raibh maith agat,' ar sí ag plabadh anuas an fhóin.

Píosa adhmaid. Cá bhfaigheadh sí píosa adhmaid an tráth seo den oíche? Cuimhníonn sí ar an bpictiúr a cheannaigh sí i Kennys. Tógann sí anuas den bhalla é agus baineann an píosa cruachláir atá ar a chúl as. Le cúnamh óna casúr agus na tairní beaga a bhí ceaptha do thuilleadh pictiúr a chrochadh, greamaíonn den doras é. Ní choinneodh sé éinne amach ach cuirfidh sé bac ar na gustaí gaoithe atá ag séideadh isteach.

Ar ais chuig an gcathaoir léi go bhfeiceann sí gathanna laga ag éirí thar na crainn agus ag caitheamh solas an lae úir isteach sa chistineach. Ní raibh Liam go maith ag deisiú rudaí ach bhí go leor teagmhálaithe aige, daoine a ndearna sé garanna dóibh, ag iarraidh é a aisíoc. Is minic a dhéanann sise garanna do dhaoine ach ní daoine iad a mbeadh ar a gcumas cuidiú léi.

Beartaíonn sí luí isteach ar an tuarascáil in athuair. Faoin am seo tá na cáipéisí go léir a bhaineann le cás Choilm scagtha aici. Bhí an fear bocht in ann é féin a choinneáil slán, gan an dlí a shárú go dtí seo. Seachas aon eachtra amháin, bhí sé ag maireachtáil go ciúin. Ag déanamh mar a dhéanann seanmhuintir eile na háite, braitheann sí: ag tarraingt an phinsin chuile Aoine; ag tabhairt aire dá bheithíoch is dá chearca; ag baint an fhéir agus na móna i rith an tsamhraidh; ruainne beag iascaireachta san áireamh. Bhí amhras ag baint leis an eachtra úd, áfach.

Agus é ag dó bruscair arú anuraidh, am ar chuir sé an portach trí thine, tharraing sé aird na nGardaí air féin. Bhí canna peitril aige nuair a gabhadh é. Braitheann Cass gur trí thimpiste a thosaigh sé an tine, seachas d'aon ghnó agus é ag iarraidh fáil réidh leis an scrobarnach in aice an tí. Ach gur léir gur tharla rud éicint a chuir thar fóir é maidir leis an eachtra inar thug sé faoi Nell. Fiú agus Nell trína chéile, bhí sí in ann cic a thabhairt dó. Ba dheacair é a shamhlú ag marú beirt bhan óg a bhí ar fónamh. Ní bheadh sé sách láidir chuige. Ní bheadh sé sách glic ach oiread. Ach tá na sonraí a thug sé do na Gardaí faoin mbeirt bhan chomh géar sin go mbeadh sé deacair iad a chumadh. Fiú, má chonaic sé a leithéid ar an teilifís, tá an cur síos chomh háitiúil sin go bhfuil seans ann go bhfaca sé mná á marú. Seans go ndearna a dhearthair nó comharsa leis é.

De bharr na heachtra inar gabhadh Colm, ní bheidh teagmháil aige le beithíoch ar bith go ceann scaithimh. Sa tuarascáil, atá geall le bheith críochnaithe, molann Cass go gcuirfí faoi chúram síciatraí ar an bpointe é. Agus súil a choinneáil air idir an dá linn. Bheadh sé deacair air maireachtáil i gcillín beag. Seans maith go ndéanfadh sé iarracht lámh a chur ina bhás féin. Agus í ag críochnú na tuarascála blípeálann an fón. Más iad sin na Gardaí, tá moill orthu glaoch uirthi. Garda amháin atá ann. An Cigire, Tom Breasal. Teachtaireacht á cur chuici aige.

Feicfidh mé san Úll Glas thart ar a trí a chlog thú le haghaidh lóin. Tá an tuarascáil sin uaim.

Cén chaoi a raibh a fhios aige go bhfeilfeadh an t-am sin di? Nó gur theastaigh uaithi é a fheiceáil? Seans go raibh scéal éicint aige faoin bhfogha ar a teachín. Níor inis sí dó fós faoi fhón cliste Niamh atá caite i dtarraiceán ina seomra leapa. Ba mhinic léi cuimhneamh air le linn na seachtainí atá díreach imithe. Seans go raibh sé ródheireanach é a lua anois ar aon chaoi agus gur chóir é a ligean i ndearmad.

Cuireann Cass glaoch ar an aturnae, Seosamh Ó Liatháin, lena chur ar a airdeall faoina bhfuil ag tarlú maidir lena teachín: níor diúltaíodh don tairiscint is deireanaí go fóill ach seans nach mbeidh sí in ann an beart a chur i gcrích i ngeall ar na heachtraí gan údar atá ag dul in olcas. Fós féin, níor chóir di ligean don lagmhisneach an lámh in uachtar a fháil uirthi. Ar an dea-uair tagann an fear ó PhoneWatch, faoi mar a bhí socraithe, agus déantar an t-aláram a shuiteáil. Tarlaíonn go bhfuil an gloineadóir ag obair sa cheantar agus cuireann seisean pána gloine úr isteach sa doras. Agus an bheirt acu díreach imithe, faigheann sí nóta ó Ross.

Mam,
Cinnte, siúráilte, ceannaigh an teach sin más é sin atá uait.
Níl aon fhadhb agam leis.
Ross

Cén sórt freagra é sin? Fiú mura raibh aon suim aige sa scéal, nach bhféadfadh sé ligean air go raibh?

Nuair nach gcloiseann sí ó na Gardaí faoi leath i ndiaidh a dó, amach chuig an gCeathrú Ard léi. Lena tuarascáil agus lena cuireadh lóin. Agus í ag fanacht le Tom, cupán caife á ól aici, faigheann sí téacs ó Imelda.

Breathnaigh an Irish Times, lth 6. Scéal faoi Mhuiris.
Imelda x

Aimsíonn Cass an nuachtán ar líne agus scrollaíonn síos go leathanach a sé go dtí go dtagann sí ar alt dar teideal *Understanding Forensic Psychology*. Léann sí an t-alt go sciobtha. Píosa atá ann faoin tsuim atá á cur ag daoine sa tsíceolaíocht agus liosta de shraith seimineár agus léachtaí a bheidh ar siúl i rith na bliana. Cuirtear agallamh ar léachtóir, gúrú, a bhfuil an-éileamh air i gcomhair a leithéid sin. Cé atá ann ach Muiris Mac Giolla Íosa, a hiarléachtóir! An fear a mbíonn

Imelda ag caint faoi go rialta. Beidh sé ag labhairt tráthnóna amárach in Óstán Buchanan's i mBaile Phámair.

Bheadh sé go deas é a fheiceáil arís. Cúrsaí a phlé leis. Fáil réidh leis an amhras atá aici i dtaobh bhás Niamh ar deireadh. Déanann sí cinneadh ar an bpointe boise dul chuig an léacht. Éiríonn léi an seomra deiridh atá ar fáil in Óstán Buchanan's a chur in áirithe agus gabhann sí buíochas le Imelda as a haird a tharraingt ar an scéal. Beidh sí in ann tiomáint chomh fada le Baile Formaid an lá dár gcionn agus castáil le Megan.

Agus í díreach ar tí imeacht, buaileann Tom isteach sa chaifé. Sula suíonn sé síos, labhraíonn sé leis an bhfreastalaí ag an gcuntar. Tagann na focail painíní, sceallóga, *latte*, chuici ar an aer sula nglacann sé seilbh ar an gcathaoir os a comhair amach.

'Tá muid chomh cruógach sin na laethanta seo,' ar sé, 'ní chreidfeá é.'

'Chreidfinn go maith é.'

'Heileo, a Philip,' ar sé le Garda eile agus é ar a bhealach chuig a bhordsa.

Breathnaíonn Cass ar a huaireadóir.

'Níl deifir ort, an bhfuil?'

'Ní chreidfeá,' ar sí, 'cé chomh cruógach is atá mé na laethanta seo.'

'Níl aon cheo mícheart, an bhfuil?'

'Liomsa? Níl.'

'Theastaigh uaim cás an tseanleaid sin a phlé leat.'

Síneann sí an comhad chuige.

'Níl tú chun réamhthuairisc a thabhairt dom?'

'Níl. Seachas a rá gurb í seo tuarascáil shíceolaíoch mhionsonraithe ina bhfuil scrúdú déanta ar na cúinsí cognaíocha, iompraíocha, mothúchánacha a bhaineann leis an gcion coiriúil atá faoi chaibidil.'

'I nGaeilge, led' thoil?'

'Ní dóigh liom go ndearna sé é. Dála an scéil, an ndeachaigh beirt bhan ó Oirthear na hEorpa ar iarraidh sa gceantar?'

'Ní dheachaigh. Go bhfios dom.'

'Anois, murar mhiste leat, caithfidh mé crochadh liom. Tá an áit ina praiseach ó bhí an gloineadóir ag obair ann ar maidin.'

'An gloineadóir?'

'Briseadh an ghloine im' dhoras tosaigh aréir.'

'Tuige nár luaigh tú cheana liom é?'

'Bhí mé i dteagmháil leis an gCeannáras.'

'Ar tháinig éinne amach le lorgmhéar a ghlacadh?'

'Agus sibh chomh cruógach sin? 'Magadh atá tú!'

Síneann Tom a lámh trasna an bhoird sula mbíonn an deis aici í a tharraingt siar.

'Tá m'uimhir agat, nach bhfuil?'

'Tá.'

'Má tharlaíonn aon cheo arís cuir glaoch orm, ar an bpointe boise.'

''Bhfuil tú ag ceapadh go dtarlóidh aon cheo arís?'

'Déanfaidh mé fiosrúcháin. Níl tú buartha, an bhfuil?'

'Bhí mé ag smaoineamh ar dhul go Bleá Cliath amárach.'

'Coinneoidh mise súil ar an teachín duit agus tú imithe. 'Bhfuil eochair le spáráil agat?'

Ní raibh sí ag súil leis an bhfreagra sin.

'Tá gnó agam amuigh i mBéal na hAbhann, mar a tharlaíonn sé. D'fhéadfainn fanacht sa teachín. Agus mé abhus sa gceantar, beidh mé in ann breathnú isteach sa scéal, cibé. Aon tuairim agat féin cé a dhéanfadh a leithéid? Seans nach bhfuil ann ach an t-aos óg, iad caochta ar a mbealach abhaile ón bpub.'

Breathnaíonn Cass air agus é ag luí isteach ar a bhéile. Maonáis ar a chroiméal. Is fuath léi féin maonáis is citseap is anlann ar bith. Is maith léi a cuidse bia a bhlaisiú. Seans go bhfuil an ceart aige, nach bhfuil ann ach péire meisceoirí tar éis an tsaoil.

Ach seans eile go bhfuil duine éicint ag iarraidh brú a chur uirthi bogadh amach. Má tá, beidh uirthi réiteach a fháil ar an scéal sula ndéanfaidh sí aon cheo a shaighneáil. Níl inti ach séid-isteach. Seans go bhfuil súil ag duine éicint eile a teachín a cheannach dó féin. Nó b'fhéidir go bhfuil othar éicint ag iarraidh teacht i dtír uirthi. Duine ar nós Mags a bhí tar éis cinneadh a dhéanamh go raibh sí ró-mhíshlachtmhar. Nó, níos measa fós, duine ar chuir sí rud éicint ina leith. Nó deartháir Choilm. Is iontach an rud í an tsamhlaíocht agus tá sí buíoch go bhfuil a leithéid d'áis aici. Í breá láidir le próifíliú a dhéanamh. Ach caithfidh sí srian a choinneáil leis an tsamhlaíocht chéanna chomh fada is a bhaineann sé lena saol féin. Insíonn sí do Tom faoin ngasumpáil.

'Ní thabharfainn aird ar a leithéid,' ar sé. 'Níl an ceantálaí ach ag iarraidh praghas níos airde a fháil dá chliant. Mholfainn duit an fód a sheasamh.'

'Meas tú an bhfuil ceangal idir an ngasumpáil agus an ghloine bhriste?'

'Tá daoine aisteacha ina gcónaí sa gceantar seo, ceart go leor, ach níl siad chomh haisteach sin. An bhfuil tú ag coinneáil rud éicint uaim?'

'Nach bhfuil mé th'éis mianta mo chroí a nochtadh duit?'

'Aon cheo eile?'

'Tá tú cinnte nár mharaigh éinne beirt bhan Rúiseacha?'

'Go bhfios dom, níor mharaigh.'

'Áit a bhfuil toit.'

'Áit a bhfuil gealt.'

'Beidh tú in ann léamh faoi sa gcomhad,' ar sí ag síneadh eochair an tí chuige.

'An mbeidh tú ceart go leor anocht?'

'Beidh.'

Agus í ar a bealach amach as an gcaifé, ritheann sé léi nár luaigh sí an diabhal fón cliste le Tom. Ná níor roinn sí an t-eolas leis faoin gcaidreamh a bhí ag Niamh leis an Albanach, Callum. Fós féin, rinne an comhrá leis maith di. Tá caoi curtha ar an bpána gloine sa doras. Tá an t-aláram suiteáilte. Coinneoidh Tom súil ar an teachín agus í as baile. Agus nuair a fhillfidh sí beidh chuile shórt togha.

Buailfidh sí bóthar go luath ar maidin sa chaoi go sroichfidh sí Cluain Dolcáin roimh lón. Tabharfaidh sí cuairt ar Ionad Ghleann na Life. Lena siopaí móra Sasanacha. Féadfaidh sí clárú san óstán ansin agus cithfholcadh a ghlacadh roimh an léacht. Beidh sé go deas bualadh le Muiris arís.

Agus Cass ar an ollscoil bhí Muiris mar léachtóir aici i mbliain dheireanach na bunchéime agus arís mar mhaoirseoir agus í i mbun a máistreachta. Bhí sé an-aosta, nó b'in a bhraith sí nuair a casadh uirthi den chéad uair é, é seacht mbliana is scór bliain d'aois. Seacht mbliana níos sine ná í. Bheadh sé in aois a caoga cúig anois. An bhearna eatarthu beagnach ídithe, an bheirt acu beagnach ar comhaois lena chéile.

Tógadh Muiris le Gaeilge i Manchain Shasana. Cainteoirí ó dhúchas as Conamara ab ea a thuismitheoirí. Agus ainneoin a mhol a muintir dóibh, labhair siad Gaeilge lena mac ón lá a rugadh é. Cé go raibh Gaeilge bhinn Iarthar na hÉireann aige, ba é Béarla Mhanchain a tháinig óna bhéal agus é i mbun léachta. Diceatóime cheart a bhraith sí a bhí sách aisteach go dtí gur bhog sí siar. Cé go bhfuil Gaeilge bhinn ag muintir na háite, bíonn Béarla Shasana le cloisteáil uathu siúd a chaith seal i Sasana. Go minic agus í san ollmhargadh, braitheann sí go bhfuil sí ar strae istigh i lár sheit de chuid *Eastenders*.

Déanann Cass iarracht Muiris a shamhlú faoi mar atá san am i láthair. An mbeidh sé ramhar? Maol, seans? Dearg san aghaidh? An mbeidh loinnir ina shúil fós? Níos tábhachtaí fós, cén chaoi a mbeidh Megan? Suíonn sí isteach sa charr agus cuireann nóta chuici:

Megan,
An-deas cloisteáil uait. Fíorbhrón orm nach bhfuair mé an deis labhairt leat ag an gcuimhneachán míosa. Go raibh míle maith agat as teacht.
Beidh mé i mBaile Phámair arú amárach. Ba bhreá liom thú a fheiceáil. Ar mhaith leat castáil liom in Óstán Buchanan's, áit a mbeidh mé ag fanacht, nó áit ar bith eile a fheileann duit?
Cass x

Agus í ag tiomáint soir i dtreo Bhéal na hAbhann, osclaíonn sí an díon gréine agus sileann aer úr na farraige isteach ina carr. Anseo is ansiúd bíonn crónán na n-iomairí léana le cloisteáil is an féar á ghearradh acu mar aon le fothram na meascthóirí stroighne taobh le frámaí na dteach nua atá ag éirí aníos as an talamh. Chuile mheaisín ag obair ar bhonn práinne sula dtiocfaidh laethanta gearra fuara an gheimhridh.

Leath bealaigh síos a bóithrín féin cloiseann sí aláram ag bualadh. A haláram féin. Tugann sí scuadcharr faoi deara lasmuigh dá teachín. Nach deireanach atá na Gardaí ag teacht i gcabhair uirthi? Beirt acu ina seasamh lasmuigh sa gharraí. An Garda Ó Murchú agus an Garda Ní Dhireáin. Cnaipí a n-éidí ag lonrú faoi ghathanna na gréine. Na gathanna céanna ag lonrú ar ghluaisrothar. Fear óg, Gearóid, ag argóint leis an nGarda Ó Murchú. Ansin, í ag druidim leis an teachín, gathanna na gréine ag rince ar charn seodra. Seodra? Sa gharraí? Ní fada go bhfaigheann Cass amach céard is cúis leis an taispeántas.

'Dia dhuit, a Bhean Uí Chaoimh,' arsa Ní Dhireáin, agus Cass ag éirí as suíochán a cairr.

'Heileo!' arsa Ó Murchú, a mhéar á síneadh i dtreo Ghearóid aige. ''Bhfuil aithne agat ar an leaid seo?'

'Tá. Is cara liom é. Gearóid Breasal.'

'Hi, Cass,' arsa Gearóid.

'An bhféadfaimis labhairt leat istigh sa teach?' arsa Ní Dhireáin.

'Nóiméad amháin,' arsa Cass ag casadh i dtreo an ghrianáin nó i dtreo an mhéid den ghrianán atá fágtha.

Os a comhair amach tá fráma bán. San áit a mbíodh grianán. Mar a bheadh teach cártaí ar tí titim. Ag clúdach an phíosa féir os a chomhair amach tá smidiríní na bpánaí scaipthe, iad ag lonrú mar a bheadh toradh saothrú bliana mianaigh.

'A Bhean Uí Chaoimh,' arsa Ní Dhireáin.

Bogann Cass i dtreo an dorais thosaigh agus casann an eochair ann. An pána úrnua ag lonrú ann mar a bheadh sé ag magadh fúithi.

'A Cass!' Cloiseann sí guth Ghearóid taobh thiar di.

'Ar ball, a Ghearóid,' ar sí leis. Isteach léi sa halla, áit a gcasann sí an t-aláram as. Leanann an bheirt Gharda chuig an seomra suí í. Síneann sí a méar i dtreo na gcathaoireacha uilleann. Fanann an bheirt ina seasamh.

'Is cosúil go bhfuil duine éicint ag bagairt ort,' arsa Ní Dhireáin.

'Is cosúil go bhfuil.'

'An cuma leat má bhreathnaíonn muid thart? Féachaint bhfuil éinne fós ar an láthair. Ar tharla aon cheo cheana?'

'Níor tharla, seachas an méid aréir. Tá an tuarascáil sin agat, is cosúil.'

'Tá. An leatsa an teachín?'

'Is le Gearmánach é. Tá sé ar intinn agam é a cheannach.'

'Mar sin é?' arsa Ní Dhireáin, ag breathnú i dtreo na smidiríní. 'Níl éinne, go bhfios duit a dhéanfadh a leithéid?'

'Níl.'

'Éinne a bhfuil nó a mbeadh aon cheo acu id' choinne?'

'Go bhfios dom, níl.'

'Agus an leaid óg?' arsa Ó Murchú, ag breathnú i dtreo Ghearóid atá sínte lasmuigh sa gharraí.

'Faoi mar a dúirt mé cheana, is cara liom é.'

''Bhfuil aithne mhaith agat air?'

'Níl, ach tá ar a athair, an Cigire Tom Breasal.'

Breathnaíonn Ó Murchú i dtreo Ní Dhireáin, é ag tarraingt siar a ghuaillí leathana, cuma níos cruógaí ag leathnú ar a ghnúis. Is léir go bhfuil aird á tabhairt uirthi anois. Thart ar fud an tí leis an mbeirt acu ag breathnú i ngach seomra agus i ngach cófra iontu siúd. Isteach le Cass chuig an ngrianán, nó a bhfuil fágtha de. Is ansin a chuimhníonn sí ar an maidrín.

'A mhaidrín, cá bhfuil tú? A mhaidrín, gabh i leith!'

Ach ní chloiseann sí na céimeanna beaga a bhfuil sí tar éis dul i dtaithí orthu, nó an tafann sona a dhéantar nuair a thairgeann sí babhla bia dó. Tugann sí faoi deara go bhfuil an babhla beag briste ina smidiríní, na píosaí buí cré measctha leis na píosaí gloine is le duilleoga agus cré a cuid plandaí atá caite amach as a bprócaí. Níl tásc ná tuairisc ar an maidrín. An t-aon rud a d'fhéadfadh sí brath air agus tá sé imithe.

Tar éis dóibh leathuair a chaitheamh ag útamáil thart bailíonn na Gardaí leo. Agus an carr ag sleamhnú anuas an bóithrín i dtreo an bhaile, agus an doras fós ar oscailt aici, isteach de rúid le Gearóid.

'Céard a tharla?' ar sé.

'Níl leid ar bith agam, is dá mbeadh, tusa an duine deireanach a d'inseoinn dó faoi.'

'A Cass, níl tú i ndáiríre!'

'Níl mé ag iarraidh a léamh ar an bpáipéar faoin duine a bhíonn ag dul thar bráid ag briseadh gloine ghrianáin.'

'Meas tú cé a rinne é?'

'Níl leid dá laghad agam.'

An méid sin ráite ag Cass, braitheann sí tuirseach. Níos mó ná sin, braitheann sí go bhfuil sí á clúdach féin le fallaing imní. Le deireanaí, den chéad uair riamh ina saol, bhraith sí sona. Anois tá an sonas sin á ídiú lá i ndiaidh lae. Mar a bheadh pionós á leagan uirthi. Mar a bheadh Dia, nó Bé, nó cibé Duine atá amuigh ansin ar an domhan mór, ag iarraidh ceacht a theagasc di. Á rá léi: Níl an sonas seo tuillte agat. Caithfidh tú tréimhse eile a chaitheamh i bpurgadóir an domhain sula gceadófar duit socrú síos agus sult a bhaint as an saol. Níl aon leathbhádóir aici le cúrsaí a phlé leis nó léi. Ach an raibh riamh? Tá Tom ann, ar ndóigh. Tá Imelda ann. An bheirt acu chomh cruógach sin. Gan éinne thart le labhairt leis, seachas Gearóid atá ag an bpointe seo ag tairiscint cupán caife di.

'Go raibh maith agat.'

'Tá brón orm, a Cass, ní fiosrach a bhí mé. Bhuel, is ea, is dócha go raibh, ach roghnóinn cairdeas thar scéal.'

Sea, a Robert Maxwell, arsa Cass léi féin ag caitheamh siar an chaife. Gheobhadh Gearóid jab i Starbucks mura n-éiríonn leis mar iriseoir. Seans nár chóir di dul chuig an gcathair anois in aon chor.

Suíonn an bheirt acu chun boird. Caithfidh gur thug scéala éicint Gearóid anoir chuici. Ní fada go n-insíonn sé di go ndearna sé fiosrúchán faoi an mbíodh bráisléad cairdis á chaitheamh ag Niamh.

'An rud a fuair mé amach nach mbíodh a leithéid á chaitheamh aici ach, faoi mar a bhí mé ag ceapadh, bhí suim aici rudaí beaga ar nós taipéisí a dhéanamh.'

'Go raibh míle maith agat as mé a chur ar an eolas faoin méid sin, a Ghearóid.'

'An mbeidh tú ceart go leor anseo i d'aonar anocht?' ar sé.

'Beidh mé as baile go ceann cúpla lá,' ar sí.

'D'fhéadfainn súil a choinneáil ar an áit dhuit agus tú as baile.'
'Tá sé ceart go leor, go raibh maith agat.'
Míníonn sí do Ghearóid faoin socrú atá déanta aici lena athair.

Breathnaíonn sí air, a chos á caitheamh thar a ghluaisrothar aige. Bhí sé tar éis lámh chúnta a thairiscint di agus sise tar éis glacadh lena chúnamh. Idir an bheirt acu ba ghearr go raibh na smidiríní scuabtha isteach sa choimeádán a bhí ceannaithe aici don mhóin. Ach céard a dhéanfaidh sí leo? Ní fhéadfaí an sórt seo gloine a athchúrsáil, faoi mar a mhínigh Gearóid di. Ar ámharaí an tsaoil níl an ghloine briste in aon doras nó in aon fhuinneog. Tabhair am dó, nó di, cibé duine a bhfuil feitis ann nó inti gloine a bhriseadh. Cibé gealt, othar, iarothar, comharsa, Gearmánach, Rúiseach atá ag cur isteach uirthi, i dtigh an diabhail leo.

Le dhá sheachtain déag anuas rinne sí a dícheall saol úrnua a shnoí di féin. Ina haonar. Gan cúnamh ón gcúpla. Agus, cé gur éirigh léi tabhairt faoi dhúshlán i ndiaidh dúshláin, níor éirigh léi freagra sásúil a fháil ar a bhfuil ag titim amach ina teachín. Ná ceist bhás Niamh a réiteach ach oiread.

Sa Chathair

Leagann Cass a cuid éadaigh isteach ina cás go cúramach. A culaith thurcaid. A pitseámaí silíneacha. Í ag súil go mór le fanacht san óstán ina mbeidh léacht Mhuiris ar siúl. Seans maith go mbeidh seisean ag fanacht ann freisin. Caithfidh sí siar deoch nó dhó. Beidh an-*time* go deo aici. Bhí sé tuillte aici, tar éis an méid a bhí fulaingthe le deireanaí aici. Braitheann sí tuirseach fós cé gur éirigh léi néal a fháil i rith na hoíche. Seans nach rachaidh sí chuig an léacht in aon chor. Seans nár chóir di an teachín a cheannach. Seans nár chóir di comhairle a lorg óna mac. Seans gur drochmháthair í. Nár chóir di a bheith ag iarraidh comhairle a chur ar dhaoine eile.

Cuimhníonn sí ar an téacs a fuair sí ó Megan ag deimhniú go nglacfadh sí maidin shaor óna cúrsa agus go gcasfadh sí uirthi i bhforhalla an óstáin ar a naoi a chlog an lá dár gcionn. Cén saghas saoil atá ag an gcailín in aon chor? Sách cosúil leis an saol a bhíodh aici féin, seans, agus í ag fás aníos. Ritheann sé léi go mb'fhéidir go mbainfeadh Vanessa tairbhe as olann agus trealamh Niamh. Isteach sa chás leo ar bharr a cuid éadaigh.

Agus í ag tiomáint soir ar an mótarbhealach, scinneann comharthaí na mbailte thairsti. Béal Átha an tSlua. Áth Luain. Cionn Átha Gad. An uair dheireanach a thug sí an turas soir, le haghaidh shochraid a dearthár, Cathal, ní raibh an mótarbhealach críochnaithe. Ní raibh Liam in ann teacht léi an uair sin mar go raibh a mháthair tinn. Níos mó ná sin níor theastaigh uaithise go rachadh a macsa i bhfogas ceantair a bhí chomh dealúsach le Baile Formaid. Agus, ós rud é gur maraíodh Cathal in ionsaí dúiche buíne, is dócha go raibh sí buartha go lámhachfaí a macsa chomh maith. Mar a tharlaíonn sé, níor ciontaíodh éinne sa dúnmharú sin. Labhair Cass agus a deartháir, Pól, athair Megan, leis na Gardaí ach sásamh ar bith ní bhfuair siad. Bliain ina dhiaidh sin d'imigh Pól ar iarraidh.

Tá Cass deireanach ag baint Óstán Buchanan's amach toisc gur theastaigh uaithi caoi a chur ar an teachín sular bhuail sí bóthar agus is éigean di a cuid siopadóireachta a chur ar ceal. Isteach léi chuig an bhfáiltiú áit a seiceálann sí isteach. Ar sheastán in aice an ardaitheora tá póstaer faoi léacht Mhuiris. An dúnmharfóir srathach a bheidh faoi chaibidil aige anocht. Go deas, a Mhuiris! Tugann sí an cárta beag a scríobh sí dó ar ball don fháilteoir.

Níos deireanaí, tar éis di greim beag a fháil le hithe sa bhialann, agus í ar a bealach isteach chuig an mbálseomra, áit a mbeidh an léacht ar siúl, glaonn an fáilteoir uirthi. Tá nóta aici di. Osclaíonn Cass an clúdach litreach.

> Cass, a stór,
> A luaithe a bheidh mé in ann éalú casfaidh mé leat san
> Intrepid Fox. Thíos an bóthar, an chéad phub ar chlé.
> Muiris

A stór! Nach eisean atá dána. Ní mar sin a labhraíodh sé léi agus í ar an gcoláiste.

Roghnaíonn sí suíochán i lár an bhálseomra agus breathnaíonn ar an mórshlua atá ag plódú isteach ann. Mná den chuid is mó. Mná meánaosta. Mná fionna a bhformhór. Iad gléasta sna cultacha Aria a chaitheadh sise sa saol eile sin a bhí aici fadó. Iad ar bís le cloisteáil faoi shonraí an bháis. Le fáil amach an aithneoidís dúnmharfóir srathach dá gcasfaí a leithéid orthu. An mbeadh an t-olc le sonrú ina ghnúis nó ina shúile? Fiche nóiméad níos deireanaí agus an áit lán, siúlann Muiris suas chuig an ardán beag atá ceaptha do bhuíon cheoil. A luaithe a thagann sé ar an ardán briseann bualadh mór bos amach. Déanann Muiris comhartha agus, de réir a chéile, déantar an torann a thost.

Le breathnú air, tá sé fós dathúil. A chuid gruaige liath anois. Spléaclaí léitheoireachta air. Culaith deinim. Níor chaill sé riamh an draíocht a bhain leis, áfach. An íomhá phoiblí á cur chun tosaigh aige a deir gur fear láidir cumhachtach é, ach is maith a thuigeann Cass gur fear cúthail é taobh thiar den íomhá chéanna. Braitheann sí go bhfuil sí ina girseach arís, í sáinnithe i seomra léachta amuigh i mBelfield.

Ríomhann Muiris na tréithe a bhíonn le sonrú sa dúnmharfóir srathach go hiondúil. Go minic, fear atá ann. Ach an fíor a mbíonn le feiceáil ar an teilifís? Céard iad na leideanna a bheadh le sonrú i d'fhear nó id' mhac, id' dheartháir nó i d'athair dá mba dhúnmharfóir srathach é? Is duine é atá cliste, a dhéanann chuile ghné den ghníomh brúidiúil a phleanáil; nach bhfágann aon rian ina dhiaidh. Go minic leanann sé an t-íospartach, á stácáil ar feadh tréimhse roimh ré.

Luann sé Ted Bundy. Fred West. Dennis Nilsen. Tá an-tóir ar eolas faoina leithéid san am i láthair. Is cosúil go bhfuil lucht féachana teilifíse, den chuid is mó, bréan de bhreathnú ar shraitheanna coirscéinséirí ina mbíonn chuile shórt scríofa ag foireann scriptscríbhneoirí. An fhírinne atá uathu anois, rud a chiallaíonn go mbíonn éileamh ar chláir ar nós *Making a Murderer, Forensic Files, Unsolved Mysteries*. Mar thoradh ar an éileamh sin, bíonn tóir ar an bhfíorscéal mar ábhar léachta. Is saineolaí é Muiris ar an ábhar sin.

Dar leis na sraitheanna coirscéinséirí, glacann sé ceathracha nóiméad an dúnmharfóir srathach a aithint, nó séasúr de chláir ceathracha nóiméad. Is duine é a fhanann amuigh go deireanach. A mbíonn féachaint aisteach ina shúile. A bhíonn neirbhíseach. A bhfuil fuil ar a lámha. Fonn na fola ag sní trína chuisle. Déanann sé an éagóir ina cheantar féin go hiondúil. Fear éirimiúil é go minic a bhfuil aithne aige ar an duine a mharaítear. Tarlaíonn sé, scaití, go maraítear an chéad duine trí thimpiste. Mothaíonn an dúnmharfóir an t-aidréanailín ag rith tríd. Sásaítear riachtanas ann. Is gá duine eile a mharú leis an siabhrán sin a bhaint amach in athuair. Agus, le himeacht ama, is gá é a dhéanamh arís agus arís eile.

Tá an méid sin ar eolas ag Cass cheana féin. Agus ag an lucht éisteachta, mar is léir ón gcaoi a bhfuil siad ag sméideadh a gcloiginn, a n-aghaidh lasta, ag baint lán suilt as chuile fhocal. An chosúlacht orthu go bhfuil na céadta coirscéinséirí léite acu agus na céadta sraitheanna teilifíse feicthe acu. Agus go dtabharfadh siad a bhfaca siad riamh ach an deis a fháil a bheith i gcuideachta Mhuiris.

Ní hamháin nár chaill Muiris a chumas mar léachtóir, is amhlaidh go bhfuil sé tar éis dul i bhfeabhas. Níor chaill sé a chumas mar shíceolaí ach oiread. Mar go mbraitheann Cass gur uirthise amháin atá an léacht dírithe. Chuile uair a scinneann a shúile thar an seomra braitheann sí gur uirthise atá siad ag breathnú. Faoi mar a bhraitheann chuile bhean eile, ar ndóigh.

Tarraingíonn Muiris léaráid ar an gclár bán. Cruthaíonn sé carachtar agus cás a eascraíonn as gníomhartha an charachtair chéanna agus cuireann scéal i láthair an lucht féachana. Faightear corp mná ar an láthair seo agus ar an láthair siúd. Sé bliana idir an dá bhás. Níl na póilíní in ann éinne a chiontú. Déanann siad fiosrúcháin mar is cóir. Níl lorg ADN le fáil ar cheachtar den dá chorp. Cé go bhfuil cosúlachtaí idir na mná, níl na sonraí uilig mar an gcéanna. Anois, le cúnamh ón lucht féachana, cruthaítear tuilleadh sonraí agus pléitear an cás. In éindí a chéile déanann Muiris agus an lucht féachana próifíl a chruthú. Agus leideanna á leanúint acu, éiríonn leo an coirpeach a aimsiú.

Míníonn Muiris an difríocht idir *modus operandi*, an chaoi ina gcuirtear an gníomh brúidiúil i gcrích, agus an stíl inaitheanta féin, lorg pearsanta nach bhfuil aon ADN le sonrú air, a bhíonn ag an gcoirpeach. Sméideann an lucht éisteachta a gcloigeann in athuair. Braitheann siad sona. Toisc go raibh an méid sin ar eolas acusan. D'fhéadfadh siad breith ar dhúnmharfóir. B'in a bhí ar intinn ag Muiris. Is le chéile a bhéarfaidís air. Nach cumasach an léachtóir é – an chaoi a bhfuil sé in ann chuile dhuine a spreagadh? Muinín a chruthú iontu féin? Nach cliste an scabhtaer go deimhin é!

Agus an léacht críochnaithe, leanann díospóireacht bhríomhar faoi dhúchas agus oiliúint. Dar le Muiris is mar thoradh ar ADN iad na tréithe síocóiseacha seachas an chaoi inar tógadh an duine a chruthaítear an dúnmharfóir. D'fhéadfadh go ndearna a thuismitheoirí faillí ann nó gur mí-úsáideadh é ach go minic bíonn saol normálta aige agus é ag fás aníos.

Leanann ceisteanna amaideacha ina dhiaidh sin. An ndearna OJ Simpson é? Céard faoi Michael Jackson? Déanann Muiris a dhícheall iad a fhreagairt ach is léir do Cass go bhfuil sé tuirseach. Breathnaíonn sé ar a uaireadóir agus gabhann buíochas leis an lucht féachana as teacht agus fágann slán acu. Agus an bualadh bos in ard réime teitheann sé ón ardán. Teitheann Cass óna suíochán, a seaicéad ina glac aici sa chaoi go mbaineann sí an pub amach roimhe.

'A Cass,' ar sé, ag déanamh uirthi lasmuigh den doras.

'Tá tú fós in ann an lucht éisteachta a mhealladh led' ghlór binn.'

'Agus tá tusa chomh tarraingteach céanna is a bhí riamh,' ar sé, lán a dhá shúil á bhaint aige aisti. Braitheann Cass go bhfuil luisne ag éirí aníos óna scornach go dtí baithis a cinn. Ná habair go gceapann seisean gur coinne rómánsúil é seo. Agus ise ag iarraidh labhairt leis go proifisiúnta.

Isteach sa phub leo.

'Céard a bheas agat?' ar seisean.

'Fíon geal, led' thoil. *Sauvignon blanc.*'

Ordaíonn Muiris pionta Guinness dó féin agus suíonn an bheirt acu le hais tine gáis a bhfuil lasracha ag spréacharnach inti gan aon teas á chaitheamh astu.

'An bhfuil a fhios agat,' ar sé, 'an rud is mó a airím uaim sa mBreatain Bheag ná an pionta Guinness.'

'Tá cónaí ort sa mBreatain Bheag?'

'Le deich mbliana anuas. Im' léachtóir in Ollscoil na Breataine Bige Theas. Bhí mé idir dhá chomhairle faoi theacht anseo anocht.'

'Bhí iontas orm, caithfidh mé a rá, go mbeifeá ag labhairt mar chuid dá leithéid de shraith.'

'Gar atá ann. Níl aon tsuim agam sa tsíceolaíocht don phobal.'

'B'in a bhí mé ag ceapadh.'

'Aon uair a bhím saor, caithim mo chuid ama i mbun taighde. Agus tusa, inis dom fút féin. Céard a bhí ar siúl agat féin leis na blianta anuas? Tuige nár tháinig tú chuig mo léachtaí cheana?'

'Cheana?'

'Tagaim anonn chuile bhliain leis an léacht chéanna a thabhairt, ar ábhair éagsúla, ar ndóigh.'

'Gar bliantúil, má sea.'

'D'fhéadfá a rá.'

'Nó deis piontaí a ól.'

'Níor fhreagair tú mo cheist.'

'Tá mé ag obair go páirtaimseartha san Ionad Leighis áitiúil.'

'Agus?'

'Tá mé ag obair in éindí leis an nGarda Síochána thiar.'

'Thiar?'

'Tá cónaí orm i gConamara san am i láthair.'

'Agus?'

'Ól suas do phionta, a Mhuiris. Tá tú ag cur an iomarca ceisteanna orm.'

'Is deas a chloisteáil go bhfuil tú ag obair leis na Gardaí. Bhí tú go maith ariamh ag anailísiú na hinchinne coiriúla.'

De réir mar a imíonn an oíche, tugann Cass gearrinsint dó ar an saol a bhí aici ón uair dheireanach a chonaic sí é. Seacht mbliana is fiche ó shin. Sea, phós sí an dochtúir sin. Céard faoi féin? Scar sé óna bhean dhá bhliain déag ó shin. Tá mac amháin aige. Daffyd. Déagóir.

Agus na deochanna á gcaitheamh siar ag an mbeirt acu, pléann siad an inchinn choiriúil. Luaitear cásanna nár réitíodh riamh, ar nós chás Mary Boyle, an cailín óg i nDún na nGall a d'imigh gan tásc gan tuairisc. Dar le Muiris gur iomaí dúnmharú a coinníodh faoi cheilt san am atá thart agus atá á choinneáil faoi cheilt san am i láthair. Mar shampla, is féidir daoine a bhá gan éinne a fháil amach faoi. Agus ní raibh sí ag obair mar shíceolaí ar feadh na mblianta fada roimhe sin? Ba mhór an chaill í sin.

Daoine a bhá? Ar éigean a bhfuil Cass in ann a chreidbheáil go bhfuil cur amach aige ar an ábhar céanna a bhfuil suim curtha aici ann le tamall anuas. Insíonn sí dó faoin tubaiste a tharla ar an trá in aice lena teachín. Faoi Niamh.

'Fan nóiméad, a Cass. Cuireann tú cás eile i gcuimhne dom. Bhí mise ar saoire ar Oileán Mhanann cúpla bliain ó shin. Tharla rud a bhí sách cosúil leis an gcás seo. Ní raibh féile ar siúl, an raibh?'

Tá Cass ar bís. Insíonn sí scéal Niamh agus Áine dó. Ó thús deireadh. Mar a tharlaíonn sé, tá mic léinn iarchéime Mhuiris ag déanamh taighde faoi dhaoine a bádh. Tá staitisticí carntha acu faoi na híospartaigh, cuid acu a bádh san fholcadán, cuid eile san fharraige nó san fhionnuisce. Cuirfidh sé chuici iad agus féadfaidh sí a cuid féin a dhéanamh díobh.

Siúlann sí ar ais chuig an óstán in éindí leis. Í sona sásta léi féin. Suas leo san ardaitheoir. Ríméad uirthi gur tháinig sí aniar.

An Lá dár gCionn

Is é an solas ó ghathanna na gréine, atá ag lonrú isteach faoi bhun dhallóga an tseomra, a dhúisíonn Cass an mhaidin dár gcionn. Tá fothram nach n-aithníonn sí le cloisteáil lasmuigh den doras. De réir a chéile tuigtear di cá bhfuil sí. Cuimhníonn sí siar ar an oíche aréir. An oíche ar thit sí isteach sa leaba in éindí le Muiris. An rud deireanach a bhí uaithi. Caithfidh go raibh sí as a meabhair. Eisean a hiarléachtóir. Ní dhéanfadh sí a leithéid murach gur bhraith sí leochaileach mar gur tugadh fúithi ina teachín. Murach go raibh imní uirthi go dtarlódh sé arís. Murach gur ól sí an iomarca. Agus bhí seisean chomh dona céanna léise. Ag caitheamh siar a phiontaí.

Síneann sí a lámh amach i dtreo an taoibh eile den leaba. Ach níl sé ann. Braitheann sí rud éicint atá beagáinín tais agus garbh ar a philiúr. Casann sí thart len é a scrúdú. Bun crobhainge atá ann. Crobhaing de rósanna dearga a bhfuil nóta greamaithe di.

> Cass, a stór,
> B'éigean dom éirí in am don eitilt. Bhí tú chomh sona sin id' luí ansin nár theastaigh uaim thú a dhúiseacht. Beidh mé i dteagmháil leat sula i bhfad.
> Grá
> Muiris

Grá. Muiris! Chomh sona sin. Ar ndóigh, bheadh sí níos sona dá ndúiseodh sé roimh ré í. Dá bhfágfadh sé slán ceart aici sular léim sé isteach ina thacsaí. An fothram sin arís. *Hoover* atá ann. Duine éicint ag obair go crua amuigh sa dorchla. Cén t-am é?

Éiríonn Cass as an leaba agus cuardaíonn a huaireadóir. A leath i ndiaidh a deich a chlog. Cá mhéad uair an chloig a bhí caite aici sínte ina haonar sa leaba? Mhínigh Muiris di go raibh a eitleán le himeacht ar a hocht a chlog. Caithfidh go raibh sé ina shuí ar a cúig, imithe ar a sé. Agus ise ina codladh go sámh. A leath i ndiaidh a deich – ní bheadh sí in am don bhricfeasta. An bricfeasta – nach raibh sí le casadh le Megan ar a naoi i mbialann an óstáin? In ainm Dé!

Caitheann sí uirthi a cuid éadaigh go sciobtha. Amach léi i dtreo a seomra féin agus isteach léi gan mhoill sa chithfholcadh le hord agus eagar a chur uirthi féin don lá úr a bhfuil praiseach déanta aici de cheana féin. Tuige nach bhféadfadh an saol a bheith simplí? Tuige an raibh uirthi rogha a dhéanamh i gcónaí, idir rud amháin agus rud eile? Oíche sa sac in ionad bricfeasta lena neacht? Caithfidh sí a bheith i mbarr a maitheasa amach anseo. Tá sí chun breith ar an lá seo agus ar chuile lá eile a thiocfadh ina dhiaidh. Tá chuile shórt uaithi. An oíche sa sac agus an bricfeasta. Ní hé go bhfuil sí santach. Níl sí eagraithe. Sin an méid. Bheadh chuile shórt aici ach amháin í féin a eagrú agus dúshlán a chur fúithi féin chuile dheis a thiocfadh ina treo a thapú. Agus dá dtitfeadh an tóin as an saol ní bhraithfeadh sí ciontach mar nach mbeadh sí ciontach.

Idir an dá linn beidh uirthi Megan a cheansú. Glaonn sí ar uimhir a fóin phóca. Casta as. Fágann sí teachtaireacht. Fiafraíonn sí den bhean Pholannach ag an bhfáiltiú, agus í ag saighneáil a cárta creidmheasa le haghaidh seomra nár chaith sí oíche ann, agus le haghaidh bricfeasta a raibh sí ródheireanach dó:

'Was anyone looking for me earlier?'

'What room were you in?'

'111.'

'No. There wasn't.'

'You sure?'

'Excuse me,' arsa cailín óg Iodálach atá ag breathnú trí liosta. 'A girl was here looking for Cass O'Keev.'

'That's me.'

'I phoned the room but no one answered.'

'Around nine, was it?'

'Yeah.'

'Did she leave a message?'

'No. Sorry.'

Fágann Cass slán acu beirt agus tiomáineann i dtreo Bhaile Formaid.

Is ar éigean atá Cass in ann iarthar na cathrach a aithint. Agus í ag fás aníos bhíodh bailte beaga, ar a dtugtaí na bruachbhailte, lonnaithe thart timpeall ar imeall na cathrach mar a bheadh spotaí beaga i leabhar gníomhaíochtaí do pháistí. Baile Formaid. Baile Phámair. Baile Bhailcín. Cluain Dolcáin. Eatarthu bhí goirt. Is ainmhithe le feiceáil iontu. Beithígh. Capaill. Caoirigh. Anois tá na bailte céanna ceangailte le chéile le sraitheanna tithe.

Ar aghaidh léi chuig an mótarbhealach a shíneann soir, an ceann céanna ar tháinig sí aniar air, a bhfuil fobhealaí ag imeacht uaidh i ngach treo, comharthaí orthu atá doléite go dtí go mbíonn sí sa mhullach orthu. Ní nach ionadh go nglacann sí an bealach amach mícheart. Ar deireadh sroicheann sí Timpeallán na Bó Deirge ach cailleann sí an casadh atá uaithi. Is léir gurb fhada an lá ó bhí beithíoch d'aon sórt ag cogaint na círe i bhfogas na háite seo. Tá sí leath bealaigh go Tamhlacht sula bhfaigheann sí an deis castáil timpeall agus gearradh ó thuaidh go Baile Formaid.

Tá an baile féin mar a bhíodh. Na tithe ina línte liatha ach cé go bhfuil na mórscoileanna fós ann, agus na céadta gasúr amuigh sa chlós ag súgradh, tá cuma níos socra ar an áit, amhail is go bhfuil na gasúir fhiáine uilig a bhíodh ann tar éis crochadh leo. Mar is iondúil in aon chathair, tá a lán seanbhan le feiceáil ag brú a dtralaithe rompu, agus go leor máithreacha óga ag brú a mbugaithe rompu. Fad is atá na fir amuigh ag obair nó sínte siar sa bhaile.

Caitheann Cass súil ar a huaireadóir agus í ag castáil isteach sa tsráid inar tógadh í. Níl mórán athruithe le sonrú inti ach go bhfuil na crainn agus na sceacha tar éis éirí in airde agus go bhfuil póirsí nua greamaithe de chuid mhaith tithe. Dúirt Megan go nglacfadh sí maidin shaor óna cúrsa. Tá sé leath i ndiaidh a dó dhéag anois. An bhfanfadh sí sa teach, nó céard a dhéanfadh sí nuair a lig a haintín síos í?

Braitheann Cass aisteach ag siúl suas an cosán chuig an doras tosaigh.

Tá cóta úr péinte corcra díreach curtha air. Agus cuma dheas néata ar an áit i gcoitinne. Is cosúil gur caitheadh airgead air le deireanaí: tá rósanna buí ag fás sa gharraí agus crócaí, geiréiniamaí bándearga ar na céimeanna tosaigh. Buaileann Cass ar an gcloigín ach ní thagann éinne chun an dorais. Glaonn sí ar fhón Megan ach fós ní fhreagraíonn sise é. Siúlann Cass thar thaobh an tí agus breathnaíonn isteach sa chúlgharraí a bhfuil cuma dheas néata air freisin. Seanluascán ag a bhun agus linn bheag ina lár. Caithfidh go bhfuil éisc de shaghas éicint sa linn chéanna mar go bhfuil cat ramhar ina shuí ar an gcúlbhalla ag stánadh isteach san uisce.

Agus í ar a bealach ar ais chuig a carr feiceann Cass ógbhean ag druidim léi. Gruaig chorcra uirthi mar aon le fáinne sróine, buataisí móra, riteoga stríocacha, geansaí oráiste.

'A Megan. Aiféala orm gur chaill mé níos túisce thú.'

Stánann Megan ar a haintín. Níl a fhios ag Cass ar chóir di barróg a bhreith uirthi nó a lámh a chroitheadh. Beartaíonn sí gan ceachtar acu a dhéanamh.

''Bhfuil tú ag iarraidh tuilleadh a fheiceáil?' ar Megan, íoróin ina guth.

'Tá. Má fheileann sé duit.'

Gan focal eile aisti osclaíonn Megan doras an tí agus leanann Cass isteach sa halla í. Tá an áit athraithe as cuimse. In ionad na seanbhrat a bhíodh ag clúdach na n-urlár, tá na hurláir chéanna nocht agus an t-adhmad iontu snasta le vearnais. Is mar an gcéanna é leagan amach an tí. An parlús beag leis an bpianó ag an tús, an seomra suí le mórtheilifíseán taobh thiar de sin agus an chistineach, áit a bhfuil gach áis ag lonrú i measc na bpriosanna gorma cláir snáithínigh, ar chúl.

'Tá an áit ag breathnú go hálainn, a Megan.'

'Bhí tú ag rá?'

'Tá aiféala orm faoin mbricfeasta, a Megan. Níor dhúisigh mé in am. Rinne mé iarracht glaoch ort.'

'Bhí mé rite as creidmheas.'

'Is deas thú a fheiceáil. Agus is maith liom do chuid gruaige.'

Leathann miongháire ar bhéal Megan.

'Mo rogha dath. Tae nó caife?'

'Tae, led' thoil.'

Ainneoin na híomhá atá Megan ag iarraidh a chruthú is léir gur cailín dathúil í. Nó, b'fhéidir gur léir sin cheana féin don ghlúin lena mbaineann sí. Bhí sí láidir riamh ainneoin, nó mar gheall ar, an dá thragóid a bhain di agus í níos óige.

Is óna máthair chaoin, Dolores, a ghlacann sí na ceannaithe dathúla – an béal leathan, na súile glasa, an tsrón dhíreach, na cnámha grua suntasacha agus an ghruaig atá fionn, go nádúrtha.

Frítheadh Dolores marbh i leithreas i bpub i Sráid Thomáis. Í caochta, drugaí glactha aici. Ag an am, ní raibh Cass in ann teacht aniar don tsochraid. Bhí máthair Liam san ionad dianchúraim in ospidéal na Gaillimhe. Agus ní raibh sí in ann a bheith sa dá áit ag an am céanna. Mhol Liam di fanacht. Bhagair sé uirthi fanacht. Bhí Dolores marbh. Ní raibh aon ghaol aicise léi. Bhí a mháthairse beo. B'fhearr aire a thabhairt don bheo seachas don mharbh. Ach ba ar an mbeo a bhí Cass ag smaoineamh, go háirithe ar Megan. Ní raibh sí ach trí bliana déag d'aois ag an am, í díreach tar éis tosú ar an meánscoil. Bhí sí níos sine nuair a bhain an dara tubaiste di am a ndeachaigh a hathair ar iarraidh.

Sin ráite, is cosúil gur bean láidir dhiongbháilte í Megan. Tá sí fós ar an bhfód. Agus tá ag éirí léi, de réir cosúlachta.

'Tá an teach ag breathnú go hálainn, a Megan.'

'Dúirt tú é sin cheana.'

'Is breá liom na priosanna agus na gléasanna airgid.'

'D'éireofá bréan den mbán.'

'Is fíor dhuit.'

'Ach níl tú in ann a dhéanamh amach céard as a dtáinig an t-airgead le n-íoc as seo uilig?'

'Ní bhaineann sin liomsa a bheag nó a mhór.'

'Ach tá tú ag cruthú féidearthachtaí id' chloigeann.'

'Seans go bhfuil.'

'Roinnfidh mé rud nó dhó leat. Bhuaigh mé cúpla euro sa gCrannchur

Náisiúnta arú anuraidh.'

'Is cuimhin liom anois, bhí tú i gcónaí ag buachan duaiseanna.'

'Caithfidh gur sciob na duaiseanna sin an t-ádh go léir a bhí i ndán dom.'

'Ní dhéarfainn é sin.'

'Ní dhéarfainnse ach oiread é san am i láthair. Ach chreidinn é le linn na mblianta úd a chaith mé sáinnithe anseo le Vanessa agus ise ina babaí.'

'Tuigim duit an méid sin.'

'Ar mhaith leat barr an tí a fheiceáil?'

'Ba mhaith.'

Leanann Cass suas an staighre adhmaid í. Isteach leo sa chúlsheomra, seanseomra leapa tuismitheoirí Cass, ina dhiaidh sin, tuismitheoirí Megan, agus seomra Megan san am i láthair. Ar éigean atá sí in ann é a aithint. Lena throscáin phéine agus a bhallaí praslacha. Cuma shuaimhneach ar an áit amhail is dá mbeadh an bheirt acu i lár phlásóg choille.

'Tá an-*taste* go deo agat, a Megan.'

'Taitníonn an dearadh intí liom. Agus tá sé ar intinn agam jab páirtaimseartha a lorg nuair a bheidh mé cáilithe. Agus gnó beag a bhunú ag an am céanna. Comhairle a thabhairt do dhaoine faoi na dathanna ar chóir dóibh roghnú dá dtithe. Faoin méid is féidir a dhéanamh leis an úsáid is fearr a bhaint as spás beag.'

'An ndéanann tú seomraí a phéinteáil agus a mhaisiú chomh maith?'

'Déanann. Tá Vanessa ag dul in aois anois.'

'Agus na costais a bhaineann léi ag dul in airde. Tá a fhios agam go maith é.'

'Tá muid in ann maireachtáil.'

'Ní hin a bhí i gceist agam in aon chor.'

'Is é seo seomra na leaids.'

Osclaíonn Megan doras an tseomra a bhíodh ag deartháireacha Cass. Cé go bhfuil an chuid eile den teach athraithe as cuimse, tá an seomra seo díreach mar a bhíodh. Lena sheanbhrait urláir, a chuirtíní scothacha liatha, a sheanvardrús. An ré eile ina bhfuil sé lonnaithe mar a bheadh ceacht staire ag bagairt ar áititheoirí an tí, á chur in iúl dóibh gur mar seo a bhíodh sé san am atá thart. Chuile shórt liath. Smolchaite. Agus nach gá ach an doras a dhúnadh le breathnú ar dhathanna láidre an ama i láthair.

Breathnaíonn Megan go díreach sna súile ar a haintín.

'D'fhág mé chuile shórt mar a bhí,' arsa Megan.

'Tuigim duit.'

Tá deis iontach curtha ar an seomra folctha. É maisithe le leacáin, tuilleadh adhmaid arís, agus babhlaí *pot pourri*. Osclaíonn Megan doras an tseomra dheireanaigh, an seomra beag mar a thugtaí air, an seomra a bhíodh ag Cass agus a bhfuil seilbh ag Vanessa anois air. Seomra beag bídeach atá ann ach tá leaba tógtha ar thaobh amháin de le tarraiceáin thíos fúithi. Cófra ionsuite ar an mballa os a comhair amach. Deasc faoin bhfuinneog. Níl fágtha ach spás fíorbheag ar an urlár. An píosa den bhalla atá le feiceáil tá dath liathchorcra air.

'Tá sé gleoite amach is amach,' ar Cass, ag cuimhneamh ar an seanchlár maisiúcháin a mbíodh uirthi a cuid staidéir a dhéanamh air. Fós féin, nach mbeadh sé níos córa fáil réidh leis an gceacht staire agus an mórsheomra a thairiscint do Vanessa? Níl Cass chun a ladar a chur isteach sa scéal sin.

Agus é ag druidim lena dó a chlog insíonn Megan do Cass go bhfuil uirthi deifir a dhéanamh ar ais chuig a cúrsa atá ar siúl sa choláiste áitiúil. Cé go bhfuil an stiúrthóir tuisceanach, níor mhaith léi a bheith deireanach agus í ag filleadh tar éis lóin.

Ritheann sé le Cass cé chomh tuisceanach cliste is atá a neacht. Ní dóigh le Cass go bhfuil mórán oideachais fhoirmeálta aici agus, chomh fada agus is eol di, d'fhág Megan an mheánscoil agus í cúig bliana déag d'aois. Ach nach bhfuil ag éirí go geal léi, tar éis an tsaoil? Is cosúil go bhfuil ádh éicint uirthi, maidir le ticéid chrannchuir, ar aon chaoi. Agus nach bhfuil sí ar tí a gnó beag féin a bhunú?

Bronnann Cass trealamh agus olann Niamh uirthi.

'Seans go gcuirfeadh Vanessa suim sna rudaí seo.'

'Chuirfeadh. Go raibh maith agat.'

Is léir ón gcaoi a bhfuil Megan ag breathnú ar an trealamh is ar na taipéisí beaga nach bhfuil sí ag labhairt na fírinne.

'Arbh fhearr léi rud éicint eile?'

'Bhuel, is aoibhinn léi bheith amuigh faoin aer. Cuireann sí suim sa tseoltóireacht. An cadhcáil. Ní thuigim cén fáth. Chláraigh sí sa gclub thíos i mBaile Phámair anuraidh. Bhain sí scoláireacht le n-íoc as an gculaith fhliuch agus araile.'

Tugann Cass grianghraf de Vanessa ar an driosúr faoi deara, í i lár bothán seoltóireachta atá lán de threalamh mara. Earraí miotail ina measc, cnaipí agus cordaí ceangailte de chuid mhaith acu. Ritheann smaoineamh léi. Tógann sí amach a fón póca agus scinneann thar na grianghraif go dtagann sí ar an gceann de charn éadaí Niamh. Déanann sí cóip de, á bhearradh go dtí nach bhfuil ann ach an píosa cuartha miotail aisteach úd leis an gcorda casta thart timpeall air. Taispeánann sí do Megan é.

'Ceist bheag agam ort. Meas tú an mbeadh Vanessa in ann a dhéanamh amach cén saghas píosa miotail é an rud beag seo? Seans go mbaineann sé le trealamh mara éicint.'

'Tá mo sheoladh ríomhphoist agat. Seol chugam é agus cuirfidh mé ceist ar Vanessa.'

Amach as an teach leis an mbeirt acu.

'Cuirfidh tú Vanessa siar chuig an gcoláiste, mar sin?' ar Cass.

'Cuirfidh. Sílim go réiteoidh sibh go maith lena chéile nuair a chastar ort í. Tá sí ag freastal ar scoil lán-Ghaelach, faoi mar atá, agus níl faitíos ar bith orm nach mbeidh sí in ann don gcúrsa, ach tá mé buartha mar gheall ar na scéalta atá cloiste agam faoi na Coláistí thiar ansin.'

'Fág fúmsa é. Ná bí buartha. Déarfainn nach bhfuil údar ar bith leis na scéalta sin.'

Cé go bhfuil gach gléas níocháin sa chistineach ag Megan, thug Cass faoi deara nach raibh ach seanríomhaire aici, é leagtha ar bhord beag sa seomra suí. Bheadh ríomhaire úrnua úsáideach do Megan agus í i mbun a gnó, agus chuideodh sé le Vanessa agus í i mbun staidéir. Ba mhaith le

Cass ceann a cheannach dóibh gan Megan a mhaslú.

'An gnó beag sin a luaigh tú ar ball, Megan, cén uair a bheidh sé á chur ar bun agat?'

'A luaithe a bheidh an cúrsa críochnaithe agam – roimh Nollaig.'

'Bhuel, ba mhaith liom a bheith im' chéad chustaiméir agat agus an chomhairle a fháil uait faoi mhaisiú intí. Chuige sin ba mhaith liom infheistíocht bheag a dhéanamh sa gcomhlacht.'

'Cén sórt infheistíochta?'

'Agus tú faoi lán seoil beidh trealamh uait. Ríomhaire, printéir, agus fón cliste. Ba mhaith liomsa an trealamh sin a cheannach. Don ngnó.'

'Más don ngnó é.'

'Mar pháirtíocaíocht ar an gcomhairle a bheidh mé ag fáil uait.'

'Sílim gur an-smaoineamh é sin.'

Amach leo i dtreo an chairr ina bhfuil rósanna Cass leagtha ar an gcúlsuíochán.

'Is maith liom do chrobhaing,' ar Megan.

'Cheap mé go raibh sé go deas go bhfaca mé na bláthanna sin agatsa.'

'Is breá liom an gharraíodóireacht.'

'Is cumasach an bhean tú. Beidh mé i dteagmháil leat ar ball. Agus abair le Vanessa go raibh mé ag cur a tuairisce.'

'Beidh díomá uirthi gur chaill sí thú.'

'Tá mé ag súil go mór le castáil léi le linn an tsamhraidh seo chugainn.'

Beireann an bheirt acu barróg ar a chéile sula dtugann Cass aghaidh ar an mbóthar fada atá ag síneadh siar roimpi amach.

Tá sé ag dul ó sholas nuair a shroicheann Cass a teachín. D'fhéadfadh sí a bheith sa bhaile níos luaithe ach nach raibh deifir ar bith uirthi.

Bhain sí taitneamh as an gcruinniú a bhí aici le Megan. Le haithne a chur ar ghaol léi nach raibh aithne cheart riamh aici uirthi cheana agus fáil réidh leis an nóisean gur cailín bocht í a bhí ag streachailt léi. Is cailín í Megan a bhfuil féidearthachtaí os a comhair amach agus é ar intinn aici a dícheall a dhéanamh an méid is féidir léi a bhaint as na féidearthachtaí céanna.

De réir cosúlachta, is cailín í Vanessa atá ag iarraidh greim a fháil ar gach deis a thiocfaidh a bealachsa freisin. Díreach mar a rinne Cass í féin agus an aois sin aicise. Is maith an t-anlann an t-ocras agus is léir go bhfuil an t-ocras céanna ar Vanessa is a bhí uirthi féin. Ach beidh rud aicise nach raibh ag Cass riamh. Beidh comhairleoir aici. Duine a d'fhéadfadh sí a haidhmeanna a phlé léi mar aon lena hábhair dóchais, duine a chuirfidh in iúl di go bhféadfadh sí rudaí áirithe a bhaint amach cé go mbeadh daoine áirithe ag ceapadh go raibh na rudaí sin as a réimse.

Is mór an trua nach bhfuil éinne a d'fhéadfadh comhairle a chur uirthi féin. Maidir le Muiris. Seachas Imelda, ar ndóigh. Agus tuigeann sí an méid a bheadh le rá aicise faoi. Níor chóir di léim isteach sa leaba in éindí leis. Ach tá an gníomh curtha i gcrích agus ní féidir an clog a chur siar.

Ach inniu, bhí béile deas aici sa Dáil Bar i nGaillimh. Sciuird tugtha aici ar na siopaí. Beart coirscéinséirí ceannaithe aici sa siopa leabhar is fearr sa tír, siopa Charlie Byrne. Ar a bealach abhaile stad sí an carr taobh le Cé Chor an Iascaire agus d'fhan go ciúin ann ar feadh scaithimh, ag breathnú ar an ngrian dhearg á sú anuas ag an bhfarraige.

Ar ais sa Bhaile

Cé go bhfuil sé soiléir ó bholadh an deataigh gur chaith Tom achar fada ina teachín agus í as láthair, ní thuigeann Cass méid an dochair atá déanta aige dó go dtí go ndúisíonn sí an mhaidin dár gcionn. Am a nochtar di go bhfuil braillíní agus duivé an tseomra spárála caite ina gcnap ar an urlár; carn tuáillí taise sa seomra folctha; ribí gruaige ar gach píosa poircealláin dá svuít; gallúnach leáite agus taos fiacla spréite ar fud na leacán; suíochán an leithris fágtha ina sheasamh. Tá seantaithí ag Cass ar a leithéid de nósanna. Nach mbíodh sí ina cónaí i dteannta fear riamh? Ach baintear geit aisti, mar sin féin, agus í tar éis dul i dtaithí ar a tréithe deasa néata féin. Ar a comhluadar féin a thuigeann go bhfuil áit do chuile shórt agus gur mhaith léi go mbeadh chuile shórt lonnaithe san áit chuí. Fós féin, is gá a chur san áireamh go gceapann a hothar, Mags, go bhfuil sí míshlachtmhar. Má tá meán le haimsiú maidir le caighdeán chúrsaí tís, dar le Cass go bhfuil sé aimsithe aici cheana féin.

Is léir freisin nár ullmhaigh Tom fiú is greim bia dó féin agus é sa teachín. Sin ráite, is dochreidte an phraiseach atá le sonrú sa chistineach: carn cupán salach; iarsmaí na mbéilí tabhair leat; braonta caife agus bainne spréite ar fud an bhairr oibre; bileoga nuachtáin caite ar fud an urláir. Caithfidh go raibh sí as a meabhair é a ligean thar tairseach isteach.

An príomhrud, áfach, go bhfuil an teachín slán. Níor bhris éinne isteach ann ach, fiú dá mbrisfeadh, seans nach mbeadh an phraiseach a d'fhágfadh buirgléir ina dhiaidh chomh dona céanna. Deirtear gurb é an rud is measa a bhaineann le briseadh isteach go mbraitheann an sealbhóir tí réabtha. Ní bhraitheann Cass go bhfuil sí réabtha. Braitheann sí gur óinseach í mar go ndearna sí Tom a thrust.

Glacann sé dhá uair an chloig uirthi an áit a ghlanadh ó bhun go barr. Faoin am a bhfuil sí críochnaithe, áfach, níl fonn uirthi tabhairt faoina cuid páipéarachais. Fós féin tá sí lán brí is fuinnimh. Beartaíonn sí dul ar shiúlóid fhada. Chomh fada leis an gCeathrú Ard agus ar ais arís. Seans go dtiocfaidh sí ar an maidrín. Fiú mura n-éiríonn léi an t-aistear iomlán a chur di, beidh sí in ann hacnaí a fháil len í a iompar ar ais abhaile.

Cé go bhfuil clabhtaí dubha ag bagairt uirthi agus í ar a bealach amach an doras, ceanglaíonn sí a hanorac póca mar aon lena mála beilte di. Ní chastar éinne uirthi ar a bóithrín féin, Bóthar na Feamainne, ach bíonn corrdhuine le feiceáil anseo is ansiúd ar an bpríomhbhóthar, iad ag fanacht leis an mbus. Timpeall míle siar ó Bhéal na hAbhann cloiseann sí guthanna pháistí Scoil Mhic Dara ag béicigh agus iad amuigh sa chlós am lóin. Ar aghaidh léi síos Bóthar an Phortaigh. Caithfidh go bhfuil sé uaigneach an bóthar seo a shiúl go deireanach san oíche, an portach ar an dá thaobh, gan teach ná scioból, ná duine ná deoraí le feiceáil. Go háirithe ar oíche a mbíonn stoirm faoi lánseol. Nó ar oíche lánghealaí. Anois, faoi sholas an lae, tá sé fós gruama.

Leath bealaigh síos Bóthar an Phortaigh éiríonn Cass tuirseach. Le fírinne, níl sí chomh hóg is a bhíodh. Tá míle eile le siúl aici sula sroichfidh sí an Cheathrú Ard. Beidh sí in ann a scíth a ligean ansin agus greim a fháil le hithe san Úll Glas.

Agus í ag druidim leis an mbealach isteach san ionad tochaltáin as ar baineadh na clocha tógála leis na glúine, beartaíonn sí an scéal taobh thiar den ainm atá air – Cairéal na bPúcaí – a fhiosrú. Go háirithe agus púca mór ag póirseáil taobh le leantóir atá páirceáilte in aice an gheata. Seanleaid a chuireann duine eile i gcuimhne di atá ann. Faoi mar a dhéanann sí air, feictear di go bhfuil clocha á roghnú aige agus á gcaitheamh isteach ar an leantóir. Breathnaíonn mo dhuine uirthi agus í ag druidim leis, a shúile beaga géara ag stánadh uirthi.

'Lá maith,' ar Cass.

'Tá toirneach san aer,' arsa é, a bhéal ar leathadh aige.

'Más fíor duit, b'fhearr dom deifir a dhéanamh.'

'Is fíor dom.'

Leathann mIongháire ar a bhéal fad is a scuabann sé siar a chuid gruaige lena mhéara fada tanaí. Is ag an bpointe seo a aithníonn Cass cé atá ann. Nach í a bhí amaideach nár thuig sí láithreach é? Seán. Deartháir Choilm. An duine a d'inis do Ghearóid go raibh cónaí uirthi sa cheantar. Is léir ón drochfhéachaint atá á caitheamh uirthi go n-aithníonn sé í.

'Nuair atá do leithéidí thart,' ar sí, 'tuige go mbacann siad le réamhaisnéis na haimsire ar an teilifís in aon chor?'

'Tuige, muis?'

Is maith a thuigeann Cass go bhfuil ceist eitice ann maidir le labhairt le deartháir an duine ar scríobh sí an tuarascáil faoi. Ach tá an tuarascáil críochnaithe aici. Agus is deis rómhaith í seo gan leanúint leis an gcomhrá.

'Is dócha go dtuigeann tú cúrsaí taoide freisin?' ar sí leis.

'Tuigeann. Is iontach an méid is féidir a dhéanamh amach ó dhath na spéire, ó threo na gaoithe is ó theacht agus imeacht na taoide.'

'An bhfuil na scileanna sin múinte agat dod' ghasúir?'

'Níl aon ghasúir agamsa, muis.'

Tá ag éirí leis an bplámás. Beartaíonn sí coinneáil uirthi.

'Is mór an trua é sin. Níl tú pósta?'

'Bhí mé le pósadh.'

'Mar sin é! An de bhunadh na háite seo do bhean?'

'Poncánach Rúiseach ab ea í. Bean ard le gruaig rua. Sciorta buí gearr agus buataisí móra dearga uirthi. Níl mé chun í a phósadh anois.'

'Tuige?'

'Tuige, muis? Tá deartháir agam. Is gealt é. Tá sé faoi ghlas. Go bhfana sé ann go deireadh a shaoil.'

'An créatúr!'

''Bhfuil a fhios agat, bhí sé i gcónaí sa mullach orm. Ag sá a ladair isteach san áit nár bhain leis.'

'Agus fuair tú réidh leis?'

'Níorbh eisean an t-aon duine amháin a bhfuair mé réidh leis.'

'Tuige na clocha?'

'Tá mé chun balla a thógáil. Bhí mo dheartháir i gcónaí ag iarraidh balla. Leis na beithígh a choinneáil isteach. Ach tá siadsan imithe anois.'

'Cé atá imithe?'

'Na beithígh. Bhí orm iad a dhíol. Leis an mbean sin a íoc.'

'Caithfidh go misseálann tú iad.'

'Misseálann, cinnte. Iadsan agus mo dheartháir. Meas tú má thógaim balla go bhfillfidh sé?'

'Seans maith go bhfillfidh. Lá maith agat.'

Coinníonn an seanleaid air ag caitheamh clocha isteach sa leantóir. Cá mhéad fírinne a bhí sa mhéid a bhí le rá aige? Céard is brí le fáil réidh leis? An bhféadfadh gurbh eisean a fuair réidh leis na mná ó Oirthear na hEorpa? Bhí an cur síos a thug sé ar bhean, an Poncánach Rúiseach mar a thug sé uirthi, chomh láidir agus chomh soiléir sin nach bhféadfadh sé é a chumadh. Agus airíonn sé a dheartháir uaidh. Bhí air a chuid ainmhithe a dhíol. Le híoc as rud éicint. Céard é an rud sin? Tost na mná, seans. Mar go raibh dúmhál ar bun aici. Agus seans maith gurbh é díol na mbeithíoch, an rud ab ansa leis, a chuir Colm as a chiall.

Tuigeadh di, thar na blianta, gurb iad na siúlóidí fada an rud ab fhearr le gruaim othair a raibh sí tar éis déileáil leis, a dhíbirt as a cloigeann sula nglacfadh fadhbanna an chéid othair eile seilbh air. Agus is córas maith é sin. Le deireanaí níl ag éirí go rómhaith léi a cloigeann a ghlanadh, áfach. Cé go bhfuil an tuarascáil faoi Cholm críochnaithe agus tugtha do na Gardaí aici, níl sí in ann fáil réidh leis an méid a bhain de. Ná leis an méid a bhain de Niamh.

A luaithe a fhilleann sí ar an teachín sa hacnaí, ordaíonn sí ríomhaire, printéir agus fón cliste ar an idirlíon, agus cuireann sonraí a seachadta chuig Megan. Ós rud nach bhfuil scéala cloiste aici ó Ross le scaitheamh, cuireann sí nóta chuige chomh maith.

Ross

Cén chaoi a bhfuil cúrsaí thall? Aon scéal agat? Bhíos féin i mBleá Cliath inné.

Chas mé led' chol ceathrar Megan ann. Tá ag éirí go geal

léi. Aon seans go mbeidh tú abhaile faoi Nollaig?

Mam x

Cuireann sí an teachtaireacht chéanna chuig Aoife. Is fada ó chuala sí óna hiníon. Seans go bhfuil sí ag obair léi in áit gan ghlacadh. Nó seans go bhfuil sí fós faoi bhrón maidir le Niamh gan suim aici cúrsaí a phlé le héinne. Go háirithe a máthair.

Agus Cass díreach ar tí an ríomhaire a chasadh as, faigheann sí ríomhphost ó Mhuiris agus dhá cheangaltán iniata leis.

Cass, a stór,

Ba dheas thú a fheiceáil. Beidh mé i dteagmháil leat arís ar ball. Seans go gcuirfidh tú suim sa méid sa dá cheangaltán leis seo.

Grá

Muiris

A stór. I dteagmháil arís. Grá. Cé go bhfuil na focail bheaga mhíne cloiste aici cheana, sleamhnaíonn siad trína cloigeann anuas chomh fada lena croí áit a gcuireann siad fúthu. Is síceolaí í. Tuigeann sí cumhacht na bhfocal agus, níos cumhachtaí fós, an meáchan a ghabhann leo. Meáchan atá níos troime anois ná dá mba dhéagóir í. Ní déagóir eisean ach oiread. Is cosúil go dtuigeann seisean an méid sin freisin.

Sa chéad cheangaltán tá tuarascáil ar na hógmhná a bádh in Albain, ar Oileán Mhanann agus sa Bhreatain Bheag. Baineann an dara ceann le sonraí pearsanta na n-íospartach a tógadh as nuachtáin agus as an lorg a bhí fágtha acu ar na meáin shóisialta. Scagann Cass na staitisticí. Bádh ochtar a bhfuiltear in amhras fúthu. Duine amháin san fholcadán. Duine amháin in abhainn. Seisear san fharraige. Seisear? Nach bhfuil sé sin beagáinín iomarcach? Scinneann Cass síos trí na sonraí. An t-am den bhliain inar tharla na tragóidí. An samhradh a bhí ann i ngach cás.

Breacann Cass nóta beag síos di féin le fáil amach an raibh féile ar siúl ag an am. Seans go raibh turasóirí sa cheantar. Ceoltóirí. Filí, fiú. Breathnaíonn sí ar na dátaí. 2005, 2007, 2009, 2011, 2013, 2015. Cailíní óga an seisear. Déanann sí na grianghraif díobh a scrúdú. Cuma an-chosúil lena chéile agus le Niamh orthu. Gruaig dhíreach rua. Súile gorma. Iad sna fichidí ísle agus tanaí leis.

Ullmhaíonn Cass cupán tae, í ar bís. Seans go raibh an ceart aici ina croí istigh ón gcéad lá riamh. Go raibh patrún aimsithe aici. Go raibh cruthúnas aici anois go raibh mná óga á mbá sna farraigí mórthimpeall na tíre seo agus thar lear. Agus, má bhí an ceart aici, nár chóir di rud éicint dearfa a dhéanamh faoi? Tá tuairimí aici faoinar tharla. Caithfidh sí na tuairimí sin a bhrú chun tosaigh. Iarracht a bhreith ar an bhfírinne, í a nochtadh. Beart a dhéanamh de réir a briathair. Dearmad a dhéanamh ar cibé amadán a bhí ag briseadh na gloine ina teachín. Is bean fhásta í. Breathnaigh an dul chun cinn atá déanta ag Megan, agus a laghad féidearthachtaí a bhí roimpise amach.

Timpeall am tae cloiseann sí an eochair ag castáil sa doras. Breathnaíonn sí amach an fhuinneog. Cé atá ann ach Tom. A Thiarna, nach dtiocfaidh deireadh lena céasadh? Bheifeá ag ceapadh go mbeadh sé breá sásta í a fheiceáil, ach mar is iondúil do Tom, tá strainc ar a ghnúis.

'Cén chaoi a bhfuil?' ar sí.

'Cén uair a d'fhill tú?'

'Aréir.'

'Raidht!'

'Caife?'

'Go raibh maith agat.'

'Go raibh maith agatsa as súil a choinneáil ar an áit. Níor thug tú aon cheo as an mbealach faoi deara?'

'Níor thug,' ar sé, ag glacadh leis an gcaife. 'Níor bhris éinne isteach sa teachín. Níor briseadh aon ghloine. Cén chaoi a raibh an chathair?'

'Chas mé le Megan.'

'Céard faoi mo dhuine?'

'Chas mé le Muiris freisin, más eisean atá i gceist agat. Bhí rud nó dhó spéisiúil le rá aige faoi chailíní óga a bádh in Albain, ar Oileán Mhanann agus sa mBreatain Bheag. Rinne a mhic léinn taighde faoin scéal.'

169

'Tabhair briseadh dom. Níl mé ach th'éis an tairseach a thrasnú.'

'Óicé!'

'Cheap mé ariamh gur sna beo a chuir an síceolaí suim seachas sna mairbh.'

'Is fíor duit. Ach tá suim á cur agam sna hógmhná seo am a mbídís ar an bhfód. Tá an taighde a rinne mic léinn Mhuiris thar a bheith spéisiúil.'

'Nach bhfuil a fhios agat go maith go bhfuil an ghráin agamsa ar thaighde acadúil? Rud nach bhfuil baint ar bith aige leis an saol. Níl inti ach píosa seafóide ó scoláirí nach bhfuil taithí acu maireachtáil ar an domhan seo mar ghnáthdhaoine.'

'Is gnáthdhaoine iad atá i mbun oibre atá fiúntach. Cosúil liomsa. Cosúil leat féin.'

'Ní bheadh greim beag le n-ithe agat? Ní raibh aon lón agam.'

Éiríonn Tom ina sheasamh agus siúlann thart ag scrúdú na ndoirse is na bhfuinneog. Ullmhaíonn Cass ceapaire do, súil á coinneáil ar a huaireadóir aici. Tá obair le déanamh aici; caithfidh sí tabhairt faoin bpáipéarachas úd ar ball.

'Dála an scéil,' ar Tom, 'go raibh maith agat as an tuarascáil a scríobh tú faoi do chomharsa, Colm Ó Conaola. Bhí an Ceannfort breá sásta leis.'

'Go maith. Maidir leis na mná a luaigh sé, ar sheiceáil tú an ndeachaigh aon Rúisigh ar iarraidh sa gceantar?'

'Ní dheachaigh.'

'Óicé. 'Bhfuil tuairim ar bith agat faoi cé a bhris isteach anseo?' ar sí, ag bronnadh an cheapaire air.

'Nach tú atá lán le ceisteanna! Tá fiosrúchán ar bun agam.'

'Agus?'

'Tá leid nó dhó agam, ach níl mé ag iarraidh labhairt fúthu ag an bpointe seo.'

'Cé go mbaineann siad liomsa?'

'Go háirithe mar go mbaineann siad leatsa.'

'Bhí sé deacair ariamh thú a thuigbheáil.'

'Ach níl fadhb ar bith agat Muiris a thuigbheáil?'

'Níl,' ar sí. 'Níl locht ar bith ar Mhuiris.'

A luaithe is atá an méid sin ráite aici teastaíonn ó Cass breith ar a cuid focal agus iad a chaitheamh siar síos a scornach.

'Cén chaoi a bhfuil an fear céanna?'

'Go breá. Bhí sé ag cur do thuairisce.'

'Ná habair go bhfuil suim aige sa méid beag suarach atá idir lámha agamsa?'

'Tá suim aige ann.'

Le dua téann Cass siar ar an méid a bhí ráite ag Muiris faoi na básanna. Éisteann Tom léi, gan aon tsuim a chur inti.

'Éist liom, a Cass, léigh mé an tuarascáil a scríobh an Paiteolaí faoi Niamh.'

'Céard a dúirt sí?'

'Beidh an t-ionchoisne ar siúl ar an séú lá déag den mhí seo chugainn. Is ansin a dhéanfar cinneadh an bhfuil amhras ag baint lena bás nó nach bhfuil.'

'Bhí mise ag breathnú isteach sa scéal, a Tom, agus d'éirigh liom leid nó dhó a aimsiú.'

'Nár chuala tú an méid a dúirt mé?'

'Ar chuala tusa an méid a dúirt mise?'

'Ná tosaigh arís, maith an bhean, más faoin diabhal carn éadaí a bhfuil leid nó dhó aimsithe agat.'

'É sin agus rudaí eile.'

'Níl mé ag iarraidh cloisteáil fúthu.'

'Braithim go bhfuil tábhacht ag baint leo.'

'Bhuel, ní aontaím leat.'

'Óicé, mar sin. Ná habair amach anseo nár thug mé cuireadh duit labhairt fúthu.'

'Ní déarfaidh.'

Ní thugann Cass freagra air.

Casann Tom an eochair san adhaint agus tosaíonn a charr. Mura bhfuil cúnamh le fáil uaidh maidir le bás Niamh rachaidh sí á lorg in áiteanna eile. Tá daoine ann a thabharfadh cúnamh di agus fáilte. Gearóid. Imelda. Bheadh an bheirt acusan toilteanach cuidiú léi. Ní hamháin sin, d'éistfidís léi. Chreidfidís í.

Agus Tom imithe, cuireann Cass ríomhphost chuig Gearóid.

> A Ghearóid,
> Seans go mbeidh scéala agam duit. Cuir glaoch orm ar do chaoithiúlacht.
> Cass

Tá sí chun iarraidh air fáil amach faoi na mná úd ó Oirthear na hEorpa, más ann dóibh. Eisean a bhfuil a chuid foinsí aige. Seans go n-éireoidh leis bun an scéil a aimsiú. Déarfaidh sí leis gur chuala sí go raibh mná ón Liotuáin ar iarraidh agus rachaidh seisean thart ar bhialanna agus ar óstlanna na Gaillimhe le teagmháil a dhéanamh le muintir na tíre sin atá ag obair iontu.

Agus í ar tí nóta a chur chuig Imelda, faigheann sí teachtaireacht uaithi.

> Cass,
> Fuair mé glaoch ó James Ó Domhnaill. Is cosúil gur bhain eachtra dá mháthair ar an trá áitiúil. Ná bí buartha fúithi. Tá cóir leighis á cur uirthi in Aonad Síciatrach Ospidéal na Gaillimhe. Agus tá seisean breá sásta faoi sin.
> Scéal eile agam duit. An bhfuil a fhios agat go bhfuil an cladhaire sin, Tadhg, le pósadh? Cé atá roghnaithe aige ach an ceantálaí óg sin, Síle.
> Feicfidh mé ar ball thú.
> Imelda

Cuireann Cass freagra ar ais chuici ar an bpointe boise.

> Imelda,
> Chuala mé faoi Nell. Scéal fada atá ann. Tabharfaidh mé

na sonraí duit ar ball.

Bhí a fhios agam faoi Thadhg agus Síle. Braitheas féin go gcaithfeadh sé tarlú. Tuigeadh dom ón gcéad lá riamh go raibh an teach agus an cleachtas uathu. Go raibh maith agat, ar aon chaoi, as an scéal a roinnt liom.

Seans go mbeidh tú in ann cuidiú liom ar chás eile. Sílim go mbeidh spéis agat ann. Tá na sonraí á mbailiú agam agus d'fhéadfainn iad a phlé leat an tseachtain seo chugainn, seans.

Cass

Ar ball nuair a chaitheann sí í féin anuas ar an tolg, braitheann sí amhrasach faoinar chóir di breathnú ar eipeasóid *Criminal Minds*. Cé nár tharla aon cheo aréir agus Tom ar an láthair, ní hionann sin is a rá go mbeidh sí slán sábháilte anocht. Beartaíonn sí breathnú ar an DVD *The Sound of Music*. Ní bheadh aon cheo ann a chuirfeadh faitíos uirthi. Seachas an fophlota faoi na Naitsithe agus ní cosúil go mbeadh éinne acu siúd abhus sa cheantar. Le cúnamh a thabhairt di a scíth a ligean, áfach, doirteann sí ruainne beag fuisce isteach i ngloine.

An scannán thart, casann sí air an t-aláram, sánn an casúr agus an fón póca faoina piliúr, múchann na soilse agus isteach sa leaba léi, an duivé á tharraingt aníos uirthi. Éiríonn léi dul a chodladh go dtí a trí a chlog, am a dtosaíonn an t-aláram ag bualadh. Fanann sí go ciúin ar feadh scaithimh go gcloiseann sí gloine á briseadh. Suas léi, an casúr i lámh amháin, a bealach á dhéanamh aici amach i dtreo an tseomra suí. Leis an dara lámh brúnn sí an lasc solais. Agus an seomra lasta, baintear an gheit is mó agus is uafásaí ina saol aisti.

Os a comhair amach léirítear di carn éadaí stríoctha, atá crochta thar chruth daonna, ag cúlú uaithi. Dhá lámh dhonna agus cloigeann clúdaithe ag guairí ag gobadh as. Poll de bhéal ar leathadh sa chloigeann. Dhá fhiacail istigh sa bhéal. Os a chionn, dhá shúil scanraithe.

'Ná maraigh mé! Ar son Dé, ná maraigh mé!' arsa an béal.

'Cé thusa?' ar Cass, greim daingean fós aici ar an gcasúr, súil aici ar an líne thalún, atá ag bualadh faoin am seo, ag iarraidh í féin a chloisteáil os cionn an fhothraim, an oiread faitís ina súile féin is atá i súile mo dhuine.

'Is mise Maitiú.'

'Fan amach uaim, a Mhaitiú.'

'Fan tusa amach uaimse. Is mise Maitiú.'

'Céard atá ar siúl agat im' theachín?'

'Ligeadh an bhean eile isteach mé.'

'Cén bhean eile?'

'An bhean Ghearmánach. Thugadh sí arán dom. Agus buidéal tae. Cá bhfuil sí imithe?'

'D'imigh sí ar ais chuig an nGearmáin.'

'Cá bhfuil mo bhuidéal tae? Mo chanta aráin? An dtabharfaidh tusa arán dom, led' thoil, agus buidéal tae?'

Chuile mhadra is fear déirce. Bhí Cass tar éis dídean a thabhairt d'ainmhí beag amháin, ach an fear seo, Maitiú? Boladh uaidh amhail is nár nigh sé a aghaidh ná aon bhall eile dá chorp leis na blianta. Buidéal tae, in ainm Dé! An nós Gearmánach é seo?

'An raibh tusa anseo cheana? Cúpla oíche ó shin?'

'Bhí. Bhí mé ag lorg an tae. Mura bhfuil agat ach caife, déanfaidh sé cúis.'

Braitheann Cass go bhfuil taom feirge ag iarraidh breith uirthi ach níl sí chun géilleadh dó. Bogann sí i dtreo an aláraim agus casann as é. Tar éis an tsaoil níl i Maitiú ach fear déirce. Níl sé ag iarraidh í a dhúnmharú. Nó a éigniú. Níl uaidh ach buidéal tae. Agus canta aráin. Smeadráilte le him, seans. Nó seans gur fearr leis Nutella. Nó subh Ghearmánach. Ba charthanach an rud é leanúint leis an nós atá curtha sa siúl cheana féin ag an nGearmánach.

Ach níor bhean í Cass riamh a bhaineadh úsáid as an modh simplí. Theastódh uaithi riamh chuile shórt a iniúchadh. Chuile shórt a phlé. Chuile argóint a iompú bun os cionn agus a shracadh as a chéile leis an bhfreagra ceart a aimsiú. Bean shaibhir ise a bhfuil go leor tae is aráin aici. Fear déirce eisean gan phingin rua atá ag maireachtáil ar imeall na sochaí. Dála an scéil, cá bhfuil cónaí ar an gcréatúr?

'Cérb as duit?' ar sise leis, an citeal á líonadh aici.

'Soir an bóthar.'

''Bhfuil aon mhuintir agat sa gceantar?'

'Tá. Mo leathchúpla. Mags. Ach níl sise ag iarraidh labhairt liom.'

'Cén sloinne atá ort, a Mhaitiú?'

'Breathnach.'

'Ná habair gurb í Mags Bhreathnach do leathchúpla?'

'Is í. 'Bhfuil aithne agat uirthi? Níl sí ag iarraidh mé a ligean isteach sa teach.'

Mags. Othar Cass. An bhean a bhfuil neamhord éigníoch dúghafach ag dul di.

'Cá bhfuil cónaí ort, a Mhaitiú?'

'Chaill mé an *chalet*.'

'Cén *chalet*?'

'An ceann siar an bóthar.'

'Anois? Cá bhfuil cónaí ort anois?'

'Faoi bhun na sceiche móire.'

'An ceann lasmuigh – ag bun an gharraí?'

'Thug an Gearmánach cead dom.'

'Cén chaoi ar éirigh leat fáil isteach sa ngrianán?'

'Nach bhfuil an eochair agam, muis?'

B'in rud eile nár luaigh Síle. Áis eile a tháinig leis an teachín. Tionónta seilbhe a bhí lonnaithe faoi bhun na sceiche móire. Cá mhéad a bhainfeadh a leithéid de luach an teachín?

Bronnann Cass muga tae agus canta aráin ar Mhaitiú. Níor fhreagair sí an glaoch ón gcomhlacht slándála go fóill. Seans go bhfuil duine éicint curtha amach acu chuici. Níl. Ach tá bleachtaire. An Cigire Tom Breasal. Atá ina sheasamh ag an bpríomhdhoras, an cloigín á bhrú aige.

'Móra dhaoibh ar maidin,' arsa Tom nuair a osclaíonn sí an doras dó. 'Cén chaoi a bhfuil sibh ar chor ar bith?'

'Sibh? Tá a fhios agat go bhfuil comhluadar agam?'

'Tá a fhios.'

'Tá sé ina shuí ar an gcúltairseach.'

'Is féidir liom chuile shórt a mhíniú.'

'Tá mé ag éisteacht.'

'Níor deineadh aon dochar duit, an ndearnadh?' ar sé, á stiúradh go dtí an seomra suí í, áit nach bhféadfaidh a cuairteoir iad a chloisteáil.

'In ainm Dé, a Tom, ná habair gur fágadh anseo mar bhaoite mé?'

'Ní dhéarfainn sin.'

'Céard a dhéarfá?'

Breathnaíonn an bheirt acu i dtreo an fhir atá ina shuí ar an gcúltairseach ag cuimilt a bhéil ar a mhuinchille.

'Bhí tuairiscí faighte againn. Tuigeadh dúinn go raibh mo dhuine – Maitiú Breathnach is ainm dó – ag dul thar bráid. Ó dhún siad an tOspidéal Síciatrach na blianta ó shin is ó cuireadh a leithéid amach i measc an phobail, ní go rómhaith a d'éirigh le cuid acu.'

'An bhfuil tú ag iarraidh mo ghraithe féin a theagasc dom?'

'A Cass, ní raibh tú i mbaol ariamh.'

'Ní raibh!'

'Bhí muid ag coinneáil súil air.'

'Agus gealt i bhfogas fiche slat uaim?'

Insíonn Tom di faoi na tuairiscí a bhí faighte ag na Gardaí faoi Mhaitiú. Is cosúil go mbíonn sé ag dul thar bráid ag breathnú isteach i dtithe sa cheantar máguaird. É ina bhall den lucht díshealbhaithe ag faire orthu siúd a bhfuil chuile ghléas is chuile chompord faoina ndíon acu. Ní gliúcaí atá ann. Ach bhí orthu a dhéanamh cinnte nach raibh aon cheo níos tromchúisí ar bun aige.

Faoin am seo tá an scuadcharr lasmuigh agus Maitiú bocht á shá isteach ann.

'Féadfaidh tú néal a fháil anois,' ar Tom.

'Cé chomh fada is a bhí a fhios agat go raibh sé ag maireachtáil faoi bhun na sceiche lasmuigh?'

'Rith sé liom tamaillín ó shin. Níl tú chun é a chúiseamh, an bhfuil?'

'Cuir chuig an ospidéal é. Le go gcuirfí cóir leighis air.'

'Ní bheidh tú in ann a bheith bainteach leis an gcás, ar bhealach amháin nó ar bhealach eile, an dtuigeann tú?'

'Tá mo dhóthain cloiste agam.'

'Níl cupán caife á thairiscint, an bhfuil?'

'Tá ré mo chuid carthanachta thart.'

'Cupán amháin?'

'Gabh amach as mo radharc.'

'Éist leis an gceann atá ag caint. Éirigh as an bpraeitseáil, maith an bhean.'

'Cén chaoi praeitseáil?'

'D'éirigh liom teacht ar uimhir an fhóin chliste úd aréir.'

'Cén fón cliste?'

'Cén fón cliste? Nach bhfuil a fhios agat go maith cén ceann? Ceann Niamh Ní Fhlaithearta. An ceann a fuair sí ón gcomhlacht scannánaíochta. Bhuel, ní mise a tháinig air. Ó Braonáin faoi deara é. Ach níl an gléas féin aimsithe againn go fóill.'

'Mar sin é?'

'Féadfaidh tú an méid seo a thuigbheáil: is bleachtaire mise; d'éirigh liom uimhir an fhóin a fháil ón gcomhlacht scannánaíochta. Bhí muid, bhuel, bhí Ó Braonáin in ann a lorg a aimsiú de na háiteachaí ar casadh air é ó cailleadh Niamh.'

'Cé na háiteachaí?'

'Éist, a Cass, bhí sé casta air ar an trá sin thíos.'

'Tá an t-eolas sin ag Ó Braonáin?'

'Tá an fón agat, nach bhfuil? Tuige nár luaigh tú liom é? Tuige nár thug tú dom é?'

'Bhuel, éist leis an gceann atá ag caint! Mar nach raibh tusa ag éisteacht liom.'

'Bhí tú ag cur bac ar obair na nGardaí.'

'Bhí mé ar tí é a lua leat tráthnóna inné.'

'Bhí!'

'Dúirt tusa nach raibh tú ag iarraidh a thuilleadh a chloisteáil uaim. Creidim gur dúnmharaíodh Niamh.'

'Bhí tú ag focan rá.'

'Ach ní raibh tusa ag focan éisteacht liom. Bhí mé ag iarraidh cruthúnas a aimsiú ar an scéal le go gcreidfeá mé. Tá cruthúnas aimsithe agam anois. 'Bhfuil a fhios agat go raibh *boyfriend* nua aici? Gur chaith sí oíche sular cailleadh í sa Ravensglen? Go raibh sí in éindí leis an dream úd ó Albain ann an oíche dár gcionn. An gcreideann tú anois mé?'

'Seans go raibh *boyfriend* nua aici, duine de na hAlbanaigh sin a bhfuil tú cairdiúil leo. Ach ní chreidim gur dúnmharaíodh í,' ar Tom.

'Bhuel, creidimse é.'

Leanann an comhrá eatarthu go dtí a naoi a chlog, am a n-imíonn Tom. Tuiscint níos fearr acu ar a chéile anois. Agus é ar tí imeacht, roinneann sé dea-scéal léi. Ba é Maitiú a d'fhuadaigh an coileán. Bhí sé á choinneáil aige in umar atá as úsáid agus beidh an sciotachán ar ais aici a luaithe a bheidh an tréidlia réidh leis.

Cuireann Cass glaoch ar an ngloineadóir in athuair. Más é Maitiú atá ciontach as an mbriseadh isteach is í a choinneáil óna suan, is cosúil nach mbeidh sise ag coinneáil gloineadóirí Chonamara cruógach amach anseo. Is maith is eol di gur fear soineanta é. Agus a chuid faighte aige. Ach cá bhfios céard a tharlódh mura bhfaigheadh sé an méid sin? Dá mbeadh míthuiscint ann. Is fear láidir é. D'fhéadfadh míthuiscint a chur as dó sa chaoi is go mbeadh sé róghortaithe rud ar bith a thuigbheáil.

Cé go dtugann Cass an leaba uirthi féin níl sí in ann néal a fháil. Tá an oiread sin ag castáil ina cloigeann. Maitiú bocht. Fadhbanna na ndaoine gan dídean. An post atá aici sa tSeirbhís Sláinte. An sásamh a bhíonn le fáil ón bpost ach ag an am céanna an t-eolas go bhfuil an oiread sin nach bhféadfaidh sí a chur ina cheart. An obair in aisce a bhí déanta aici le Nell. An fáth a raibh Mags sa riocht ina raibh sí. An comhrá le Tom.

Níl sí in ann a dhéanamh amach cá mhéad a chreid sé de na sonraí a thug sí dó faoi Niamh. Bhí an fón cliste tugtha aici dó. É ar intinn aige a rá le Ó Braonáin go raibh sé aige féin an t-am uilig ach nár thuig sé cé leis é nó go raibh baint ar bith aige le Niamh Ní Fhlaithearta. Muise, nach éasca bréag a insint?

Sna laethanta a leanann sánn Cass í féin san obair. Focal eile ní chloiseann sí ó Mhuiris. Ach faigheann sí dhá ríomhphost shuimiúla. Ceann ó Shíle agus ceann ó Vanessa. Sa ríomhphost ó Shíle gabhann sise leithscéal le Cass. Luaigh an Gearmánach an fear déirce ach níor bhac sí é a rá le Cass mar nár thuig sí go mbeadh sé ag bagairt uirthi. Tá an Gearmánach sásta glacadh leis an tairiscint a rinne Cass. Ar mhiste léi a rá lena haturnae teagmháil a dhéanamh léi le go gcuirfidh sise i dteagmháil le haturnae an Ghearmánaigh é?

Gabhann Vanessa buíochas léi as na píosaí olla is as an trealamh. Tá scagadh déanta aici ar an bpíosa cuartha miotail is ar an bpíosa corda sa ghrianghraf. Bhí an ceart ag Cass nuair a bhí sí ag ceapadh gur bhain siad le trealamh mara. Níl sí céad faoin gcéad cinnte ach braitheann sí cur cuid den ghlamba, an taca ina gcuirtear maide rámha, é an píosa miotail. Is féidir an dá litir O agus N, cuid d'ainm branda dingí – HONDA – a dhéanamh amach. Anuas air sin, tá an chuma chéanna ar an bpíosa corda is atá ar an sórt corda a bhíonn á úsáid i ndingí, cé go bhfuil sé sách aisteach go bhfuil an dá rud ceangailte le chéile. Tá eolas ag Vanessa ar na nithe seo. Rinne sí cúrsa sa spórt uisce arú anuraidh thíos ag Abhantrach na Canála Móire. Agus le nach mbeadh aon dabht ag Cass faoi, tá pictiúr dá leithéid faoi iamh i gceangaltán.

Cás Choilm Mhicí Sheáin

N íl eolas cruinn ag Cass faoin saghas tógála a fuair Gearóid, ach is léir di gur féidir brath air. Is iriseoir den scoth é atá in ann scéal maith a aithint. Bíonn a chur chuige fócasaithe i leith cibé scéal atá á fhiosrú aige; éisteann sé le daoine agus é ag cur agallaimh orthu; tá sé ceanndána, díograiseach ach an bua is mó atá aige ná bua na bleachtaireachta. Óna athair a thagann an bua sin, is cosúil, agus, dar le Cass, is é an t-aon cheo atá comónta idir an bheirt. Os a choinne sin, bíonn suim ag Gearóid chuile leid agus chuile dheis a thapú. Agus bíonn sé in ann an méid sin a chur i gcrích mar nach í an bhleachtaireacht an post lae atá aige. Rud a chiallaíonn nach mbíonn an srian céanna á choinneáil siar agus é i mbun fiosrúcháin.

D'iarr Cass air gar a dhéanamh di: eolas a bhailiú faoi mhná ó Oirthear na hEorpa a d'fhéadfadh a bheith ar iarraidh nó a d'fhéadfadh a bheith i mbun caimiléireachta. An ann dá leithéid agus, más ann dóibh, céard a bhain de na híospartaigh ar imir siad feall orthu? Cheana féin bhí méid áirithe ar eolas aici faoi na fir ón Liotuáin a maraíodh i dtimpiste bhóthair tar éis a gcúisithe i dtochaltóir a thiomáint isteach san uathmheaisín bainc i gCnoc na Báinsí. Dóthain leideanna le go bhféadfadh Gearóid an scéal a fhiosrú. Nuair a osclaíonn Cass a ríomhaire maidin Dé Luain tá ríomhphost uaidh ag fanacht léi.

Hi Cass,
Seo chugat thíos a bhfuair mé amach maidir leis an mbeirt bhan úd. Is mná ón Liotuáin ó dhúchas iad atá ina gcónaí sa tír seo le ceithre bliana anuas. Chuir siad fúthu i mBleá Cliath den gcéad uair, am nach raibh mórán Béarla acu, cé go raibh Fraincis ar a dtoil ag an mbeirt acu. Is cosúil go mbídís ag obair in Ionad Garraíodóireachta i dTuaisceart na Fraince ar feadh scaithimh. Cé nach léir cén fáth ar thréig siad an Fhrainc, bheinn den tuairim

gur cuireadh rud éicint ina leith is go raibh orthu teitheadh, sála in airde. Mona agus Natasha na hainmneacha a bhí á n-úsáid acu, ach bheinn amhrasach an iad sin a bhfíor-ainmneacha nó nach ea.

Ní raibh siad ach th'éis leaindeáil sa tír seo nuair a chuir siad tús lena saol coirpeach. Phós siad beirt dhearthaireacha ón bPacastáin. Scéim cham a bhí ar bun ag na fir le go mbeidís i dteideal pasanna Éireannacha a fháil, rud a chuirfeadh ar a gcumas fanacht sa tír agus iad pósta le saoránaigh an Aontais Eorpaigh. Íocadh €1,000 an duine leis na mná as an mbréagadóireacht sin. Ní raibh iontu ach fichillíní, áfach. Is cosúil go raibh 'Madame' i mbun na scéime agus ar éigean a raibh an dúch tirim ar na teastais phósta gur cuireadh ag sclábhaíocht i Salón Ingne iad, áit ar oibrigh siad gan stad gan staonadh seacht lá in aghaidh na seachtaine.

Nuair a chonacthas dóibh an méid a bhí á ghearradh ag an Madame óna gcuid pá, bheartaigh siad teitheadh leo in athuair agus oibriú ar a gconlán féin le go bhféadfaidís ioncam iomlán na caimiléireachta a choinneáil dóibh féin. Le linn an ama sin d'fhoghlaim siad a gcuid Béarla trí bhreathnú ar Netflix, rud a chiallaigh gur fágadh blas Meiriceánach ar a gcuid cainte.

Ba léir dóibh gurbh fhéidir airgead tirim a dhéanamh go héasca tríd an dallamullóg a leagan ar fhir a bhí sách neamhurchóideach. Bhog siad go hIarthar na tíre, áit ar chuir siad fúthu, ag gluaiseacht ó chontae go contae.

Agus mé ag tochailt liom tháinig mé ar scéal faoi bheirt dhearthaireacha a bhfuil cónaí orthu siar an bóthar uait. Ó Conaola an sloinne atá orthu. Casadh duine acu orm an chéad oíche a raibh mé dod' lorg – an cuimhin leat? Is cosúil gur chuir duine de na mná, Mona, ina luí ar an gcéad dearthair go raibh an dara dearthair tar éis Natasha a mharú. Dar le Mona, bhí sise chomh croíbhriste sin go raibh sí chun lámh a chur ina bás féin. Rinne sí é a dhúmhál. Dhíol an chéad dearthair a chuid beithíoch le go gcoinneodh sí a béal druidte. Agus bhailigh an dara dearthair leis, é ag creidbheáil go raibh seisean ciontach as bás na beirte.

Cé nár luaigh tú liom é, braithim go bhfuil cur amach agat ar an scéal seo toisc go bhfuil cónaí ar na deartháireacha i bhfogas míle uait. An mbeadh sé ceart go leor leatsa alt a chur i gcló sa nuachtán? Scéal na mban amháin a bheadh i gceist. Ní luafainn na deartháireacha ach mar eiseamláirí (sách tipiciúil, déarfainn); dhéanfainn an scéal a ríomh ó thaobh gluaiseachtaí na mban ó chontae go contae. Seans go dtiocfaidh scéalta na n-íospartach eile chun solais, má dhéanaim amhlaidh.

Le meas

Gearóid

Cuireann Cass ríomhphost ar ais chuige ag gabháil buíochais leis agus ag rá nach bhfuil fadhb ar bith aicise faoin alt a scríobh ach ainmneacha bréagacha a thabhairt ar na mná agus ar na deartháireacha, agus sonraí an cheantair a cheilt. Eisean a rinne an tochailt is a d'aimsigh na sonraí.

Bhí sise amhrasach an raibh caimiléireacht ar bun ón gcéad lá riamh. Bhraith sí nach raibh ag éirí go rómhaith leis na deartháireacha agus gur cheap Seán go bhfeilfeadh sé dó dá mbeadh Colm imithe as an teach. Gur chuir na mná an dallamullóg ar an mbeirt acu. Go raibh aiféala ar Sheán anois agus é ag súil go bhfillfeadh a dhearthair faoi Nollaig. Murach ríomhphost Ghearóid, ní fhéadfadh sí cnámha an scéil a chur le chéile.

Ní hí seo an tuairim a roinneann Cass leis an gCeannfort, áfach, nuair a chastar uirthi é i bhforhalla an Cheannárais an lá dár gcionn agus í ar a bealach isteach le castáil le Tom. Tá an tuarascáil léite aige agus é thar a bheith buíoch di as an méid oibre atá déanta aici.

'Mar aon leis an tuarascáil, an t-agallamh a cuireadh ar an bhfear bocht, an cur síos a rinne an bhean ar thug sé fúithi agus é lomnocht ar an Trá Mhín, tá an pictiúr mór againn. Tá an dáta socraithe don éisteacht don Luan seo chugainn. Is dócha go bhfuil tú ar an eolas faoi.'

'Tá anois. Dála an scéil, cá bhfuil an fear bocht san am i láthair?'

'Cuireadh soir chuig Caisleán Riabhach é, áit a mbeidh síciatraí in ann é a mheas agus cóir leighis a chur air.'

'Tá ríméad orm é sin a chloisteáil.'

''Bhfuil a fhios agat, a Bhean Uí Chaoimh, is mór an trua nár casadh ar a chéile muid agus Liam ar an bhfód! Tá mé thar a bheith sásta leis an obair atá déanta agat an uair seo.'

'Go raibh maith agat.'

'Is cosúil go bhfuil cás eile againn duit. Ar inis an Cigire Breasal duit faoi?'

'Níor inis, go fóill. Tá mé díreach ar mo bhealach isteach le castáil leis.'

'Go maith. An maith leat an taisteal?'

'Bhuel, anois is arís.'

'Baineann an cás seo le leaid óg as an gceantar atá ag cur faoi in Albain san am i láthair.'

'In Albain?'

'É i mbun cúrsa éicint. Ar aon chaoi, gheobhaidh tú an comhad ó Bhreasal. Tá aithne agat air, nach bhfuil?'

'Tá.'

'Beidh ar an mbeirt agaibh dul anonn go hAlbain ach ní bheidh i gceist ach aon oíche amháin.'

Faoin am seo tá an Ceannfort tar éis a chárta a svaidhpeáil ag an doras isteach chuig ionad oibre na nGardaí. Leanann sí é. Coinníonn seisean air i dtreo a sheomra féin agus déanann sise ar dheasc Tom sa phríomhsheomra oibre. Aon oíche amháin i dtír iasachta in éindí leisean? Ba iomarcach aon nóiméad amháin thar lear in éindí leis. Ach tá obair le déanamh agus níl sise chun diúltú d'aon jab. Tá blaiseadh faighte aici ar obair na nGardaí agus taitníonn sé léi.

Tá Tom cromtha thar a dheasc, a dhá shúil sáite i gcomhad aige, nuair a thagann sí suas leis.

'Hi Cass, an bhfuair tú mo theachtaireacht?'

'Fuair.'

'Is deas thú a fheiceáil.'

'Ní fhéadfainnse an rud céanna a rá.'

'Bhí cumas grinn ionat ariamh.'

'Bhí!'

'Is cosúil go mbeidh an bheirt againn ag dul ar saoire.'

'Ní ghlacann mise saoire.'

'Bhuel, ní saoire atá i gceist i ndáiríre. Beidh ort leaid óg, atá le bheith os comhair na cúirte in Albain, a mheas.'

''Bhfuil an comhad agat?'

'Déarfaidh mé rud amháin leat: ná bí ag cur do ladair isteach i gcúrsaí nach mbaineann leat, a bheag ná a mhór, agus muid ann.'

'Cé, mise? Ní dhéanfainn a leithéid ariamh.'

'Agus déan dearmad labhairt leis na hAlbanaigh úd agus tú ann.'

'Cibé rud a deir tú, a Tom.'

'Raidht!' ar seisean ag tabhairt an chomhaid di. 'Tá na sonraí uilig istigh anseo. Iad leagtha amach go glan néata.'

Gabhann Cass buíochas leis agus ar aghaidh léi amach an doras go sciobtha. Suíonn sí isteach sa charr is tugann sracfhéachaint ar an méid atá sa chomhad. Leagtha amach go glan néata – in ainm Dé! Tá chuile shórt i mullach a chéile. Fós féin, tá Cass in ann príomhshonraí an cháis a dhéanamh amach:

Is leaid óg ón gCeathrú Ard é Breandán, atá lonnaithe in Albain le cúpla seachtain anuas. Bliain Erasmus atá i gceist, é i mbun staidéir ar Ghaeilge na hAlban. Thit achrann amach idir Bhreandán agus beirt leaids eile cúpla oíche ó shin lasmuigh den phub áitiúil. Briseadh cnámh scornaí duine de na leaids.

Sna ráitis a thug an bheirt acu do Phóilíní na hAlban, neamhspleách ar a chéile, dúradh gurbh é Breandán a thosaigh an t-achrann.

Sna ráitis a thug Breandán do na Póilíní dúirt seisean go mbíonn na mic léinn eile ag tabhairt faoisean i gcónaí. Ag magadh faoi sa rang, ag imirt cluichí air, ag cur téacsanna chuige ag ligean orthu gur daoine eile iad, cailíní, agus ag cur rudaí gránna suas ar a leathanach Facebook. Is léir go bhfuil bulaíocht á himirt ar Bhreandán, go pearsanta agus ar líne, le go ndéanfaí ceap magaidh de.

I dteannta an ráitis sin, tá ráiteas ó dhochtúir teaghlaigh a mhuintire ag rá go bhfuil Siondróm Asperger ar Bhreandán; gur leaid séimh é atá in ann maireachtáil go hiondúil ar a chonlán féin. Tá ar Tom dul anonn go hAlban le fianaise a thabhairt faoi charachtar an leaid. Is cosúil go bhfuil síceolaí fostaithe ag na Póilíní thall ach go bhfuil na Gardaí ag iarraidh go rachaidh sise anonn in éindí le Tom le scrúdú a chur ar Bhreandán agus a tuairimse a chur in iúl don chúirt, más gá.

Breathnaíonn sí ar a huaireadóir. Tá cúpla uair an chloig le spáráil aici. Fad is atá sí ar an gCeathrú Ard, tá sé chomh maith aici cuairt a thabhairt ar Bheairtle, athair Niamh. Faoin am a bhaineann sí Áras Naomh Íde amach tá na hothair uilig i mbun béile. Cé go bhfuil drogall uirthi cur isteach orthu, tugann Magda faoi deara í agus treoraíonn chomh fada le seomra Bheairtle í, áit a bhfuil sé sínte sa leaba. Tá sé imithe i laige ó lá na sochraide i leith ach tá ríméad air í a fheiceáil.

'A Cass, tháinig tú.'

'Tuige nach dtiocfainn, a Bheairtle?'

Cuidíonn sí leis an tráidire, a bhfuil fuílleach a bhéile caite air, a fhágáil i leataobh sula mbeireann sí barróg air.

'Bhí mé ag smaoineamh ort le deireanaí, a Cass. 'Bhfuil aon scéal agat faoi Niamh?'

Beartaíonn Cass gurb fhearr gan sonraí an mhéid atá aimsithe aici go dtí seo a roinnt leis.

'Níl, a Bheairtle, tá aiféala orm.'

'Breathnaigh an rud seo a tháinig le deireanaí.'

Baineann sé litir as póca a fhallaing sheomra agus tugann sé di í. Caitheann Cass a súil thairsti. Na sonraí faoi ionchoisne Niamh atá inti. Ar an 16ú Deireadh Fómhair a thionólfar é, faoi mar a d'inis Tom di.

'An mbeidh tú in ann freastal air, a Cass?'

'Ní chaillfinn é, a Bheairtle.'

'Tá mé ag brath ort.'

'Inseoidh mé chuile shórt duit. Ná bí buartha. B'fhéidir go mbeidh muid in ann cuimhneachán beag a eagrú ina dhiaidh.'

'Bheadh sé sin go deas, a Cass. Rud amháin eile, tháinig Magda ar rud beag le deireanaí. I mála droma Niamh. Bhí sé caite ansin i mbun an vardrúis le scaitheamh. Rinne mé dearmad glan é a lua leat. Ach tháinig sise air an lá cheana agus d'iarr mé uirthi é a ghlanadh amach.'

'Is cailín deas í Magda.'

'Tá an ceart agat, a Cass.'

'Cén rud beag a bhí sa mála?'

'Oscail an tarraiceán, maith an bhean.'

Osclaíonn Cass an tarraiceán sa bhord cois leapa agus feiceann sí bosca beag dearg istigh ann i measc na mbuidéal piollaí.

'Tóg amach é, a Cass, go bhfeice tú céard atá istigh ann.'

Osclaíonn Cass an bosca, í ar bís agus, faoi mar a bhí súil aici leis, fáinne atá istigh ann. Ceann óir a bhfuil trí dhiamant ag gobadh amach as.

'Bhí sí geallta, a Cass. B'in an rud a raibh sí ag iarraidh labhairt liom faoi. Is cosúil gur Albanach é an fear.'

'B'in a bhí mé ag ceapadh, a Bheairtle.'

''Bhfuil aithne agat air?'

'Tá. Agus seans go mbeidh mé ag castáil leis ar ball.'

'Go maith. An dtabharfaidh tú an fáinne ar ais dó, led' thoil?'

'Más é sin atá uait.'

''Sé. Tá cárta istigh ansin in áit éicint freisin.'

Breathnaíonn Cass sa tarraiceán in athuair agus tagann sí ar chárta beag bán, a bhfuil sonraí teagmhála Callum air, faoi mar a bhí súil aici leis.

Caitheann sí timpeall leathuair an chloig eile in éindí leis an seanfhear, ag caint faoi na seanlaethanta agus ag pleanáil searmanas beag i gcuimhne ar a iníon. De réir a chéile titeann a chodladh air agus fágann sí slán aige.

Níos deireanaí, um thráthnóna, agus a cuid oibre san Ionad Leighis críochnaithe ag Cass, glaonn Imelda isteach chuig a seomra comhairliúcháin í. Suíonn Cass os comhair a carad, a bas, a bonn braite, í ar bís na smaointe míloighciúla, atá ag castáil ina cloigeann le scaitheamh, a phlé léi.

'Bhí tú ag iarraidh labhairt liom faoi rud éicint, a Cass?'

'Bhí, a Imelda. Ní hé gur mhaith liom go mbeadh an obair atá ar bun agam do na Gardaí ag cur isteach ar an méid atá idir lámha agam anseo, ach ...'

'Tá ort déileáil le cás eile?'

'Tá. Beidh mé as baile go ceann cúpla lá. In Albain. I gcomhluadar Tom – níl mé ag iarraidh do bharúil a chloisteáil faoin ngné sin den ngnó.'

'Go mbeidh sé thart,' arsa Imelda. 'Go mbeidh tú ar ais sa mbaile, am a mbeidh mé ag súil le cuntas, buille ar bhuille.'

'Ar aon chaoi, ní chuirfidh sé isteach ar mo chuid oibre anseo a bheag nó a mhór. Tá mé th'éis cúpla rud im' sceideal a bhogadh thart. Glacaim leis go bhfuil sé sin ceart go leor leatsa.'

'Fadhb ar bith, a Cass. Dála an scéil, tháinig tuairisc ón ospidéal faoin othar sin Nell Ó Domhnaill. Tá siad chun í a scaoileadh amach.'

'Go maith.'

'Agus tá an bhean eile, Mags Bhreathnach, a chaill a coinne deireanach ar ais san ospidéal freisin. Is cosúil gur cheistigh na Gardaí í faoina dearthair, Maitiú.'

'An duine a thug faoi mo theachín,' arsa Cass. 'A leathchúpla.'

'Is cosúil nach ligfeadh sí thar tairseach an tí isteach é.'

'Le tamall anuas bhí mé ag iarraidh bun agus barr scéal Mags a dhéanamh amach. Is cosúil nach raibh a fhios ag a máthair go raibh sí ag iompar cúpla agus nach bhfuair Maitiú dóthain ocsaigine agus é ag teacht ar an saol. Agus iad ag fás aníos, bhí sé i gcónaí ag cur isteach ar Mags. Ag briseadh a bábóg agus a béiríní. Tógadh isteach san ospidéal é ach scaoileadh amach in athuair é. Tugadh teach réamhdhéanta ar cíos dó. Ach níor éirigh leis maireachtáil ina aonar.'

'Bhuel, a Cass, ní gá a bheith buartha faoi níos mó fad is atá sé ar ais san ospidéal. Sin ráite, tá aithne sách maith agam ort faoin am seo gur léir dom go bhfuil rud eile ag cur isteach ort. Ar mhaith leat é a phlé liom?'

'Eadrainn féin?'

'Ar ndóigh.'

'Tá a fhios agam go bhfuil tú bodhraithe ag éisteacht liom ag caint faoi Niamh Ní Fhlaithearta. Ar dúnmharaíodh í nó ar chuir sí lámh ina bás féin.'

'Níl mé bodhraithe agat, a Cass. A mhalairt atá fíor. Coinnigh ort.'

'Bhuel, mar is eol duit, bádh Niamh. Dar le taighde atá léite agam gur bádh cailíní eile a bhí thar a bheith cosúil léi, ó thaobh na cuma fisiciúla de. Níor léir an ceangal idir na básanna mar gur tharla siad i ndlínsí éagsúla den gcuid is mó. Albain. An Bhreatain Bheag. Oileán Mhanann. Tá an ceangal sin aimsithe ag mic léinn Mhuiris, suas go pointe.'

'Á, Muiris!'

'Fear nár chuala mé uaidh le tamall. Maidir leis na básannaí ...'

'Sea?'

'Is smaoineamh é nach raibh mé in ann focla a chur air go dtí seo.'

'Coinnigh ort, a Cass.'

'Bhuel, an lá a dtángthas ar chorp Niamh, bhí Albanach, Callum Mac Leòid, thíos ar an trá. Bhí a fhios agam go raibh aithne aige ar Niamh ach tá mé díreach th'éis a fháil amach go raibh Niamh geallta leis.'

'Óicé!'

'Is ball de chlub tumadóireachta é. Thángthas ar an rud seo in aice leis an gcorp – bhuel, thángthas ar dhá rud. Ceann amháin acu bráisléad cairdis.'

'Ar thángthas ar bhráisléad cairdis in aice leis na corpannaí eile?'

'Níl a fhios agam.'

'An dara rud, a Cass?'

'Píosa cuartha miotail a raibh píosa corda ceangailte leis a bhí caite in aice charn éadaí Niamh.'

'Coinnigh ort.'

'Tá mé th'éis a fháil amach go mbaineann a leithéid le dingí rubair, dar le Vanessa, mo gharneacht,' arsa Cass. 'An ceann a bhíonn á úsáid ag tumadóirí.'

'Agus tá an méid seo ag cur as duit mar gur tumadóir é an tAlbanach, an fear a raibh Niamh geallta leis?'

'Sin é díreach é. Agus rud amháin eile de: má maraíodh an bhean agus más d'aon ghnó a fágadh an bráisléad cairdis ar an láthair, seans gurb é stíl inaitheanta féin an dúnmharfóra a bhí i gceist, ach sílim gur trí thimpiste a fágadh an píosa miotail ar an láthair.'

'Seans go bhfaighidh tú é sin amach agus tú sáinnithe thar lear in éindí le Tom thar oíche.'

'Seans! Ach ní hé sin an chloch is mó ar mo phaidrín.'

'Abair leat!'

'Is fear lách é Callum. Nó b'in a cheap mé nuair a casadh orm é. Fós féin, tá an guth beag inmheánach sin ag rá liom gurb eisean atá ciontach. Gurb eisean a rinne é. Tá na leideanna uilig dom' threorú chuige.'

'An cheist atá á cur agat i ndáiríre, a Cass, ar chóir duit castáil leis agus tú in Albain?'

'Go díreach é!'

'Tuigim duit go bhfuil tú amhrasach faoi. Go bhfuil tú neirbhíseach faoi chastáil leis. Mise an duine deireanach le comhairle a chur ort faoi sin – mise a bhíonn ag castáil le go leor strainséirí.'

'Óicé!'

'Fút féin an rogha sin a dhéanamh, a Cass. Ní comhairle ró-iontach í sin, caithfidh mé a admháil. Maidir le mo dhuine, is fiú cuimhneamh go mbíonn tú neamhchiontach go gcruthaítear ciontach thú. Sin ráite, molaim duit castáil leis in áit phoiblí ina bhfuil a lán daoine thart timpeall ort. Agus, an rud is tábhachtaí, aire mhaith a thabhairt duit féin.'

'Déanfaidh mé amhlaidh go raibh míle maith agat, a Imelda. Feicfidh mé Dé hAoine thú.'

'Ná déan dearmad sonraí na hoíche a roinnt liom!'

'Raidht!'

Tiománeann Cass soir i dtreo a teachín, áit a bhfuil a maidrín ag feitheamh léi. Ar deireadh, beidh sí in ann cur fúithi sa cheantar gan éinne ag cur isteach uirthi – tá súil aici. Riachtanas bunúsach é don duine áit chónaithe a bheith aige nó aici. Cé go bhfuil na mílte gan dídean, ina gcodladh ar na sráideanna, i mbrúnnaí nó in óstáin, tá go leor eile ar tí a n-ionad cónaithe a chailliúint, nó a bhfuil faitíos orthu go bhfuil siad ar tí a n-ionad cónaithe a chailliúint. A leithéid d'imní a bhí ag goilliúint ar Cholm agus ar Sheán. Fiú amháin Maitiú bocht, an fhadhb a bhí aigesean go raibh seilbh glactha ag an tiarna talún ar cibé *chalet* ina raibh seisean ag cur faoi. Tá an t-ádh dearg uirthi féin. Ní hamháin go bhfuil a háit chónaithe féin aici, is áit í a roghnaigh sí aisti féin. Gan trácht ar an seanteach i mBóthar na Trá freisin.

Tar éis di dinnéar a ullmhú agus a ithe, cuireann sí ríomhphost chuig Gearóid ag iarraidh air súil a choinneáil ar an áit agus ar an maidrín go ceann cúpla lá agus í as baile. Ar a laghad, ní bheidh cúrsaí ina bpraiseach ar fhilleadh di. Sin ráite, beidh uirthi cur suas le Tom ar feadh dhá lá. Thairis sin, tá sí ag súil go mór leis an turas. Tá tuartha ar an *Aimsir Láithreach* go mbeadh crios lagbhrú ag gluaiseacht thar Dheisceart na hAlban sna laethantaí le teacht. Tógann sí cárta Callum Mac Leòid amach as a mála agus cuireann téacs chuige ag cur in iúl dó go mbeidh sí ag tabhairt cuairt ar a thír dhúchais gan mhoill.

In Albain

Go moch an mhaidin dár gcionn cloiseann Cass adharc ag séideadh lasmuigh de dhoras a teachín. Fágann sí eochair an dorais faoi bhun an phota ina bhfuil an geiréiniam dearg, faoi mar atá socraithe aici le Gearóid. Amach léi ansin chuig an gcarr ina bhfuil Tom agus Niall Ó Braonáin ag fanacht léi.

Ní cuimhin léi mórán faoin turas go Baile Átha Cliath mar go ligeann sí di féin titim ina codladh, í á suaimhniú ag crónán na bhfear sna suíocháin tosaigh. I dtosach claonann sí a cluas i dtreo an chomhrá, í ag lorg leide faoina bhfuil ag tarlú sa Cheannáras nó faoin gcúlscéal a bhaineann leis an leaid óg a gabhadh in Albain. Is cosúil gur mac é le hiar-Theachta Dála áitiúil, rud a chiallaíonn go bhfuil an Ceannfort ag iarraidh go gcloítear leis an nós imeachta ceart i gcónaí. Ach nuair a thosaíonn Tom agus a leathbhádóir ag caint ar shlám drugaí a fuarthas taobh le cósta an Oileáin Mhóir, ligeann sí do néal titim uirthi.

Is suimiúil í an bhrionglóid a nochtar di agus í ina codladh: feictear di an cúpla, Aoife agus Ross, tréigthe ar oileán atá ag gluaiseacht uaithi, é á scuabadh chun bhealaigh ag tonn ollmhór. Níl díomá ná imní orthu, ná níl cúnamh á lorg acu – tá siad breá sásta, iad i mbun a ngnó féin. Déanann Cass iarracht glaoch orthu ach scuabann an ghaoth a cuid focal léi. Casann sí timpeall agus, os a comhair amach ar an trá, tá bord leagtha do bhéile, é clúdaithe le héadach guingeáim dearg agus bán a bhfuil plátaí lán le bia leagtha air. Bailithe mór thimpeall ar an mbord tá comhluadar i mbun cainte, iad ag ardú gloiní ina honóir. Ina measc tá Megan, Vanessa, Gearóid, Imelda agus fear ard nach bhfuil sí in ann a aghaidh a dhéanamh amach. Díreach agus é ar tí castáil timpeall, cloiseann sí a hainm 'Cass' agus braitheann sí lámh duine éicint – Tom – ar a gualainn.

'A Cass, tá muid ag an aerphort.'

Ní mó ná sásta atá sí gur dúisíodh í sula bhfuair sí amach cérbh é an fear a bhí i gceist nó sula raibh sí in ann an tairbhe iomlán a bhaint as an mbrionglóid, é a mheas agus a cuid anailíse a dhéanamh air. Ach ní dhéanann sí clamhsán ar bith le Tom mar go bhfuil beartaithe aici srian a choinneáil uirthi féin le linn an turais agus gan ligean dá tuairimí pearsanta ina leith an lámh in uachtar a fháil uirthi.

Éiríonn léi fanacht béasach agus í féin agus Tom ag dul trí chóras slándála an aerfoirt, ag dul ar bord an eitleáin agus ag tuirlingt i nGlaschú, ainneoin go bhfuil sí fós leath ina codladh. Faigheann Tom carr ar cíos agus, cé go raibh sé sách éasca comhrá leis a sheachaint agus iad san aerfort agus ar bord an eitleáin, bíonn uirthi labhairt leis agus iad sáinnithe in aon charr amháin ag tiomáint trí bhóithre cúnga na hAlban.

'Chuirfeadh na bóithre seo Conamara i gcuimhne duit,' ar seisean, 'stráice fada gan éinne ina chónaí ann.'

'Chuirfeadh.'

Tá a cuid obair bhaile déanta aici ar Albain, agus le nach mbeidh uirthi aon cheo pearsanta a phlé, roinneann sí píosaí de stair an cheantair leis.

'Ar nós ár dtíre féin, bánaíodh na ceantrachaí tuaithe le linn an naoú haois déag.'

'Níor tharla aon ghorta anseo, ar tharla?' ar sé.

'Níor tharla. Na *Clearances* an sofhriotal a tugadh ar an gcóras inar chuir Rialtas Shasana iachall ar mhuintir na tuaithe a gceantar dúchais a thréigean. Faoi mar a tharla in Éirinn, tuigeadh don Rialtas go raibh sé níos brabúsaí ainmhithe, seachas daoine, a chur ina gcónaí sna ceantrachaí iargúlta agus ar thaobh cnoic.'

'Caithfidh mé a rá go bhfuil sé ag breathnú go hálainn.'

'Bhí dea-aimsir geallta, ceart go leor.'

'An gcuirfidh tú léarscáil Google ar siúl?' ar seisean. 'Le nach rachaidh muid amú. Tusa a bhfuil taithí agat ar a leithéid.'

Déanann sí amhlaidh. Gan freagra a thabhairt air. Fanann an bheirt acu ina dtost, seachas corrthreoir a phlé, go sroicheann siad an cabhsa idir an mhórthír agus Cill an Inbhir, an t-oileán ar a bhfuil a dtriall.

'Inis dom faoin leaid seo,' ar seisean. 'Má tá an siondróm sin air tuige ar cuireadh chuig tír iasachta é le staidéar a dhéanamh ar a chonlán féin?'

'Toisc gur féidir leis maireachtáil ar a chonlán féin. Cuireadh teiripe air agus é óg agus déarfainn go bhfuil sé thar a bheith cliste. Ach ciotach ag an am céanna. Agus easpa scileanna sóisialta ag dul dó an t-am ar fad.'

'Rud atá sách coitianta.'

'D'fhéadfá a rá.'

Ní fada go sroicheann siad an t-óstán ina mbeidh siad ag fanacht, é lonnaithe ar imeall Bhaile de Dhùn Beag.

Níl éinne ag an bhfáiltiú, áfach, ach nuair a bhuaileann Tom an cloigín, tagann ógbhean anuas an staighre.

'Fàilte don Ghàildhealtachd. Ciamar mar a tha sibh? Is mise Morag. Welcome! You have brought the good weather with you. Lunch will be served in an hour. Dinner between 5.00 and 7.00. Breakfast in the morning between 7.30 and 9.30.'

Is bean óg dhathúil í Morag, a chuireann Niamh i gcuimhne do Cass.

'Would you mind signing the register, please?'

Breacann Tom a ainm sa leabhar.

'Tapadh leat. One signature will do. I will show you to your room now.'

'Room?' arsa Cass.

'That's what I have here. One double room booked. Breasal and O'Keev. Twin beds.'

'I'm sorry. There's been a misunderstanding. We need two rooms,' arsa Cass.

'I will see what I can do.'

Tar éis di dul trí na háirithintí ar an ríomhaire, éiríonn le Morag cúrsaí a chur ina gceart agus cuirtear dhá sheomra béal dorais ar fáil dóibh. B'fhearr le Cass dá mbeadh a seomrasa ar an taobh eile den domhan seachas taobh le seomra Tom ar aon dorchla amháin ach ní deir sí tada.

Uair ina dhiaidh sin casann siad ar a chéile le haghaidh lóin. Éiríonn le Cass smacht a choinneáil uirthi féin le linn an bhéile agus labhairt go deas réidh le Tom. Tá an comhad faoi Bhreandán léite aici in athuair mar aon le roinnt nótaí faoi Shiondróm Asperger le go mbeidh sí ar an eolas faoin gcás a thug anseo í. Agus iad ag críochnú an lóin, faigheann Tom glaoch óna chomhghleacaí sna Póilíní Albanacha.

'Frig é,' ar seisean isteach san fhón. 'What time in the morning?'

'Dochreidte,' a deir sé léi, an comhrá ar an bhfón críochnaithe aige.

'Céard é féin?'

'Is cosúil go bhfuil riaráiste cásannaí le déileáil leo sa gcúirt agus nach n-éisteofar le cás Bhreandáin go dtí maidin amárach.'

'Fadhb ar bith,' arsa Cass, 'fad is nach gcailleann muid an eitilt tráthnóna amárach.'

'Tá mise chun bualadh isteach chuig an Stáisiún, ar aon chaoi,' arsa Tom. 'Céard fútsa?'

'Rachaidh mise ag siúl. Tá siúlóid bhreá taobh thiar den óstán, is cosúil.'

'Tóg eochair an chairr leat. Ar fhaitíos na bhfaitíos go mbeidh fonn ort dul ag spaisteoireacht.'

'Nach mbeidh an carr ag teastáil uait féin, a Tom?'

'Breathnaigh amach an fhuinneog. Tá an scuadcharr anseo le mé a thabhairt chuig an Stáisiún. Feicfidh mé ar ball thú.'

'Óicé.'

'Agus mise ag ceapadh go raibh cúirteanna na hÉireann go dona,' ar seisean.

Cromann Tom le póg a dháileadh ar a grua agus ligeann sí don chomhartha beag tais leaindeáil san áit a ceapadh dó. Ní fiú a bheith ag troid leis, tar éis an tsaoil. Glacann a leithéid d'achrann an iomarca fuinnimh agus is róluachmhar an acmhainn é an fuinneamh le cur amú. Ba chóir é a shábháil le haghaidh nithe atá i bhfad níos tábhachtaí ná seanchaidreamh a tharla tríocha bliain ó shin, fiú mura bhfuair sí clabhsúr air go fóill.

Is iad seo na smaointe a ritheann le Cass agus í amuigh ag siúl cois na habhann atá ar a bealach chun na farraige atá timpeall céad slat uaithi. Braitheann sí ar a suaimhneas. Ag éisteacht le sruthlú an uisce atá ag éirí níos láidre agus níos tapúla, agus é ag dul i dtreo a cheann scríbe. Mar aon leis an bhfothram ceolmhar, cloiseann sí gliogarnach. Clingíní gaoithe is cúis leis. Iad ar chrochadh ó chrann in aice léi. Thíos faoi, ar an talamh, tá fuílleach coinnle le sonrú i bprócaí suibhe, suaitheantais agus bláthanna seargtha. Scrín in ómós do leaid óg a cailleadh go tubaisteach ar an láthair atá ann, nó b'in a bhfuil scríofa ar nóta beag clúdaithe i bplaisteach atá greamaithe de ghéag. Cameron an t-ainm atá air.

Glacann Cass nóiméad ina seasamh ansin, paidir á rá aici ar son an leaid óig. Agus ritheann sé léi cé chomh deas is atá an scrín bheag a chuir cairde Cameron le chéile in ómós dó. Ba dheas rud mar seo a dhéanamh i gcuimhne ar Niamh. Ceart go leor, tá sí curtha sa reilig, ach cé atá ag iarraidh dul anonn chomh fada leis an áit ghruama sin? Ba dheise ar fad dá gcuirfeadh sí crann beag sa gharraí i gcuimhne ar an ógbhean agus súil a choinneáil air ón ngrianán agus é ag fás aníos agus ag bláthú. A luaithe a bheidh an crann curtha aici is ea a eagróidh sí an searmanas cuimhneacháin.

Gearrann blíp tríd an gciúnas. Téacs atá ann. Ó Callum Mac Leòid:

> Go deas cloisint uait, Cass. Beidh mé gar do Bhaile de Dhùn Beag inniu. Ar mhiste leat teacht chuig an gcroit atá sé mhíle siar an bóthar uait, thart ar 3.00? Feicfidh tú comhartha di, ar chlé, tar éis an láthair champála.
> Callum

Cuireann sí freagra ar ais chuige ar an bpointe boise.

> Fadhb ar bith, a Callum. Feicfidh mé ann thú.
> Cass

Leanann sí na treoracha don láthair champála sa charr atá faighte ar cíos ag Tom agus í ar a bealach chun castáil leis an bhfear a gceapann sí a d'fhéadfadh a bheith ina dhúnmharfóir. Beidh na sluaite ag plódú isteach sa chroit i ngeall ar an aimsir, tá súil aici. Beidh sí togha. Agus nach bhfuil teachtaireacht aici dó? Fáinne gealltanais Niamh.

Ní fada go mbaineann sí an chroit amach. Feiceann sí Callum ann roimpi, é ina sheasamh taobh leis an oifig bheag.

'A Cass, fáilte romhat go hAlbain,' ar sé ag croitheadh a láimhe. 'Is deas tú a fheiceáil.'

'Agus is deas thú féin a fheiceáil.'

'Tá na ticéid agam.'

'Go raibh maith agat.'

Déanann Callum í a threorú trí gheata isteach chuig an ngort os a gcomhair amach. Breathnaíonn sí timpeall uirthi ach, ainneoin na haimsire, níl mórán turasóirí ar an láthair.

'An bhfuil a fhios agat cad is croit ann?' ar seisean.

'Níl, caithfidh mé a admháil.'

'Píosa talún atá i gceist, le balla mórthimpeall air, inar féidir le tionónta agus a theaghlach cur fúthu agus ábhar a chothú. Tá an ceann seo caomhnaithe go maith, mar is léir.'

'Tá.'

'Go hiondúil bíonn teach cónaithe agus gráinseach ann,' ar sé, a mhéar á síneadh aige i dtreo teachín.

'Déarfainn go bhféadfadh tionónta agus a theaghlach maireachtáil go maith ar a leithéid.'

'Déarfainn é. Cé nach bhfuil an oiread sin cur amach agam ar stair na hAlban.'

'Is cuimhin liom anois. Tógadh sa bhFrainc thú.'

Ní ghlacann sé mórán ama ar Cass agus Callum siúl mórthimpeall na croite, nach bhfuil inti ach timpeall dhá acra. Isteach leo ansin chuig an gcaifé atá tógtha taobh leis an teach cónaithe. Ordaíonn siad pota tae agus scónaí úra le him agus subh.

'Inis dom fút féin, a Cass.'

Caithfidh nach bhfuil mórán ar eolas aige fúm, ar sí léi féin. Is deachomhartha é sin nach bhfuil a chuid obair bhaile déanta aige. Nó b'fhéidir gur cur i gcéill atá ar bun aige.

'Tógadh i gcathair Bhleá Cliath mé, áit a ndeachaigh mé ar an ollscoil. Tá mé lonnaithe anois san áit ar casadh ar a chéile muid. Tá beirt ghasúr agam, iad ina gcónaí thar lear. Agus is baintreach mé.'

'Níor phós mise riamh,' ar Callum, ag cur lena scéal féin.

'Fáth faoi leith?' ar sí ag doirteadh amach an tae.

'Bhuel, is dócha go bhfuil.'

'Abair leat!'

'Bhí mé geallta uair amháin.'

'Uair amháin?' ar Cass, iontas uirthi.

'Sea. Le cailín darbh ainm Caitlin.'

'Céard a tharla?'

'Bádh í.'

Cuireann a ráiteas an ghruaig ina colgsheasamh uirthi.

'Bádh í?'

'Tragóid a bhí ann. Bhíomar ag snámh i linn na hollscoile go déanach oíche amháin. An tseachtain sula rabhamar ag dul a pósadh. An bheirt againn ar meisce – bhíomar óg, an dtuigeann tú? Tháinig crampa ina cos. Bhí sí faoin uisce ar feadh cúpla nóiméad sular thug mé faoi deara í.'

'Bhí sé sin uafásach. Céard a rinne tú?'

'Bhí sí fós ina beatha nuair a tháinig mé uirthi. Bhí súilíní uisce ag teacht aníos as a béal ach, faoin am a rabhamar in ann í a thabhairt amach as an uisce, bhí sé ródhéanach.'

'Bhí duine éicint in éindí leat?'

Stánann Callum uirthi le hiontas.

'Bhí. Nár dhúirt mé an méid sin? Bhí Iain ann. An cuimhin leat é – casadh ort ag an trá é?'

'Is cuimhin liom é, ceart go leor.'

'Bhuel, bhí seisean ag dul thar bráid ag an am. Chuala sé mé ag béicíl. Isteach san uisce leis, a chuid éadaigh air.'

'Thóg an bheirt agaibh amach as an uisce í?'

'Thóg. Rinneamar ár ndícheall í a athbheochan ach bhí sí marbh.'

'Tá fíorbhrón orm é sin a chloisteáil, a Callum.'

'Cailín álainn ab ea í.'

'Caithfidh go raibh tú i ngrá léi?'

'Bhí. Maith dom an scéal brónach sin a roinnt leat ar lá geal mar seo.'

'Fadhb ar bith. Is léir gur ghoil an tubaiste go mór ort.'

'Ghoil. Ach tá na laethanta sin thart.'

Sin ráite aige, braitheann Cass go bhfuil sonraí áirithe faoin mbá á gceilt aige uirthi. Bhí sé geallta na blianta ó shin. Bádh a ghrá geal. Bhí sé geallta le Niamh le deireanaí. Bádh ise. Níor luaigh sé Niamh in aon chor. Cuimhníonn Cass ar an mbosca beag dearg i mbun a mála. An ceann ina bhfuil an fáinne gealltanais a bhronn sé ar Niamh.

'Ní dóigh liom go bhfuil an scéal uilig á roinnt agat liom, a Callum,' ar sí.

'Cén fáth a ndéarfá a leithéid?'

'Mar gheall air seo,' ar sise ag leagan an bhosca ar an mbord os a chomhair.

'Cá bhfuair tú é sin?'

'Bhí sé ag Niamh. An bhean eile a raibh tú ag dul ag pósadh.'

'Conas a fuair tú amach faoi sin?'

'Dúirt éinín liom é.'

'Ceart go leor. Bhíomar geallta. Ach bhí sé faoi rún.'

'Cén fáth? Cén uair a chuir sibh aithne ar a chéile?'

'Chasamar ar a chéile anuraidh ag féile i gContae Chiarraí. Scríobhadh sí chugam go rialta. Agus d'fhreagraínn í. Labhraímis ar *Skype* gach lá.'

Ritheann sé le Cass má tá sé ag labhairt na fírinne gur chóir go mbeadh an t-eolas sin ag na Gardaí toisc go bhfuil ríomhaire Niamh acu.

'Óicé,' ar sise.

'Is léir nach gcreideann tú mé. Bhí orainn gach rud a choimeád faoi rún.'

'Tuige?'

'Mar go raibh athair Niamh ag dul in aois agus níor theastaigh uaithi é a thréigean. Mar nár theastaigh uaithi go gcaillfeadh sí a post. D'úsáideadh sí ríomhaire sa chaifé idirlín. Ach d'éirigh mé tuirseach den chur i gcéill. Theastaigh uaim a chur in iúl don domhan mór go rabhamar i ngrá.'

'Céard a rinne tú, a Callum?'

'Bhronn mé an fáinne seo uirthi. Thug mé rabhadh di.'

'Ghlac sí leis, is cosúil.'

'Ghlac sí leis an bhfáinne ach ní leis an rabhadh. Bhí argóint uafásach againn an oíche a cailleadh í.'

'Mar sin é?' ar Cass.

'Bhíomar san óstán. An Ravensglen i nGaillimh. Rith sí amach as mo sheomra, ag bualadh an dorais ina diaidh.'

'Cén t-am a tharla sé?'

'Timpeall a naoi a chlog, déarfainn. Leagaim an locht orm féin gur chuir sí lámh ina bás féin. Bhí mé ródhian uirthi.'

'An bhfuil tú ag rá, a Callum, go bhfuil tú den tuairim gur chuir sí lámh ina bás féin?'

'Tá. Gan dabht,' ar sé, ag breathnú go caol díreach sna súile ar Cass. 'Ní cheapann tú go raibh baint agamsa lena bás, an gceapann?'

'Ní cheapann,' ar sí go hamhrasach.

'Fiú amháin dá mbeifeá ag ceapadh a leithéid, d'fhéadfá ceist a chur orthu sa phub atá béal dorais leis an óstán. Chaith mé an tráthnóna go léir ag an mbeár. Ag ól piontaí. Labhair mé le daoine.'

Nach áisiúil go bhfuil ailibí agat, arsa Cass léi féin. Chonaic Barry, an fear ar cheistigh sí sa Ravensglen, Callum agus Niamh sa seomra beag in aice an fhorhalla ní ba luaithe an tráthnóna céanna, ach is cosúil nach bhfaca sé ceachtar acu ag dul amach níos deireanaí.

'Ar aon chaoi, a Callum, ní maith liom do thrioblóid,' ar sí, ag tabhairt sochair an amhrais do. 'Tuigim anois cén fáth a raibh tú i láthair ag an tsochraid.'

'Ar ámharaí an tsaoil, tharla an rud sin do chos Iain agus bhí orainn fanacht i nGaillimh.'

Nach suimiúil go bhfuil freagra aige ar gach ceist a chuireann sí air!

'Ar a laghad cuir an fáinne ar ais id' phóca sula ndéanfaidh tú dearmad air.'

'Is rud mallaithe é.'

'Fiú, más ea, isteach id' phóca leis.'

'Fáinne mo mháthar atá ann. Seoid luachmhar atá sa teaghlach le fada an lá. Ach níl sé ar intinn agam é a bhronnadh ar aon bhean eile.'

Ainneoin go gcuireann Cass ina choinne, íocann sé an bille.

Is fear lách é. Is cosúil. Seans gur chuir Niamh lámh ina bás féin tar éis an tsaoil. Murach eisean, cé eile a chuirfeadh an gníomh brúidiúil i gcrích?

'An mbeidh tú i láthair ag an dráma anocht, a Cass?' ar seisean.

'Cén dráma?'

'Dráma bunaithe ar na *Clearances*. Tá sé thar am agam stair na tíre seo a fhoghlaim. Beidh sé ar siúl i Halla an Phobail i mBaile de Dhùn Beag.'

'Bhuel, níl aon phleananna déanta agam don oíche anocht. Déanfaidh mé mo mhachnamh faoi. Céard fút féin? An mbeidh tú ag fanacht sa gceantar thar oíche?'

'Tarlaíonn go bhfuil cúpla lá saor agam agus go bhfuil mé ag fanacht i B&B siar an bóthar. Leis an gclub tumadóireachta. Bheartaíomar an deis a thapú i ngeall ar an dea-aimsir.'

'Dála an scéil, a Callum, cén chaoi a bhfuil Iain?'

'Tá sé go maith. Ghortaigh sé a chos, faoi mar is eol duit.'

'Bhí rud eile ag cur as dó freisin an t-am a raibh sé san ospidéal i nGaillimh?'

'Bhí. Chonaiceadar rud beag ar a scamhóg ach, ar deireadh, ní raibh aon rud ann. Tá sé ar fónamh anois. Beidh sé i láthair ag an dráma anocht.'

'Go raibh maith agat as mé a chur ar an eolas faoi.'

'Fáilte romhat.'

'Caithfidh mé crochadh liom anois. Tá obair le déanamh agam.'

'Ba dheas tú a fheiceáil.'

'Ba dheas labhairt leatsa freisin, a Callum.'

Agus í ag tiomáint ar ais i dtreo Bhaile de Dhùn Beag, déanann Cass iarracht an méid atá ag castáil ina cloigeann a iniúchadh. Ba dheas labhairt le Callum. Tá an chuma ar an scéal nach eisean a mharaigh

Niamh. Ach céard a bhíonn á chuartú aige agus é thíos ag grinneall na farraige? Seans go mbíonn sé á tharraingt féin ar ais arís agus arís eile chuig an tragóid uafásach a bhain de scór bliain ó shin. Ag iarraidh é a thabhairt chun cuimhne.

Ní mó ná sásta atá Tom nuair a bhaineann sí an t-óstán amach ar a sé a chlog.

'Cá raibh tusa?' ar seisean léi.

'Amuigh ag spaisteoireacht.'

'Seans nach rachaidh an cás ar aghaidh ar chor ar bith. Is cosúil go bhfuil an leaid, ar briseadh a chnámh scornaí, ag iarraidh tarraingt siar anois, ag rá gur thimpiste a bhí ann, rud a chiallóidh nach mbeadh Breandán á chúiseamh. Turas in aistear dúinne, más ea.'

'Ní dhéarfainn é sin, a Tom. Ba mhaith liom labhairt le Breandán.'

'Tuige? Ní bheidh aon tuarascáil ag teastáil anois.'

'Fós féin, mura dtéann an cás ar aghaidh, céard atá i ndán don leaid óg? Ní féidir leis fanacht anseo.'

'Ní féidir. Ach beidh sé in ann filleadh ar an gcoláiste sa mbaile. Bhí mé ag labhairt lena thuismitheoirí ar ball.'

'Óicé.'

'Ar mhaith leat deoch?'

'Gheobhaidh mise iad.'

Sall le Cass chuig an mbeár áit a dtugann sí faoi deara go bhfuil póstaer faoin dráma a bheidh ar siúl níos deireanaí ar crochadh ar an gcúlbhalla.

'Shall I charge these to your room?' ar Morag le Cass, na deochanna á dtabhairt aici di.

'Sure. Why not!'

'What are you doing later? Why don't you come to see the play? I have a part in it.'

'I'm already planning on going and looking forward to it.'

'Why not ask your colleague to come as well?'

'I'll ask but I doubt he'll come.'

'Not to worry. I'm sure you'll enjoy it. It's a new play based on a show

784 produced forty years ago.'

'784?'

'They were a socially aware company. Back then, it seems, 84% of the wealth of Scotland was owned by 7% of the population. All a bit before my time.'

'Still, and all, Morag, I doubt the statistics have changed much in the meantime. They've probably gotten worse, if anything. Break a leg tonight!'

Itheann Cass béile breá in éindí le Tom ach, faoi mar a bhí súil aici leis, diúltaíonn seisean teacht chuig an dráma. Tá sé ar intinn aige an tráthnóna a chaitheamh sa bheár i gcomhluadar thuismitheoirí Bhreandáin.

Isteach léi ar ball ina haonar chuig Halla an Phobail. Baineann sí taitneamh as an dráma a dhéanann stair na hAlban a ríomh trí chur i láthair ceolmhar samhlaíoch. Cé go bhfuil an t-ábhar polaitiúil, níl sé rótheagascach. Ar ndóigh, cuidíonn an chóiréagrafaíocht agus an úsáid chliste a bhaintear as bratacha agus stiallacha fada éadaigh leis an léiriú a chur i gcrích. Cumann áitiúil a bhfuil ardchaighdeán ag baint lena gcumas aisteoireachta atá páirteach ann. Agus éiríonn go geal le Morag sa phríomhpháirt.

Tugann Cass Callum agus Iain faoi deara i measc an lucht féachana ach ní éiríonn léi teacht suas leo toisc go bhfuil an áit plódaithe. Agus an dráma thart, beartaíonn sí filleadh ar an óstán gan mhoill. Ólfaidh sí deoichín soip in éindí le Tom. Ach níl tásc ná tuairisc airsean sa bheár. Ceannaíonn sí fuisce te di féin agus suas chun na leapa léi.

Ainneoin na dí, ní éiríonn léi titim ina codladh. Cuimhníonn sí siar ar an gcomhrá a bhí aici le Callum níos túisce. Tá rud éicint ag déanamh imní di ach níl sí in ann a méar a leagan ar an rud sin. Is féidir léi fothram an bheáir a chloisteáil ag séideadh aníos chuici. Mar aon le coiscéimeanna daoine ag teacht is ag imeacht amuigh sa dorchla.

Scinneann sí siar ar eachtraí an lae. An turas chuig an gcroit. An méid a dúirt Callum. Faoina shaol. Faoina ghrá geal. Faoin gcaoi ar cailleadh í. An bá. An chaoi a ndearna sé a sheacht ndícheall í a athbheochan. An chaoi ar chuidigh Iain leis. Iain? Nach suimiúil go raibh seisean ar láthair na tragóide chomh sciobtha sin? Bhí sé ar an láthair tar éis gur cailleadh Niamh freisin. É ag póirseáil sa veain. Ag tabhairt aire don trealamh. Cén chaoi ar bhain an timpiste a thug an chéim bheag bhacaí sin dó de? Seans gur thug duine éicint sonc sa lorga dó. Nó gur baineadh tuisle as agus é ag iarraidh greim a choinneáil ar dhuine éicint. Bean éicint a bhí ag streachailt ag iarraidh í féin a shaoradh. Bean ar fágadh ballbhrúnna ar a rostaí is ar a com.

Aníos as an leaba go sciobtha léi. Agus í gléasta, isteach sa bheár léi in athuair ag lorg Tom. Fós níl tásc ná tuairisc air. Fiafraíonn sí faoi ag an gcuntar. Athair Morag a labhraíonn léi.

'He's probably away into the pub in town. The Highlander. First turn on your right.'

'Thanks. Did Morag come back yet?'

'Naw! She's probably off with her pals.'

'Thanks.'

With her pals. Déanann Cass iarracht labhairt le Tom ar an bhfón in athuair ach is cosúil go bhfuil sé fós casta as aige. Isteach sa charr agus síos léi i dtreo Halla an Phobail atá tréigthe faoin am seo, seachas beirt fhear atá ag baint anuas an seit.

'Excuse me, have you seen a young woman?' arsa Cass leis na fir.

'Plenty of them about earlier,' arsa an chéad fhear.

'With long red hair. You might know her – Morag. She was in the play.'

'I saw a young woman get into a van earlier,' arsa an dara fear.

'Which way did they go?'

'That way – towards the sea.'

Isteach sa charr le Cass agus ar aghaidh léi i dtreo na trá. Déanann sí iarracht glaoch ar Tom lena rá leis go bhfuil Morag imithe i veain síos chuig an trá in éindí le fear ach tá a fhón fós casta as.

Trá sách leathan, a bhfuil ros ar thaobh amháin de agus sraith carraigeacha ar an taobh eile, atá os a comhair amach. Gan duine ná deoraí le feiceáil. Gan aon cheo le cloisteáil seachas torann na dtonn, iad ag déanamh ar an trá agus cór faoileán ag scréachach os a cionn. Nach ise a bhí amaideach ag súil go raibh rud éicint uafásach ar tí tarlú. Ar ais chuig an gcarr léi. Agus í ar tí an eochair a chasadh san adhaint, tugann sí rud éicint dorcha faoi deara. Píosa amach ón gcarrchlós. Faoi scáth na gcrann. Veain dhubh atá ann. Amach as an gcarr agus ar aghaidh i dtreo na trá léi.

Tarraingíonn gluaiseacht bheag a haird. Dingí atá ag bogadaíl suas síos ar bharr na dtonnta in aice na gcarraigeacha atá ann. Tugann sí faoi deara duine amháin ag déanamh ar an dingí. Duine a bhfuil cruth aisteach air. Mar gur beirt atá ann. Duine amháin ar iompar ag an duine eile. Leagann an t-iompróir an dara duine sa dingí agus scaoileann leis an téad a bhí á choinneáil ar feistiú leis an ros. Le cúnamh ó mhaide rámha, brúnn sé an dingí amach ó na carraigeacha. Tá an maide eile sa ghlamba ach ní éiríonn leis an iomróir an dara ceann a chur ina ghlambasa. Mar nach bhfuil sé san áit a ceapadh dó. Mar gur fágadh píosa de thiar ar Thrá na Rón.

Le dua éiríonn leis an dingí a iomramh amach san fharraige. Glaonn Cass ar na seirbhísí cuardaigh agus tarrthála.

'Hello! What is your emergency?' arsa an guth léi.

'A woman is drowning.'

'What is your location?'

'Cill an Inbhir. The beach. A mile outside the town of Baile de Dhùn Beag.'

'We'll have someone out to you within twenty minutes.'

'Twenty minutes? That will be too late.'

'Who is drowning? Can you see that person?'

Crochann Cass suas an fón. Tugann sí faoi deara go bhfuil crios tarrthála ar crochadh ar sheastán in aice léi. Tógann sí anuas é. Is féidir léi an dingí a fheiceáil timpeall fiche slat uaithi. Leagann an t-iomróir na maidí rámha síos i mbun an dingí agus fanann an bád beag ar foluain ar bharr na dtonnta go ceann cúig nóiméad nó mar sin. Sleamhnaíonn Cass amach go ciúin thar na carraigeacha. Éiríonn an t-iomróir ina sheasamh. Beireann sé greim ar rud éicint. An duine eile. Atá gan aithne gan urlabhra. Ógbhean atá ann. Morag. Caitheann an t-iomróir tamall ag breathnú uirthi. Ansin ligeann sé anuas go mall réidh isteach san uisce í. Cé go bhfuil sé ag breathnú i dtreo Cass, níl sé in ann í a fheiceáil mar go bhfuil sí sínte go caol díreach ar dhromchla garbh na gcarraigeacha. Gan choinne, scaipeann na néalta agus nochtar gealach atá sách lán. Agus le linn an nóiméid sin, tuigtear do Cass cé atá ann. Duine nach bhfuil chomh hard céanna le Callum. Duine atá leath troigh níos lú ná é. Iain. É ag iarraidh Morag a bhá. Seasann sé ansin go ceann cúpla nóiméad eile ag breathnú uirthi. Ansin tarraingíonn sé téad ó chúl an dingí leis an inneall a dhúiseacht agus ar aghaidh leis suas an cósta.

Baineann Cass a hanorac is a bróga di. Beireann sí ar an gcrios tarrthála agus tarraingíonn sí uirthi é. Ligeann sí di féin anuas san uisce go mall réidh. Sníonn an t-uisce thar a rúitíní, a colpaí, a glúine is a ceathrúna. Déanann sí ar an áit ina bhfuil Morag le feiceáil. Tá an t-uisce fuar. Níos fuaire ná uisce Chonamara.

Ar Deireadh

Dúisítear Cass ag solas geal atá ag stánadh isteach ina súile. Braitheann sí te agus tirim. Caithfidh nach bhfuil sí fós san uisce. Ach cá bhfuil sí? De réir a chéile téann a súile i dtaithí ar an solas agus feictear di go bhfuil sí ina luí ar leaba ard. I seomra atá lán le trealamh aisteach. Seomra ospidéil. Agus go bhfuil duine éicint sínte in aice léi. Tom.

Déanann sí iarracht éirí ach beireann Tom greim uirthi.

'Tá tú id' dhúiseacht ar deireadh,' ar seisean. 'Fáilte romhat ar ais!'

'Céard atá ar bun agatsa anseo?'

'Bhíos ag coinneáil súile ort. Thar oíche.'

'Thar oíche? Ar chaith mé an oíche anseo?'

'Chaith.'

'Céard a tharla?'

'Nach cuimhin leat?'

'Ní cuimhin liom tada.'

'Is beag nár cailleadh thú.'

'Bhuel, níor cailleadh.'

'A leithéid de sheafóid! Dul ag snámh go deireanach san oíche in uisce a bhfuil tú aineolach faoi.'

De réir a chéile déanann Cass iarracht eachtra na hoíche aréir a thabhairt chun cuimhne. Tuigtear di go raibh sí san fharraige ach, thairis sin, níl sí in ann breith ar shonraí eile na heachtra.

'A Tom, inis dom céard a tharla.'

Insíonn Tom di go raibh Morag fós ar snámh ar bharr na dtonnta nuair a tháinig Cass uirthi. D'éirigh léi a lámha a chur faoina hascaillí agus í a threorú chomh fada leis na carraigeacha agus a tharraingt aníos orthu, gur tháinig an bád tarrthála. Cúig nóiméad déag a ghlac sé air teacht. Bhí an t-ádh leo go raibh an aimsir séimh agus an fharraige ciúin.

'Cén chaoi a bhfuil Morag?'

'Tá sí togha. Bhuel, tá fadhb bheag ag baint lena córas análaithe ach is féidir é sin a leigheas. Is cosúil gur chuir mo dhuine Rohipnol nó rud éicint ina deoch sa gcaoi gur fágadh Morag gan aithne gan urlabhra,' arsa Tom. 'Tá sí thar a bheith buíoch díot. Tá a hathair thar a bheith buíoch díot. Tá muintir an bhaile thar a bheith buíoch díot. Is tú príomhscéal na nuachta.'

'An ndearna sé an rud céanna le Niamh? Maidir leis an Rohipnol?'

'Tá sé tar éis a admháil go raibh sé ciontach i mbá Niamh freisin. Níor chóir dom é sin a rá leat.'

'Mar go bhfuil obair na nGardaí faoi rún.'

'Tuige an ndeachaigh tú ar a thóir asat féin?'

'Bhí d'fhónsa casta as.'

'Rinne mé dearmad an luchtaire a thabhairt liom.'

'Raidht!'

'Ach, Iain, cén chaoi an raibh a fhios agat gurbh eisean a bhí ciontach?'

'Ní raibh a fhios agam go dtí an nóiméad deireanach.'

'Agus mise ag ceapadh go raibh seisean agus an duine eile ...'

'Callum ...'

'Aerach.'

'A Tom, níl a fhios againn cén sórt caidrimh a bhí eatarthu. Nó cén sórt caidrimh ar mhaith le hIain a bheith eatarthu.'

'Nach aisteach nár thug an duine eile ...'

'Callum ...'

'... faoi deara go raibh mná á mbá sna háiteachaí a raibh siadsan th'éis cuairt a thabhairt orthu?'

'Is aisteach, go deimhin, a Tom.'

'Ar aon chaoi, tá an Iain sin th'éis a admháil go raibh sé ar siúl aige ar feadh na mblianta.'

'Scór bliain, déarfainn,' ar Cass. 'Sa tír seo. Sa mBreatain Bheag. Ar Oileán Mhanann.'

'An dtuigeann tú go mbeidh tinneas cinn ollmhór á bhronnadh agat ar phóilíní i dtrí nó ceithre dhlínse mar thoradh air seo?'

'Is maith a thuigim.'

'Tuige a ndearna sé é, meas tú?'

'Caithfidh mé mo mhachnamh a dhéanamh ar an scéal, muis. Scríobhfaidh mé tuarascáil! A luaithe a bheidh mé ar an eolas faoi an raibh bráisléad cairdis i gceist i ngach cás.'

'Raidht!'

Breathnaíonn Tom ar a uaireadóir.

'Tá sé thar am agam dul síos chuig an gcúirt. Is cosúil nach gcúiseofar an leaid óg sin, Breandán, ar deireadh.'

'Is maith sin.'

'Beidh ort féin ráiteas a thabhairt do na póilíní. San iarnóin, seans, má tá tú in ann chuige.'

'Óicé.'

Cromann Tom le póg a dháileadh ar a beola agus ní dhiúltaíonn sí di. Tá sí fós ar an bhfód. Í beo beathaíoch.

'Gan trácht ar an tinneas cinn ollmhór a bhronn tú orm, a Cass.'

'Gan trácht air sin.'

'Beidh go leor sonraí le cloisteáil ag giúiré ionchoisne Niamh anois. Ina dhiaidh sin bheidh comhad á ullmhú don Stiúrthóir Ionchúiseamh Poiblí.'

'Beidh. Agus rud amháin eile – chaill muid ár n-eitilt!'

Amach an doras le Tom.

Tugann Cass a fón faoi deara ar an taisceadán in aice na leapa. Beireann sí air agus scinneann síos tríd an dá scór téacs atá ann. I measc an turscair léimeann ainmneacha na seoltóirí amach. Imelda. Tadhg. Ross. Aoife. Síle. Megan. Vanessa. Gearóid. Caithfidh go raibh an ceart ag Tom agus gurb í an eachtra a bhain di príomhscéal na nuachta.

Isteach sa seomra le banaltra, crobhaing rósanna dearga ar iompar aici.

'Well, my dear, and how are you feeling now?' ar sí.

'Never better. Thanks.'

'You need to take it easy. Have a wee rest for yourself. Best leave the phone aside for now.'

'Okay.'

'Would you like me to put these flowers in water?'

'Yes, please.'

'You can hold them until I find a vase. There's a wee card that came with them. Seems you have an admirer.'

Glacann Cass leis an gcrobhaing agus aimsíonn an clúdach beag litreach atá ceangailte de. Istigh ann tá cárta a bhfuil dhá fhocal scríofa air. *Grá. Muiris.*

Agus í ag iarraidh boladh na rósanna a fháil, pollann dealg a hordóg agus sníonn silín fola síos a lámh.